Jochen Bender

Tödlicher Handel

Über dieses Buch

In der Stuttgarter Halbhöhenlage brennt ein Haus. Bei den Löscharbeiten findet die Feuerwehr die verkohlte Leiche des Hausherrn. Kriminalhauptkommissarin Anita Schenk und ihr gerade von einer Auszeit zurückgekehrter Kollege Roland Berger werden gerufen. Die Kriminalisten finden schnell heraus, dass der Nachbar noch eine Rechnung mit dem Toten offen hatte. Dieser verschwindet jedoch spurlos. Dafür werden die Kommissare plötzlich von dubiosen Gestalten einer Sicherheitsfirma beschattet. Zudem taucht eine uneheliche Tochter des Verstorbenen auf, der er kurz vor seinem Tod erstmals begegnet war. Ein Arzt versucht, seine Kontakte zum Toten zu vertuschen, und ein nicht ganz koscherer Psychologe hat ebenfalls seine Finger im Spiel. Ehe die Kriminalisten klären können, wer in diesem Fall welche Rolle spielt, mündet das Ganze in eine Suche nach Schätzen und eigenen Wurzeln, die weit aus dem Ländle hinausführt.

Jochen Bender lebt, liebt und arbeitet in Stuttgart. Einige Jahre des Psychologie-Studiums und erster Berufserfahrung verbrachte er an anderen Orten. Es zog ihn immer in die Heimat zurück. Er ist verheiratet und hat zwei Söhne. 2007 erschien sein erster Roman, dem drei Stuttgart-Krimis mit der Kommissarin Anita Schenk folgten.

Jochen Bender

Tödlicher Handel

Oertel + Spörer

Dieser Kriminalroman spielt an realen Schauplätzen.
Alle Personen und Handlungen sind frei erfunden.
Sollten sich dennoch Ähnlichkeiten mit lebenden oder verstorbenen Personen ergeben, so sind diese rein zufällig und nicht beabsichtigt.

Titelbild: andreasschlote, Fotolia
Umschlaggestaltung + Satz:
Oertel + Spörer Verlags-GmbH + Co. KG,
Bettina Mehmedbegović
Druck und Bindung: CPI books GmbH, Ulm
Printed in Germany.
ISBN 978-3-88627-913-5

Fast jeden Tag war sie eine gute Mutter. Heute hatte Chris es jedoch kaum erwarten können, dass im Kinderzimmer endlich Ruhe einkehrte. Gierig, wie sie alles tat, was Lust im Leben bereitete, zog sie an ihrer selbst gedrehten Zigarette. Glut fiel herunter. Ein brennender Schmerz auf ihrem Oberschenkel zeigte an, wo diese gelandet war. Verärgert fegte sie mit der Hand die Asche weg. So ein Mist, jetzt war die schwarze Strumpfhose hin! Dabei war es ihre Letzte ohne Loch gewesen! Seit ihrem, mittlerweile schmerzhaft viele Jahre zurückliegendem, dreißigstem Geburtstag, achtete sie stärker auf ihre Kleidung. Früher hatte sie sich auch in einer gammeligen Jeans attraktiv und sexy gefühlt. Das war lange her.
Missmutig warf sie ihrer Freundin einen Blick zu. Auch heute hatte Vanessa dem Likör etwas zu sehr zugesprochen und kämpfte mit ihrer Müdigkeit. Chris seufzte. Es hatte mal wieder zu lange gedauert, bis die Gören endlich eingeschlafen waren! Dabei wollten sie beide die alten Zeiten wieder aufleben lassen und um die Häuser ziehen! Sollte sie Vanessa einfach hierlassen? Ihr schlechtes Gewissen ihrer Freundin gegenüber ließ sie zögern, ihren Wunsch auszusprechen. Ein geiles Kribbeln in ihrem Schoß verdrängte ihr schlechtes Gewissen. Einfühlsam fragte sie:
„Hey Vanessa, du fällst ja gleich vom Stuhl. Willst du nicht lieber ins Bett, als noch durch die Clubs zu ziehen?"
„Nee, ich lass dich nicht hängen. Wir haben uns vorgenommen, heute in der Mutterstadt mal wieder ein bisschen Spaß zu haben. Also gehen wir los."
Wackelig versuchte sie, auf die Beine zu kommen.

„Ich darf gar nicht daran denken“, warf Chris ein, „um welche Uhrzeit Helena und Paula uns morgen früh wieder aus den Federn holen werden.“
Vanessa stöhnte laut auf und ließ sich zurück auf den Stuhl sinken. Sie würde es nicht übers Herz bringen, die beiden Fünfjährigen am nächsten Morgen sich selbst zu überlassen.
„Vielleicht sollten wir doch lieber ins Bett, statt in einen Club, gehen?“, schlug sie unsicher vor.
Nach außen tat Chris tief enttäuscht. Sie ließ ihren Kopf hängen und gab Laute der Enttäuschung von sich. Verstohlen starrte sie ihre Freundin durch den Vorhang ihrer langen Haare hindurch an. So konnte sie beobachten, dass sie die gewünschte Wirkung erzielte. Es gelang ihr, ihre Stimme traurig klingen zu lassen:
„Du hast vermutlich recht. Es ist vernünftig, wenn wir heute nicht mehr losziehen.“ Vanessa war deutlich ihre Erleichterung anzusehen.
„Wobei ich mir so sicher war, heute Nacht endlich Mr. Right zu treffen.“
Demonstrativ ließ sie den Kopf noch tiefer sinken. Sie fühlte sich gemein, konnte aber nicht anders. Seit ihrer ersten Begegnung mit Vanessa an der Kunstakademie drehten sich ihre Gespräche meist darum, Mr. Right zu finden. Im Nachhinein betrachtet, waren sie ihm bisher nicht begegnet. Auch wenn sie manches Mal zumindest vorübergehend anderer Meinung gewesen waren. Vanessa zögerte, kämpfte mit sich selbst und meinte schließlich:
„Spürst du es ganz fest in dir, dass heute Nacht da draußen er auf dich wartet?“
„Ja!“ Chris kam sich albern vor, legte aber so viel Pathos wie nur möglich in ihre Antwort.
„Gut, dann zieh halt alleine los.“
Juhuu! Genau darauf hatte sie gehofft. Das geile Kribbeln in ihrem Schoß schwoll an und ließ sie fast auf ihrem Stuhl hin und her rutschen. Sie würde heute ganz sicher einen

Mr. Right finden, und sei es nur für eine Nacht. Jetzt durfte sie sich ihre Freude nur nicht zu stark anmerken lassen und nicht zu schnell aufbrechen. Das wäre taktlos.
„Wenn wir erst einmal reich sind, halten wir uns ein Kindermädchen. Dann ziehen wir wie früher ganz entspannt um die Häuser, ohne uns Sorgen um unsere Herzens-Töchter oder frühes Aufstehen machen zu müssen."
„Ich bin ja gar nicht mehr so scharf auf künstlerischen Erfolg und Reichtum!", erwiderte Vanessa kläglich. „Mir würde es ja vollkommen reichen, endlich den Richtigen zu treffen und nicht mehr durch die Clubs ziehen zu müssen."
Sollte Chris ihre Freundin darauf hinweisen, dass sie jeden ihrer zahlreichen Liebhaber zunächst als umwerfend toll angeschwärmt hatte? Höchstens drei Monate später hatte Vanessa ihnen dann als Langweiler den Laufpass gegeben oder wegen deren totalem Desinteresse an ihr und ihren Bedürfnissen Depressionen entwickelt. Wobei Chris insgeheim dachte, dass für ihre Freundin langweilige Männer schlimmer waren, als Sadisten, die sie leiden ließen. Da es allerdings momentan unklug wäre, etwas Derartiges auszusprechen, meinte sie stattdessen:
„Vielleicht ist Bleda ja der Richtige. Bestimmt kommt er morgen in einem fetten weißen Wagen vorgefahren, trägt den größten Strauß roter Rosen aller Zeiten in den Armen und hält um deine Hand an."
Vanessas üppiger Busen hob sich in einem von Chris nicht für möglich gehaltenen Maße. Sie seufzte verzückt und rief: „Hör auf! Sonst kann ich heute Nacht vor lauter Vorfreude nicht schlafen."
Chris schwieg. Sie konnte es jetzt gar nicht brauchen, dass Vanessa wieder munter wurde und mitwollte. Ihre Freundin aus der Kneipe mit dem unausgesprochenen Auftrag, sich gefälligst in aller Frühe um ihrer beider Töchter zu kümmern, nach Hause schicken, während sie sich die Nacht mit einem Typ vergnügte, würde ihre Freundschaft

ernstlich belasten. Das wollte sie nicht. Deutlich munterer als zuvor fuhr Vanessa fort:
„Sag mal, wollte der Muskelprotz mit dem albernen Lederbändchen dir nicht eine Rolle bei einer Fernsehproduktion verschaffen? Was ist denn daraus geworden?"
Chris suchte krampfhaft nach einer schlagfertigen Antwort. Leider wollte ihr keine einfallen. Sie konnte unmöglich zugeben, wie sehr es ihr gefiel, wenn gut gebaute Kerle sie begehrten und es auch offen zeigten. Sie war dann allzu bereit, diesen alles zu glauben. Auch die zahllosen Dinge, die nach erfolgreicher Eroberung keinerlei Relevanz mehr besaßen. Das Thema Männer wurde langsam peinlich und Vanessa wieder munter. Chris musste dringend das Thema wechseln, also meinte sie:
„Ähm, mein Vater hielt ihn für unseriös und so habe ich Abstand von ihm genommen."
„Dein Vater?", entfuhr es Vanessa verblüfft. „Ich dachte, du hast keinen Vater?"
„Jeder hat einen Vater", murmelte Chris, sich erneut in der Defensive fühlend.
„Nein, ich habe nur einen Erzeuger!", verkündete Vanessa mit ungewohnter Bestimmtheit. Jedes Mal kochte bei der Erwähnung ihres Vaters erneut Wut in ihr auf. Heute verrauchte sie aber fast augenblicklich wieder. Zögernd fragte Vanessa ihre Freundin: „Sag mal, glaubst du der komische Typ ist wirklich dein Vater? Vielleicht will er dich nur ins Bett bekommen?"
„Was soll das denn? Wie soll mich einer mit der Behauptung mein Vater zu sein ins Bett bekommen?"
Chris begann sauer zu werden und erhob sich.
„War nicht so gemeint!", lenkte Vanessa ein. „Ich finde ihn nur ziemlich komisch und die Bruchbude, in der er wohnt, ist auch strange."
„Immerhin liegt diese Bruchbude in einer der teuersten Wohnlagen der Stadt!"

„Der Typ ist trotzdem ein Loser. Lass die Finger von dem Grufti."
Jetzt wurde Chris richtig sauer:
„Rede nicht so über meinen Vater! Er ist übrigens gerade dabei, richtig fett Geld zu machen und ich bekomme dann auch meinen Teil ab."
Chris war jetzt in Fahrt. Sie musste los. Von Heslach in die Stadt lag das Galao am Marienplatz auf dem Weg. Sie würde kurz das dortige Angebot an Kerlen checken, ehe sie weiter durch die Clubs zöge. Rasch schlüpfte sie in ihre Stiefel und schnappte sich ihr Täschchen. Kurz flackerte eine Erinnerung an das Brandloch in der Strumpfhose durch ihr Bewusstsein, aber das war egal. Ihr kurzes Röckchen und die sich deutlich unter ihrem Top abzeichnenden Brustwarzen würden ihr die Aufmerksamkeit der Männer sichern. Eilig verließ sie die Wohnung. Den schweren Maischegeruch, der wieder einmal über dem Süden lag, ignorierend, stöckelte sie auf ihren hohen Absätzen in Richtung U-Bahn. Selig träumte sie ihren Lieblingstraum, wie jemand sie mit Geld überhäufte und ihrem Leben hierdurch eine wunderbare Wendung gab. Aus dem Schatten einer Hofeinfahrt gegenüber löste sich ein Mann. Er folgte ihr.

Nicht weit entfernt, in den begehrten Hanglagen der Stadt, hob ein Mann den Blick von einem vergilbten Brief. Er nahm seine Brille ab, streckte seinen, vom mühseligen Lesen in gebeugter Haltung verspannten, Rücken und warf einen Blick auf die Uhr. Es war bald Mitternacht. Seine Augen waren vom langen Lesen schwer zu entziffernder Handschriften entzündet und sein Rücken schmerzte. Er reckte sich und versuchte, seine verkrampfte Muskulatur zu entspannen. Draußen kam Wind auf. Er kam sich wie ein Gelehrter in seiner Studierstube vor. Bei diesem Gedanken musste er breit grinsen. In seinen bisherigen dreiundfünfzig Lebensjahren hatte ihn sicher niemand für einen

Gelehrten gehalten. Aber in den letzten Jahren hatte sich vieles geändert. Auch er hatte sich verändert. Unter anderem hatte er Freude daran gefunden, in alten Briefen, Tagebüchern und Ähnlichem zu stöbern.
Klirrendes Glas kündete vom Bersten einer Scheibe. Er zuckte erschrocken zusammen, dann fluchte er vor sich hin. Auch das noch! Er hatte ohnehin kein Geld mehr, wie sollte er da eine neue Scheibe bezahlen? Bis ihn sein kleines Projekt hier reich machte, würden noch einige Monate ins Land gehen.
Dann muss halt die alte Schachtel Extra-Geld lockermachen, dachte er grimmig und wandte sich wieder dem Schreibtisch zu.

In der Innenstadt trank ein schlanker, sonnengebräunter Kommissar Roland Berger mit Blick auf die Königstraße sein zweites Bier. Auf den letzten Drücker war er aus der Türkei kommend am Flughafen gelandet und mit der S-Bahn in die Stadt hinabgefahren. Eigentlich hatte er am Bahnhof nur in die U4 umsteigen wollen. Einem spontanem Impuls folgend, war er stattdessen mit dem Aufzug zur Bar im Bahnhofsturm hinaufgefahren. Der Bahnhof schien ihm ein passender Ort für seine gegenwärtige Situation zu sein, stand der doch als für Dampflokomotiven konstruierter Kopfbahnhof in seinen Augen für Bürger, die sich schwer mit Neuerungen und Veränderungen taten.
Neben ihm flirteten zwei aufgetakelte Schönheiten mit Anzugträgern. Er fühlte sich fremd an diesem Ort, aber das war für ihn nichts Neues. Das letzte halbe Jahr hatte er sich in der Türkei als Fremdkörper gefühlt und davor war er viele Jahre in der Schwabenmetropole ein Außenseiter gewesen. So war ihm die Entscheidung nicht leichtgefallen, ob er zurück in den Polizeidienst gehen, oder sein neues Leben als Sicherheitschef eines großen Hotels fortsetzen sollte. Genau genommen hatte er die Entscheidung

weitestgehend verdrängt und vor sich her geschoben, bis er heute um die Mittagszeit Melek verkündet hatte, am Abend zurück nach Deutschland zu fliegen. Sie hatte ihn ungläubig angesehen und dann losgezetert. Ob sie wohl immer noch sauer war? Er zückte sein Handy und schaltete es ein. Keine Nachricht von ihr. Das war ein schlechtes Zeichen. Sollte er sie anrufen? Das wäre sicher gut. Zumindest, wenn er ihre Beziehung nicht ganz abschreiben wollte. Aber was sollte er ihr sagen? Ihm fiel spontan nichts ein. So legte er sein Handy wieder vor sich auf dem Tisch und bestellte sein drittes Bier. Da er im Flugzeug schon mit dem Biertrinken begonnen hatte, war er mittlerweile ziemlich betrunken. Ertrug er Deutschland in nüchternem Zustand nicht? Egal! Er nahm einen tiefen Schluck von seinem frischen Bier, ehe er erneut sein Handy aufnahm und eine Nummer aus dem Adressbuch anwählte.

„Kriminalhauptkommissarin Anita Schenk!“, meldete sich eine Stimme, die deutliche Missbilligung des späten Anrufs ausdrückte.

„Hey Anita, hier ist Roland!“

„Roland? Roland Berger?“

„Hm.“

„Mensch, ich befürchtete schon, nie mehr was von dir zu hören! Wie geht es dir?“

Es rührte ihn unerwartet, ihre Stimme zu hören.

„Alles okay.“

„Okay? Du …“, sie zögerte sichtlich, „… klingst aber irgendwie nicht okay.“

„Bin ich auch nicht. Aber das ist eine andere Geschichte. Ich…ich wollte nur sagen, dass ich morgen wieder den Dienst antrete.“

Anita nahm sich Zeit, eine Antwort zu finden.

„Schön! Sultan und Peter werden sich freuen. Es ist in den letzten Tagen viel über dich spekuliert worden. Niemand hat in den letzten sechs Monaten auch nur ein einziges

Wort von dir gehört. Deshalb ging die Mehrheit der Kollegen im Präsidium davon aus, dass du nicht zurückkommst. Es wurden sogar Wetten abgeschlossen. Sultan und Peter haben natürlich auf deine Rückkehr gewettet und streichen morgen ein hübsches Sümmchen ein."
„Und du?"
„Ich wette nie."
Eine Pause trat ein.
„Wie geht es Melek?", fragte Anita schließlich.
„Gut. Sie ist gerade sauer auf mich."
„Warum?"
„Weil ich bis heute Mittag nicht wusste, ob ich bei ihr in der Türkei bleibe oder zurückkehre. Sie wurde von meiner Entscheidung ziemlich überrascht und …"
Er brach ab. Erneut kehrte Schweigen ein. Wahrscheinlich war seine Vorgesetzte Anita Schenk der Mensch, dem er am meisten vertraute. Trotzdem fiel es ihm schwer zu fragen, was ihn interessierte. Endlich überwand er sich und begann:
„Bin ich …", erneut brach er ab.
„… noch im Team?", setzte Anita den Satz fort.
„Genau, das wollte ich fragen."
„Klar!"
„Gut, dann bis morgen. Haben wir einen frischen Fall?"
„Nein, wir arbeiten uns gerade an den Dauerbrennern ab. Aber wie du weißt, kann sich das jederzeit ändern. Was hältst du davon, wenn ich um acht bei dir mit Brötchen vorbeikomme? Dann frühstücken wir gemeinsam und ich nehme dich anschließend mit ins Präsidium."
„Oh, schön, aber äh …"
„Am besten bringe ich auch Milch und Butter mit", fuhr sie fort. „Dein Kühlschrank ist bestimmt leer."
Sie beendeten das Gespräch. Roland fragte sich beschämt, warum er sich die ganze Zeit über nicht bei den Kollegen gemeldet hatte. Er wusste es nicht. Erneut ließ er den Blick

über die Lichter der Stadt gleiten, in der er die meiste Zeit seines Lebens verbracht hatte und die er trotzdem nicht als Heimat empfand. Die Stadt trug keine Schuld an der Lage, in der er sich befand. Er seufzte. Regeln! Einst hatten sie ihm Sicherheit und Halt gegeben. Er hatte sie erst überhöht, sich dann entschieden, sein Leben ihnen zu widmen und als Polizist jene zu jagen, die sie brachen. Dann hatte Griechenland die Welt, und ein fragwürdiger Ministerpräsident mit Unterstützung der Deutschen Bahn das Ländle, daran erinnert, dass ohne ausreichende Einhaltung der Regeln kein Staat zu machen war. Es wäre nicht richtig zu behaupten, sie hätten dadurch auch seine ganz persönliche Krise verursacht. Ihm war klar, dass er die Grundsteine selbst gelegt hatte. Wie hatte er auch nur annehmen können, indem er sich über die Regeln stelle, könne er besser für deren Einhaltung sorgen? Jetzt saß er alleine hier und versuchte, sich zu betäuben.

Auch das viele Bier konnte seine Einsamkeit und Leere nicht mindern. Dafür drückte es auf seine Blase. Er musste pissen. Mühsam erhob er sich. Es fiel ihm schwer, ohne torkeln zu laufen. Wo war in diesem Schicki-Micki-Laden nur die Toilette? Er öffnete eine eiserne Tür, hinter der sich statt der Toilette eine Treppe befand. Ohne zu überlegen, stieg er nach oben. Die Treppe endete vor einer anderen Metalltür. Roland drückte die Klinke nach unten. Nichts rührte sich. War die Toilette etwa abgeschlossen? Wo gab es denn so was! Nun denn, er hatte sich schon mehr als einmal gewaltsam Zutritt verschafft. Ob er es überhaupt noch konnte? Er trat, soweit es ging, zurück und nahm kurz Maß, ehe er seine stolze Masse mit voller Wucht gegen die Tür warf. Der Absperr-Riegel gab nach und die Tür flog auf. Roland schoss stolpernd durch sie hindurch und landete schmerzhaft auf dem Boden. Mühsam rappelte er sich wieder auf. Nanu? Ein kalter Wind pfiff ihm um die Ohren. Ringsum blinkten die Lichter der Stadt. Hier war ja gar nicht das Klo. Er war auf der Aussichtsplattform oben auf dem Turm gelandet! Der Gedanke, soeben etwas ziemlich Dummes gemacht zu haben, drang nur halb in sein Bewusstsein, führte aber trotzdem dazu, dass er sich noch schlechter fühlte. So bemühte er sich auf dem Weg zum Geländer gar nicht mehr darum, sein Torkeln unter Kontrolle zu bringen. An der Umfriedung angelangt, öffnete er den Hosenschlitz und pinkelte sechzig Meter hinab. Es kümmerte ihn nicht, ob ein Bürger der Stadt etwas von seinem Segen abbekam. Im Gegenteil, er wünschte sich regelrecht, dass soeben ein Wutbürger unten vorbeilief. Wutbürger? Ihm kam in den Sinn, dass er in gewisser Weise selbst einer war. Nur machten ihn andere Dinge wütend, als ein banaler Bahnhof. Zum Beispiel selbstgerechte Gutmenschen, die sich über andere erhoben, konnten ihn richtig in Fahrt bringen.

Fertig mit seinem Geschäft, zog er den Reißverschluss wieder nach oben. Ohne recht zu wissen warum, prüfte er mit seinen Händen die Stabilität des Gitters. Ob er da wohl drüber käme? Schließlich hatte er als Polizist nicht nur zahllose Türen gewaltsam geöffnet, sondern fast ebenso viele Zäune überwunden! Dort in der Ecke wäre es sicher leichter, nach oben zu klettern. Er folgte dem Zaun drei Schritte, ehe er sich mit beiden Händen und Füßen nach oben arbeitete. Keuchend langte er oben an, hievte sich unter Anstrengung auf den oberen Rand. Mit den Armen balancierend stand er auf dem Geländer, wobei es äußerste Konzentration erforderte, den böigen Wind auszugleichen. Von hier aus konnte er über seine Zehenspitzen senkrecht nach unten sehen und fühlte augenblicklich den Sog der Tiefe. Ein Schritt nach vorne, und er würde sich nie mehr einsam oder leer fühlen.

Chris hatte die ganze Nacht gebraucht, sich ihren Prinzen zu wählen. Erst als der DJ die lokale Hymne Mutterstadt auflegte, hatte sie sich für einen Typen entschieden, der besonders inbrünstig mitsang. So war bereits der Morgen zu erahnen, als sie aus seinem Mini stieg. Sie hatte Lust auf ihn und gleichzeitig Angst davor, was nach dem Sex passieren würde.
„Hier wohnst du also?“, fragte sie und sah an der Ziegelfassade des Hauses hoch.
„Klaro! Fetter Jugendstil-Bau, nicht?“, antwortete Jens.
In diesem Moment erkannte sie, dass sie sich zielsicher wieder einen geschwätzigen Loser geangelt hatte. Er registrierte ihr Zögern und legte nach:
„Die Wohnung hat echt fette Dielenböden, wirst du gleich sehen!“
„Schon, ich dachte halt irgendwie, deine Bude liegt im Westen oder wenigstens im Süden.“
„Hey, man, gleich gegenüber liegt der Stadtstrand! Ist im Sommer absolut gechillt! Außerdem ist Cannstatt in unserer Stadt, in der die Sonne in den Kessel lacht, schwer im Kommen! Die richtig coolen Leute suchen sich hier eine Bude, solange es noch bezahlbar ist!“
„Bist du sicher?“, fragte sie skeptisch.
Ihre Lust war verflogen. Würde sie es ohne Stress oder Schlimmeres zu riskieren vermeiden können, mit ihm hochzugehen? In diesem Augenblick erscholl in den Platanen über ihr der erste Morgenruf eines Vogels, der umgehend beantwortet wurde. Das Pärchen in den Ästen über ihr begrüßte mit solcher Inbrunst den Morgen, dass Chris unwillkürlich nach oben sah. Sie glaubte, ihren Augen nicht zu trauen. Im Geäst über ihr saßen zwei Papageien!
„Sieh nur!“, rief sie aufgeregt aus und wies mit der Hand nach oben.
Jens trat neben sie und folgte ihrem ausgestreckten Finger.
„Ach, du meinst die Gelbkopfamazonen? Von denen gibt es hier einen ganzen Schwarm“, meinte er betont lässig.

Chris sah ihn skeptisch an.
„Du nimmst mich auf den Arm, oder? Die können hier im Winter doch nicht ..."
In diesem Augenblick antwortete ein vielstimmiger Chor den beiden Sängern über ihren Köpfen und Chris verstummte erstaunt. Aus den umliegenden Bäumen erhoben sich grün gefiederte Papageien mit gelben Köpfen, während das Vogelpärchen über ihnen zärtlich zu Schnäbeln begann. Jens legte seinen Arm um Chris und drückte sie behutsam an sich.
„Ich sag doch, dass Cannstatt ein besonderes Pflaster ist", meinte er stolz. „Die Gelbkopfamazonen gelten als vom Aussterben bedrohte Art und hier bei uns lebt die einzige bekannte Population außerhalb Amerikas in freier Wildbahn."
Er fand es immer wieder erstaunlich, wie leicht manche Tussis über die Tierwelt zu bekommen waren.
„Echt? Wie süß!"
Sie schaute mit glänzenden Augen zu ihm auf. Er spürte, dass er sie fast so weit hatte und fuhr fort:
„1984 wurde der erste der Papageien von Mitarbeitern der am gegenüberliegenden Neckarufer gelegenen Wilhelma beobachtet. Er hat dort regelmäßig seine Gefährten in den dortigen Volieren besucht. Damit der arme Kerl nicht so einsam ist, haben die Tierpfleger der Wilhelma zusammengelegt und ihm in der Zoohandlung eine attraktive Gefährtin erstanden. Die beiden haben Gefallen aneinander gefunden und den fünfzigköpfigen Schwarm zustande gebracht. Ich bin übrigens auch ein einsamer Kerl, der Gefallen an der attraktiven Frau an meiner Seite findet ..."

Wenige Stunden später stieg Anita vor Rolands Wohnung in der Nähe des Ostend-Platzes aus dem Dienstwagen. Da Rolands Küche vermutlich der Wüste Gobi ähnelte, zumindest was das Nahrungsangebot betraf, hatte sie eine Ther-

moskanne Kaffee, Milch und Butter eingepackt. Unterwegs hatte sie die Nachricht von einem verdächtigen Todesfall im Eulenrain erreicht. Sie würden sich trotzdem die Zeit für ein Begrüßungsfrühstück nehmen, zumindest für ein kurzes. Am Ende der ausgetretenen Holztreppe erwartete Roland seine Vorgesetzte. In Anitas Augen hatte ihm die Auszeit gut getan. Er war braun gebrannt und überraschend schlank.
„Willkommen zurück im Ländle!", begrüßte ihn Anita und streckte ihm die Tüte mit noch warmem Laugenweckle hin. Roland wusste nicht, wie er seine Vorgesetzte, die zugleich so etwas wie seine einzige Freundin war, nach einem halben Jahr begrüßen sollte. Mit einer Umarmung? Nein, das kam nicht in Frage. So nahm er die Tüte entgegen und starrte verlegen auf den Namen der einzigen Stuttgarter Slow-Baking-Bäckerei.
„Bist du meinetwegen extra einen Umweg über Gablenberg gefahren?", fragte er.
„Klar, schließlich bäckt keiner bessere Laugenweckle. Ich will doch, dass du dich bei uns wohlfühlst."
Eigentlich fand er den Laden zu versnobt. Aber die Wecken waren lecker und ihre Geste rührte ihn zutiefst. Sie nahmen in seiner winzigen Küche Platz und bestrichen wortlos das noch warme Gebäck dick mit Butter.
„Kommt Melek auch wieder zurück?", brach Anita schließlich das Schweigen.
„Nein."
„Habt ihr euch getrennt?"
„Nein!"
Er blickte sie derart unglücklich an, dass ihr unwohl wurde.
„Mensch Roland, bist du dir sicher, dass du wieder hier leben und als Polizist arbeiten willst?"
„Klar, ich brauche nur ein paar Tage, um mich wieder einzugewöhnen!"
Anita war sich da nicht so sicher. Roland ahnte dies und drängte:

„Gib mir was zu arbeiten, dann komme ich schon wieder in die Spur!"
„Daran soll es nicht liegen. Im Eulenrain hat ein Haus gebrannt und die Feuerwehr hat bei den Löscharbeiten eine Leiche gefunden. Karl-Heinz ist mit seinen Leuten bereits vor Ort und meint, wir sollen ebenfalls kommen."
„Gut, dann lass uns fahren! Ich mache mich schnell fertig!"
Roland verließ eilig den Raum. Anita erhob sich ebenfalls und trat auf den winzigen Balkon hinaus. Über den Dächern der Häuser erhob sich der grüne Gipfel der Uhlandhöhe, Heimat der weltweit ersten Waldorfschule. Anita fragte sich soeben, was Leute, die beim Kauf ihres Gemüses nicht auf die Mondzyklen achteten, massenhaft dazu brachte, sich für derartige Schulen zu entscheiden, als ein Schuss fiel. Sie schreckte zusammen und zückte ihre Dienstwaffe, als Roland aus der Wohnung rief:
„Alles in Ordnung, nichts passiert!"
Sie lief in die Wohnung. Roland kam soeben aus dem Schlafzimmer und meinte:
„Ich habe nur den Abzugswiderstand meiner Waffe falsch eingeschätzt. Gehen wir!"
„Roland ..."
„Vorsorglich hatte ich auf den massiven Holzfuß meines Schrankes gezielt. Dort steckt die Kugel jetzt drin. Lass uns gehen!"
„Ich gehe nirgendwo mit dir hin, solange ich mir nicht sicher sein kann, dass du dienstfähig bist!"
Sie standen einander gegenüber und maßen einander stumm mit Blicken. Roland war zunächst sein Ärger anzusehen, der jedoch rasch einem flehenden Blick Platz machte.
„Bitte Anita, ich werde meine Waffe jetzt nicht gebrauchen und nachher mache ich mich auf dem Schießstand wieder mit ihr vertraut!"
Die Kommissarin gab nach und so fuhren sie gemeinsam zur angegebenen Adresse in Halbhöhenlage. Anita sah sich

im Eulenrain interessiert um. Bisher hatte es sie noch nie in diese Ecke ihrer Stadt verschlagen. Auch wenn sie es sich nicht leisten konnte, hier zu wohnen, gefiel ihr die Gegend spontan. Gemeinsam näherten sich die Kommissare dem Grundstück mit der rauchenden Ruine. Der rechte Nachbar unterhielt sich mit einem uniformierten Kollegen. Anita wollte achtlos an den beiden vorbeigehen, als ein aufgeschnapptes Wort sie innehalten ließ. Sie wandte sich um und trat näher heran. Ein etwa Siebzigjähriger mit tief liegenden Augen und harten Gesichtszügen sah ihr herausfordernd entgegen.
„Verschwinden Sie, wir brauchen hier keine Gaffer!“, fuhr er sie an.
„Guten Tag, ich bin Kriminalhauptkommissarin Schenk und rein dienstlich hier. Sparen Sie sich also Ihre unpassenden Kommentare! Würden Sie Ihre soeben gemachte Äußerung noch einmal wiederholen?“
Er sah sie trotzig an, überlegte kurz, meinte aber schließlich:
„Sie machen mir auch keine Angst! Ich sagte soeben, es wurde höchste Zeit, dass der Schandfleck neben meinem Haus endlich verschwindet. Seinem Leben ein Ende zu setzen und die Bruchbude in Brand zu stecken, war die erste gute Tat, die der junge Kofler in seinem Leben vollbracht hat!“
„Wie meinen Sie das …“
„Mit der guten Tat? Na der Kerl war doch ein Versager, der hinter den Röcken hersprang und sonst nichts auf die Reihe bekam.“
„Nein, ich meine das mit dem Schandfleck.“
„Na der Nichtsnutz hat keinen Tag in seinem Leben gearbeitet. Also hatte er auch kein Geld und dementsprechend glich das Haus schon vor dem Brand einer Ruine.“
„Wie konnte er es sich überhaupt leisten, in dieser Gegend zu wohnen?“

„Seine Eltern waren feine Leute und seine Mama hat für ihn vorgesorgt."
„Konkret?"
„Sein Vater starb, kurz nachdem der junge Kofler die Schule verlassen hatte. Angeblich mit Abitur, aber falls das stimmt, hat seine Mama ihm das Abi gekauft. Der hat noch nie in seinem Leben was getaugt! Jedenfalls war der Mutter auch klar, dass ihr Sohn nie in der Lage sein würde, die elterliche Fabrik mit Erfolg weiterzuführen. So hat sie die Fabrik Anfang der Achtziger verkauft und mit ihrem Filius alleine im Haus nebenan gewohnt. Allerdings nicht lange, der Gram brachte sie auch bald unter die Erde. Damit ihr Sohn sein Erbe nicht innerhalb kürzester Zeit verprasst, gründete sie eine Stiftung, die ihm einen festen monatlichen Betrag ausbezahlte. Nur verschwendete der feine Herr Sohn nie einen Gedanken daran, auch nur einen Euro des Geldes in den Erhalt des Hauses zu stecken."
Anita erfragte den Namen des Nachbarn und verabschiedete sich mit einem knappen Gruß. Ihr Kollege Roland stand bereits bei Karl-Heinz Campos, dem Leiter der Kriminaltechnik.
„Guten Morgen!", begrüßte Anita Karl-Heinz. „Bist du dir sicher, dass bei dem Toten Fremdverschulden vorliegt?"
„Die Feuerwehr hat uns gerufen, weil der Tote ein Loch im Hinterkopf hat und ihm ein großer Teil des Gesichts fehlt. Es sieht ganz so aus, als habe jemand mit einer großkalibrigen Waffe aus nächster Nähe von hinten zwei Schüsse auf den Hinterkopf abgefeuert. Die Munition war angefeilt, verformte sich schon beim Eintritt in den Schädel erheblich und richtete beim Austritt entsprechenden Schaden an. Da wollte jemand ganz sicher gehen, dass seine Schüsse letal sind. Höchstwahrscheinlich handelt es sich um die Arbeit eines Auftragskillers. Vermutlich saß das Opfer vor seinem Laptop am Schreibtisch und hat den Killer nicht einmal kommen hören. Er wurde von den Schüssen nach vorne

auf den Laptop geschleudert und blieb mit Kopf und Oberkörper auf dem Schreibtisch liegen, den Computer unter sich begraben. Dann wurde das Ganze mit Benzin übergossen und in Brand gesteckt. Zumindest ist nach einer vorläufigen Einschätzung der Feuerwehr das Feuer genau am Fundort der Leiche ausgebrochen."
„Warum dass denn?", fragte Roland verblüfft. „Es wird doch niemand so naiv sein zu glauben, durch das Feuer einen Mord vertuschen zu können."
„Wahrscheinlich wurde der Brand gelegt, um andere Spuren zu vernichten."
„Habt ihr den Toten schon identifiziert?"
„Höchstwahrscheinlich handelt es sich um den Hausherrn, einen gewissen Dieter Kofler. Der Nachbar hat ihn spätabends noch genau dort sitzen sehen. Größe und Statur stimmen mit den bekannten Daten überein. Aufgrund des verkohlten Zustands der Leiche und da zudem das Gebiss weitgehend zerstört ist, wird eine Identifizierung nicht ganz einfach sein. Aber glücklicherweise ist die Feuerwehr schnell eingetroffen. Das Bad im Obergeschoss blieb unversehrt. Wir haben eine Haarbürste und die Zahnbürste sichergestellt. Ein DNA-Abgleich mit der Leiche wird zeigen, ob es sich beim Toten tatsächlich um den Hausherrn handelt."
„Was arbeitete der Tote?"
„Von Beruf her war er Sohn", antwortete Anita, „zumindest äußerte sich Herr Haußmann, der rechte Nachbar, dementsprechend. Lasst uns die anderen Nachbarn befragen. Jemand muss den Schuss gehört oder sonst etwas beobachtet haben. Roland, du nimmst die linke Seite, ich bin mit der rechten ja schon bekannt. Nach hinten raus ist Wald, das können wir uns also sparen. Bei den Häusern auf der anderen Straßenseite fange ich ebenfalls rechts an und du links."
Roland nickte und Anita wandte sich zurück zum Nachbarn. Herr Haußmann hatte das Geschehen aus der Entfernung aufmerksam verfolgt. Als er Anita auf sich zukom-

men sah, winkte er ihr, ihm zu folgen und stieg langsam die Stufen zu seinem Haus hinauf. Anita holte ihn an der Haustür ein.
„Doch kein Selbstmord?“, fragte er.
„Nein.“
Er schloss auf.
„Kommen Sie herein!“
Sie folgte ihm durch ein leicht muffiges, aber äußerst geräumiges Haus in sein Arbeitszimmer. Von hier aus hatte man direkte Sicht auf die Brandruine nebenan. Herr Haußmann zog eine Schublade auf und begann, darin zu wühlen.
„Sie haben heute Nacht die Feuerwehr alarmiert?“, fragte Anita währenddessen.
Er nickte.
„Um drei viertel eins?“
Erneutes Nicken.
„Warum? Ich meine, andere Schlafen um diese Uhrzeit. Hat Sie etwas geweckt?“
„Sie sagen es, junge Frau. Ich bin durch etwas geweckt worden.“
„Durch was?“
„Wenn ich das wüsste!“ Er seufzte. „Leider werde ich seit etlichen Jahren jede Nacht von irgendetwas geweckt. Ich gehe immer nach den Tagesthemen ins Bett und zwischen Mitternacht und ein Uhr weckt mich etwas. Wahrscheinlich ist es einfach das Alter. Jedenfalls bin ich wie jede Nacht um diese Zeit aus dem Bett und drehte eine Runde durchs Haus. Ich merkte gleich, dass etwas nicht stimmt. Als ich dann die Flammen nebenan sah, wählte ich sofort die eins-eins-zwei.“
„Sie haben also nichts gehört?“
Er schüttelte den Kopf.
„Auch nichts gesehen?“
„Doch, hier!“ Er schien das Gesuchte gefunden zu haben und legte ein kariertes DIN-A5-Blatt vor sie.

Anita nahm das Blatt und las. Es enthielt vier Datumsangaben aus den letzten Monaten, inklusive Uhrzeiten, der Beschreibung von Autos und deren Kennzeichen.
„Was soll ich damit?“, fragte sie verblüfft.
„Bei dem jungen Kofler lief in letzter Zeit eine Sache, die nicht koscher war. Heute Nacht hat er dafür die Zeche bezahlt. Die Fahrer dieser Wagen stecken da mit drin.“
„Jetzt mal von vorne, so verstehe ich überhaupt nichts!“
„Na bis vor drei Jahren war der junge Kofler an den Jet-Set-Orten der Welt unterwegs und verprasste sein Erbe. Wenn er doch mal hier war, veranstaltete er laute Partys und schleppte junge Röcke ab. Vor drei Jahren, ausgerechnet an seinem fünfzigsten Geburtstag, strich Erika ihm dann das Geld zusammen und es kehrte Ruhe ein. Ich meine, er ist verbissen rüber zum Tennisclub, aber die Röcke verloren ohne sein Geld jegliches Interesse an ihm und die Zeit der Partys war vorüber. Ich dachte schon, der versinkt in Selbstmitleid und Depression. Wenn er nicht Tennisspielen war, hing er vor der Glotze ab. Meistens glotzte er im Bezahlfernsehen Fußball. Irgendwann ging er dann immer seltener auf den Tennisplatz. Ich glaubte meinen Augen nicht zu trauen, als er plötzlich Tage und sogar Nächte am Schreibtisch seines alten Herrn verbrachte. Beim besten Willen kann ich mir nicht erklären, was auf einmal in ihn gefahren war. Vor ein paar Monaten parkte dann plötzlich am helllichten Tag der dunkelgrüne Jaguar mit Züricher Kennzeichen vor seiner Tür. Ein Mann mit einem sehr gepflegten Äußeren stieg aus. Er verhandelte gut zwei Stunden mit dem jungen Kofler und fuhr dann wieder davon. Solche Typen kenne ich von früher. Wo die auftauchen, geht es um richtig viel Geld. Ich konnte es gar nicht glauben, da der junge Kofler ja alles längst verschleudert hatte. Aber wie Sie meiner Liste entnehmen können, kamen noch drei andere. Was auch immer es war: Bei meinem Nachbarn muss richtig was zu holen gewesen sein.“

Anita hatte aufmerksam zugehört und Herrn Haußmanns Ausführungen nicht unterbrochen. Jetzt fragte sie:
„Wer ist Erika?"
„Erika Preuninger, die beste Freundin der verstorbenen Frau Kofler. Aus Freundschaft hat sie über die Stiftung das Geld für den jungen Kofler verwaltet."

Kriminalmeister Peter Lutz hielt im Büro die Stellung. Vor Haußmanns Tür gab Anita ihm per Handy die Kfz-Kennzeichen durch und erteilte ihm den Auftrag, Daten zu den Konten des Toten anzufordern. Auf der Straße sah sie Roland im Dienstwagen mit dem Handy am Ohr. Er winkte sie zu sich. Sie stieg auf der Beifahrerseite ein.
„… kein Vater in der Geburtsurkunde eingetragen? ... gut ... vielen Dank, bitte schicken Sie … Schon elektronisch unterwegs? ... okay, super!"
Er beendete das Gespräch.
„Bist du mit den Nachbarn gegenüber durch?", fragte Anita.
„Niemand da, zumindest reagierte niemand auf mein Klingeln. Sollen wir zurück ins Präsidium?"
Sie nickte, er startete den Motor und fuhr los. Dann wählte er über die Freisprecheinrichtung Polizeimeisterin Sultan Koc an.
„Sultan, wir sind in einer halben Stunde bei euch. Kannst du bitte in unserer Datenbank nach einer Schießerei im Eulenrain suchen? Eine Nachbarin hat die uniformierten Kollegen gerufen. Es muss ein Bericht existieren. Der Vorfall ereignete sich im März letzten Jahres."
Schweigend fuhren die beiden quer durch die Stadt. Nachher würden sie zu viert ihre Informationen austauschen und Hypothesen zu Tathergang und Täter bilden. Anita wurde leicht schwindelig. Die Brandruine war noch nicht kalt, das Opfer noch keine zwölf Stunden tot und sie hatten bereits eine Fülle an Informationen und Daten beisammen.

Noch vor wenigen Jahren hätte es Tage gedauert, papierene Kopien von Kontoauszügen und Geburtsurkunden zu erhalten. Sie seufzte. War sie der Geschwindigkeit dieser schönen neuen Welt auf Dauer gewachsen? Zur Entschleunigung schloss sie die Augen und versuchte zu entspannen. In wenigen Minuten würden sie auf den Parkplatz des Präsidiums einbiegen. Doch daraus wurde nichts.
„Dreh dich nicht um und schau nicht zu lange in den Spiegel! Wir werden verfolgt!“, störte Roland mit ruhiger Stimme ihre Entspannung. Anitas Herz begann heftig zu pochen. Sie setzte sich langsam auf. Roland nahm unauffällig seine Waffe aus dem Holster und reichte sie ihr. Sie nahm seine Waffe, entsicherte sie und klemmte sie mit dem Lauf nach unten zwischen Fahrersitz und Konsole ein. Äußerlich ruhig zog auch sie unauffällig ihre Waffe und entsicherte sie. Wurden sie vom Mörder verfolgt?
„Hier Wagen dreiundzwanzig, wir werden verfolgt und brauchen dringend Verstärkung!“, meldete Roland über Funk. Er fuhr am Präsidium vorbei gemächlich Richtung Feuerbach, während er über Funk den Kollegen seinen Plan erklärte. Anita hörte mit pochendem Herzen zu und hoffte, dass sein Vorhaben funktionieren würde.

Zur gleichen Zeit packte Herr Haußmann eine schwere Tasche in den Kofferraum seines Daimlers. Er würde sich erleichtert fühlen, wenn deren Inhalt entsorgt oder auch teilweise sicher verstaut war. Es würde ihn eine Stange Geld kosten, aber das war es ihm wert. Er war sich sicher, die Kommissarin würde bald wieder vor seiner Tür stehen. Bei ihrer Rückkehr hätte sie allerdings einen Durchsuchungsbeschluss dabei. Darauf würde er jedoch nicht untätig warten. Rückwärts fuhr er aus der Garage, hielt an und sah den Eulenrain hinunter. Langsam fuhr er an der Brandruine seines toten Nachbarn vorbei. Durch die Scheibe grüßte er freundlich Feuerwehrleute und Kriminaltechniker. Frau

Pfeiffer, die Nachbarin auf der anderen Seite, lud soeben ihre beiden Plagen in ihren X7-BMW. Grimmig sah er sie an. Hass brandete in ihm auf. Bestimmt hatte sie ihn bei der Polizei verpetzt. Sie würde schon noch sehen, was sie davon hatte!
Er bog in die Sonnenbergstraße ein und gab Gas. Spontan beschloss er, auf dem Weg das Grab seiner Frau auf dem Waldfriedhof zu besuchen. Es war ihm schwergefallen, ihrem Wunsch dort begraben zu werden nachzukommen. Seit Manfred Rommel, diese linke Kanaille von einem Bürgermeister, erlaubt hatte, dass Baader, Ensslin und andere Terroristen aus Stuttgart-Stammheim auf dem benachbarten Dornhaldenfriedhof beerdigt werden durften, kam der Waldfriedhof für ihn nicht mehr infrage. Erst kürzlich hatte seine Tochter geäußert, er würde allein wegen seiner Weigerung in Nachbarschaft von RAF-Terroristen beerdigt zu werden, sie noch überleben. So ein Blödsinn! Er dachte an seine Frau. Sie hatte immer gehofft, dass er im Alter ruhiger und milder werden würde. Er hatte immer gewusst, dass es so nicht kommen würde. Im Gegenteil, seine Anfälle unbändigen Hasses waren eher schlimmer geworden!

Roland bog am Rande des Feuerbacher Industriegebietes in eine kleine Straße ein. Auf der rechten Seite befand sich das von einem hohen Zaun geschützte Werk eines Weltkonzerns, links Wald. Es waren keine Fußgänger oder Radfahrer unterwegs. Perfekt! Hinter der Kurve sorgten die Kollegen mit einer Straßensperre dafür, dass ihnen keine Wagen entgegen kamen. Der Düsseldorfer Passat folgte ihnen noch immer mit deutlichem Abstand. Um ihre Verfolger endgültig in die Falle zu locken, gab Roland Vollgas.
„Wir kommen!“, gab er über Funk durch.
Anita sah im Vorbeirasen zwei Streifenwagen in einem kleinen Waldweg warten. Wer nicht nach ihnen suchte und direkt in den Weg hineinsah, würde sie nicht bemerken.

Roland sah im Rückspiegel, dass ihre Verfolger ebenfalls beschleunigten.
„Es klappt, los!“, gab er Befehl.
Hinter der Kurve setzten sich zwei Streifenwagen mit Martinshörnern in Bewegung, während Roland nach einer heftigen Vollbremsung den Wagen mit blockierenden Hinterrädern wendete. Noch ehe er ganz herum war, kamen die Blaulichter der Streifenwagen in Sicht.
Ihre Verfolger wendeten ebenfalls mit qualmenden Rädern, aber es war zu spät. Sie hatten bereits den kleinen Waldweg passiert, aus dem soeben die Streifenwagen herausschossen und ihnen den Fluchtweg abschnitten. Ein knappes Dutzend Polizisten, die meisten mit Maschinenpistolen bewaffnet, gingen hinter ihren Autos in Deckung. Roland schnappte sich ein Megafon und gab Anweisung:
„Stellen Sie den Motor aus! Verlassen Sie dann langsam und mit erhobenen Händen den Wagen! Ich wiederhole ...“
Die Türen öffneten sich. Wie befohlen stiegen zwei Männer aus. Betont langsam legten sie die Hände auf das Autodach. Roland und Anita näherten sich mit ihrem Trupp. Anita sicherte mit den Kollegen, während Roland ihnen nacheinander Handschellen anlegte. Beide Verfolger waren durchtrainiert und trugen in einem Schulter-Holster Pistolen. Die Verhaftung ließen sie gleichmütig über sich ergehen. Kein Wort kam über ihre Lippen. Zwei Streifenwagen brachten die Männer getrennt aufs Präsidium, während Roland und Anita wieder in ihren Wagen stiegen. Betäubt vom Schock des Geschehens, saßen sie nebeneinander. Schließlich begann Anita, entgegen ihren Gewohnheiten, zu fluchen:
„Scheiße! Wo sind wir da nur hineingeraten?“

Chris saß zur gleichen Zeit in einer Cannstatter Wohnung heulend auf der Toilette. Sie bemühte sich, die Laute ihrer Enttäuschung und Verzweiflung nicht nach draußen dringen zu lassen. Trotz allem wollte sie auf ihn nicht zickig

wirken. Sonst hätte sie gar keine Chance mehr bei ihm. Dabei wusste sie eigentlich ganz genau, dass sie nie eine Chance bei ihm besessen hatte. Er hatte nie mehr als den schnellen Sex gewollt und sie suchte sich zielsicher die falschen Männer. Ihr Handy klingelte. Das Display zeigte Vanessa an.
„Ja."
„Hey Schatz, Helena fragt, wann ihre Mama endlich kommt."
„Sag ihr, ich bin in einer halben Stunde da."
Chris ließ ihren Tränen freien Lauf.
„So schlimm?", hörte sie Vanessa einfühlsam sagen. „Er ist es nicht, oder?"
„Nein, er ist es nicht."
„Macht nichts, es wird schon noch der Richtige kommen", fuhr Vanessa mit gespielter Zuversicht fort.
„Vanessa, was ist nur passiert? Gerade waren wir noch talentierte junge Künstlerinnen voller Hoffnung und Erwartungen an die Zukunft. Jetzt werde ich nächste Woche sechsunddreißig!"
Heftiges Schluchzen schüttelte ihren Körper.
„Komm her und hol deine Tochter ab."
Vanessa legte auf.
Chris erhob sich und straffte ihre Schultern. Okay, das Wochenende war durch. Sie würde jetzt noch ein paar Stunden versuchen, ihrer Tochter Helena eine gute Mutter zu sein und am Montag wieder ihren verhassten Sekretärinnen-Job antreten. Dabei war sie doch eigentlich weder Mutter noch Tippse! Sie war Künstlerin oder zumindest Muse und Inspiration eines großen Mannes! Vielleicht konnte sie Helenas Vernachlässigung durch den Besuch ihres Lieblings-Spielplatzes und eines extragroßen Eises wiedergutmachen?

Dr. Hahn verbrachte den Sonntag auf eine höchst vergnügliche Weise. Er surfte auf den Seiten des sportlicheren der beiden Premium-Autobauer der Stadt. Stundenlang konnte

er sich Ausstattungsdetails seines Traumwagens ansehen oder Vergleichstabellen unterschiedlicher Motor-Varianten studieren. Nächste Woche hatte er einen Termin im Porsche-Zentrum. Wann würde er endlich den Kaufvertrag unterschreiben können? Er träumte, wie er mit der Nobelkarosse durch die Stadt kutschierte. Junge, hübsche Frauen, die ihn bisher keines Blickes würdigten, drehten sich in seinen Träumen nach ihm um. Dann wäre es endlich mit der ehelichen Tristesse vorbei und er würde zukünftig die Erniedrigung vermeiden können, für außerehelichen Sex bezahlen zu müssen. Seine Frau trat ohne anzuklopfen ein. Er fühlte sich ertappt und meinte unwirsch:
„Was willst du?"
Wortlos ging sie an seinen Computer und griff nach der Maus.
„He Karin, was soll das? Was ist denn in dich gefahren?"
Sie öffnete ein neues Fenster und gab die Adresse einer Lokalzeitung ein. Die aktuellen Meldungen erschienen. Unter dem Foto eines abgebrannten Hauses stand:
Toter bei Hausbrand
„Kommt dir das Haus auch bekannt vor?", fragte sie.
Erschrocken starrte er auf das Bild, schnappte sich sein Handy und rief aus dem Adressbuch eine Nummer auf. Angespannt wartete er, bis „Der Teilnehmer ist vorübergehend nicht erreichbar" in einer Endlosschleife erklang. Er unterbrach die Verbindung. Sollte er die Polizei anrufen? Unschlüssig saß er da und überlegte hin und her. Seine Frau verließ kopfschüttelnd wieder den Raum. Er brauchte fast zwei Stunden, um eine Entscheidung zu treffen. Dann schnappte er sich seine Sporttasche und warf diese in den Kofferraum der älteren Mittelklassen-Limousine des anderen Premium-Autobauers der Stadt.

Roland saß alleine in seinem Büro. Die Wirkung des Adrenalins klang langsam ab. Am liebsten hätte er ihre Verfolger

alleine gestellt. Er malte sich aus, wie er mit der Pistole im Anschlag auf den Passat zulief. Die Türen öffneten sich und die Männer versuchten, ihre Pistolen auf ihn anzulegen. Im Bruchteil einer Sekunde erkannte Roland, dass der Beifahrer schneller war, und schaltete zuerst diesen mit einem einzigen, gezielten Schuss aus, ehe er sich den Fahrer vornahm. Er wusste, dass es in der Realität nie so ablaufen würde, sondern die Männer sich entweder ergaben oder ihm mit Schüssen aus automatischen Waffen durch die Scheiben des Autos hindurch keine Chance lassen würden. Aber das war ihm egal. Die Wirklichkeit störte manchmal nur. Er malte sich lieber aus, wie er ein weiteres Mal in seinem Leben als Held dastehen würde. Reporter bedrängten ihn, wollten unbedingt ein Exklusiv-Interview. Langhaarige Frauen mit verführerischer Oberweite lächelten ihn an, getrieben von der Hoffnung, seine Aufmerksamkeit zu erregen. Seine Gesichtszüge entspannten sich und ein stolzes Lächeln machte sich darin breit. Ohne recht zu wissen, was er tat, nahm er sein Handy und wählte eine Nummer aus dem Speicher.
„Roland?“, meldete Melek sich nach den dritten Klingeln atemlos. „Wo bist du?“
„Ähh ... im Büro“, antwortete er verwirrt. Hatte er sie angerufen?
„Schade!“, entfuhr es ihr enttäuscht. „Ich dachte, du wärst auf dem Weg zurück.“
Ein kurzes, unangenehmes Schweigen trat ein. Roland war erleichtert, keine Vorwürfe von ihr zu hören. So meinte er: „Entschuldige bitte meinen plötzlichen Aufbruch.“
„Es gibt nichts, für das du dich entschuldigen müsstest. Du hast von Anfang an gesagt, dass du spätestens am ersten August hei... zurück musst.“
Erneut herrschte Schweigen.
„Und?“, fragte Melek, „ist es besser?“
„Als in der Türkei?“
„Ja.“

„Weiß ich noch nicht. Ich will aber herausbekommen, ob es besser ist in Deutschland Kommissar zu sein oder dort mit dir zusammenzuleben."
„Hast du schon erste Anhaltspunkte gefunden?"
Er zögerte, überlegte sich seine Antwort gründlich.
„Ich weiß nicht. Hier fühle ich mich ... weniger fremd. Dafür wurde ich in deinem Land mehr geachtet. Und mit dir zusammenleben zu dürfen, ist wirklich etwas sehr, sehr Schönes."
Sie begann zu weinen.

Aufgrund der spektakulären Verhaftungen verschob Anita die Sitzung des Teams auf den späten Nachmittag. Beide festgenommenen Männer schwiegen nach wie vor. Das Auto war auf eine Sicherheitsfirma mit dem Namen D-Security in Düsseldorf zugelassen. Bei einem Anruf dort erklärte der Chef der beiden, sie seien mit dem Auftrag, das unauffällige Beschatten in einer fremden Stadt zu üben, nach Stuttgart geschickt worden. Da Zivilpolizisten intensiv geschult seien, auf eventuelle Verfolger zu achten, seien die Mitarbeiter angehalten, bei Einsätzen nach solchen zu suchen und ihr Geschick zu zeigen.
„Das ist nichts anderes, als eine verdammte Ausrede!", schimpfte Roland vor sich hin.
„Und wenn es so ist, dann können wir auch nichts machen", erwiderte Anita. „Mir sind die beiden auch suspekt. Aber sie haben einen Waffenschein und nichts Verbotenes getan. Die Kriminaltechnik hat Beschuss-Proben ihrer Waffen genommen. Wenn die nichts ergeben, werden wir sie wohl laufen lassen müssen. Im Fall des Toten aus dem Eulenrain kommen wir so nicht weiter."
„Es handelt sich übrigens wirklich um Herrn Kofler!" Peter hob ein Blatt in die Höhe. „Karl-Heinz war wohl selbst neugierig und hat den Befund vor ein paar Minuten persönlich vorbeigebracht."

„Gut, das vereinfacht unsere Arbeit etwas. Es gibt auch schon erste Hinweise auf ein mögliches Motiv."
Sie berichtete von ihrem Gespräch mit Herrn Haußmann und dessen Notizen über die Besucher seines Nachbarn.
„Mit den Kfz-Kennzeichen bin ich leider noch nicht weit gekommen", ergänzte Peter. „Wegen der Züricher Nummer habe ich eine Anfrage an die Schweizer Kollegen gerichtet, was erfahrungsgemäß einige Zeit dauern wird. Die drei anderen Kennzeichen gehören zu großen Autovermietungen. Ich habe sie aufgefordert, die Namen der Kunden an den jeweiligen Tagen herauszurücken. Aber die lassen sich Zeit damit. Ich bleibe natürlich dran und fahre notfalls auch persönlich vorbei. Besser sieht es mit den Konten des Toten aus. Genauer gesagt mit seinem Konto. Über das Finanzamt habe ich Informationen zu Bank und Kontonummer erhalten und über die Staatsanwaltschaft die Kontoauszüge der letzten zehn Jahre. Diese geben vermutlich nicht viel her. Soweit ich es verfolgen kann, geht jeden Monat genau eine Zahlung auf dem Konto ein. Immer vom gleichen Konto einer Liechtensteiner Bank. Bis vor gut drei Jahren waren es achttausend Euro monatlich, seither nur noch tausendfünfhundert Euro."
„Das bestätigt Herrn Haußmanns Angaben", meinte Anita.
„Verschwiegen hat er dir hingegen", fuhr Roland fort, „dass er vor eineinhalb Jahren mit einer Pistole auf Dieter Kofler geschossen hat. Die beiden lagen wohl in einem nachbarschaftlichen Dauer-Clinch über die Gartenpflege. Herr Haußmann vertrat recht heftig die Ansicht, sich durch den urwaldähnlichen Bewuchs nebenan beeinträchtigt zu fühlen. Die beiden haben sich mehrfach über den Gartenzaun hinweg angebrüllt. Nach Auskunft der Nachbarn hat der alte Haußmann auch mehrmals gebrüllt, dass man den Kofler erschießen sollte. Bei einem Streit ist er dann tatsächlich in sein Haus, hat eine Pistole geholt und auf Herrn Kofler geschossen. Die Nachbarn alarmierten

daraufhin die Polizei. Im Holzrahmen, der zu Herrn Haußmann hin gelegenen Terrassentür, wurde seinerzeit eine Kugel sichergestellt. Herr Kofler sagte in seiner ersten Aussage, die Kugel habe ihn nur knapp verfehlt. Später widerrief er seine Aussage und gab an, vor dem Schuss schon längst hinter den Mauern seines Hauses in Sicherheit gewesen zu sein. Sonst wäre die Sache für den Nachbarn wohl nicht so glimpflich ausgegangen."

„Da fällt mir ein ...", meinte Peter und wühlte in den Papieren vor sich. „Genau hier: bis März letzten Jahres befand sich das Konto immer mit ungefähr viertausend Euro im Minus. Seither ginge es aufwärts und das Konto wurde ausgeglichen."

„Eine fremde Überweisung?"

„Nein, es wurde über ein Vierteljahr lang nichts abgehoben und außer wenigen, niedrigen Daueraufträgen nichts überwiesen. So haben die monatlichen fünfzehnhundert das Konto ausgeglichen."

„Im März letzten Jahres wurde auf Dieter Kofler ein nagelneues Peugeot 306 Cabriolet zugelassen", warf Sultan ein. „Gibt es Hinweise auf Kauf oder Leasing des Wagens auf seinem Konto?"

Peter schüttelte den Kopf.

„Also", übernahm Anita die Führung, „durfte Herr Haußmann vermutlich einiges bezahlen, damit Herr Kofler seine Aussage abänderte. Vielleicht wurde er auch dauerhaft vom Toten erpresst und wir haben schon das Motiv."

Die vier Kriminalisten ließen sich die Sache durch den Kopf gehen. Es wäre schön, wenn sich einer ihrer Fälle mal so einfach lösen ließe.

„Was haben wir noch?", fragte Anita.

„Es gibt womöglich eine Tochter", antwortete Roland.

„Wie das? In seinem Familienbuch-Auszug sind keine Verwandten eingetragen."

„Frau Pfeiffer, die andere Nachbarin, gab an, vorletztes

Weihnachten habe eine ungefähr dreißigjährige Frau über eine Stunde lang in einem roten Golf vor ihrem Haus gesessen. Schließlich habe sie die Unbekannte angesprochen und da habe die gesagt, sie wolle eigentlich ihren Vater nebenan besuchen, könne sich aber nicht überwinden hineinzugehen. Die Frau sei dann unmittelbar nach dem Gespräch davongefahren. Sie hat mir das Kennzeichen genannt."
„Frau Pfeiffer hat sich das Kennzeichen notiert und den Zettel fast zwei Jahre aufgehoben?", fragte Sultan ungläubig. „Man, was wohnen in der Straße den für Leute? Leben die wirklich in so einer paranoiden Angst, dass bei ihnen eingebrochen werden könnte?"
„Ich glaube, ihre Angst bestand mehr daraus, der jüngeren Geliebten ihres Mannes zu begegnen. Frau Pfeiffer erwähnte noch einen Kindersitz auf der Rückbank des Golfes. Wahrscheinlich fürchtete sie, die Geliebte ihres Göttergatten würde den trauten Weihnachtsabend der Familie sprengen. Außerdem hatte der Golf eine extrem leicht zu merkende Nummer: S – EX 3663."
„Und?"
„Die Nummer gehört tatsächlich zu einem roten Golf, der seit acht Jahren auf eine Frau Christa Ortwein zugelassen ist. Laut Standesamt ist deren Vater unbekannt."
„Also möglicherweise eine uneheliche Tochter?"
Schweigen herrschte in der Runde. Normalerweise gehörte es zu ihrem Job, nahe Angehörige über den Tod eines Mordopfers zu informieren. Wie sollten sie es in diesem Fall handhaben?
Peter stöberte erneut in den Kontoauszügen. Schließlich griff er sich ein Blatt, hob es hoch und meinte:
„Vor etwas über zwei Jahren hat Herr Kofler als Verwendungszweck für eine erhebliche Überweisung Seminar zur Familienaufstellung angegeben. Empfänger ist die Villa Ginkgo-Wurzel hier in Stuttgart. In diesen Seminaren beschäftigt man sich mit seiner Herkunftsfamilie. Man forscht

nach, welche Aufträge und Tabus man von dort mitgenommen hat. Die Psychologen dort sind richtig heiß drauf, uneheliche Kinder aufzuspüren."
„Woher weißt du das?", fragte Sultan. „Hast du dort selbst einmal nach deinen Wurzeln gegraben?"
Peter starrte Sultan verlegen an und begann zu erröten. Roland schaltete sich ein:
„Das war eine sehr kluge Entscheidung von Peter. Ich habe dort auch schon ein Seminar gemacht und fand es richtig klasse. Und dir würde es auch nicht schaden, dich mal intensiv mit deinen Wurzeln zu beschäftigen. Vielleicht wärst du dann endlich stolz auf deine türkische Herkunft und würdest den Mut aufbringen, zu ihr zu stehen!"
Sultans Gesicht verdunkelte sich erheblich, während Peter interessiert Roland fragte:
„Echt? Warst du dann auch bei Anne? Sie ist einfach klasse, besonders ..."
„Stopp!", Anita hob energisch die Hand. „Bevor das hier in eine Selbsterfahrungsgruppe ausartet, möchte ich euch bitten, die Erfahrungen mit euren Therapeuten heute Abend bei einer Tasse Yogi-Tee auszutauschen ..."
„Erst muss er sich bei mir entschuldigen!", Sultan erhob sich.
„Setz dich wieder hin!", fuhr Anita sie scharf an, „wer soll sich bei dir entschuldigen?"
„Na Roland!"
„Wofür, ich habe dir doch nichts getan!", fuhr er sie an.
„Du hast meine Wurzeln und damit auch meine Familie beleidigt ..."
„Habe ich nicht!"
„Hast du doch!"
„Es reicht, alle beide!", Anita schlug mit der flachen Hand auf den Tisch. „Roland hat dich nicht beleidigt, sondern höchstens provoziert. Das ist nicht nett von ihm, du brauchst aber auch nicht gleich so einzusteigen."

Nur mit Mühe gelang es Anita, wieder einigermaßen Ruhe im Team herzustellen. Sie war neugierig geworden und wollte bei der Villa Ginkgo-Wurzel vorbeischauen. Spontan entschied sie, Peter mitzunehmen.
Eine Stunde später hielten die beiden Kriminalisten in unmittelbarer Nachbarschaft des China-Gartens vor einer protzigen Villa. Anita ließ das beeindruckende Gebäude in Ruhe auf sich wirken. Leicht in Trance stellte sie sich vor, wie in der Gründerzeit ein mächtiger Industrieller hier sein Domizil mit beherrschendem Blick über die Stadt errichtete. Oder war es vielleicht ein reicher Adliger gewesen, den es in den Trubel und die kulturelle Vielfalt der aufstrebenden Großstadt gezogen hatte? Mittlerweile waren Psychologen in die teuerste Halbhöhenlage der Stadt eingezogen. Anita verzog bei diesem Gedanken leicht das Gesicht. Was sagte dies über unsere heutige Gesellschaft aus? Dass es zu viele psychisch Kranke gab? Rolands Zustand kam ihr in den Sinn, doch sie verdrängte diesen Gedanken rasch wieder. In der früheren Menschheitsgeschichte hatten religiöse Priester Verantwortung für das seelische Heil der Menschen getragen. Die hatten es ebenfalls verstanden, gut für sich zu sorgen. Zumindest deren Eliten hatten auch in den besten Lagen residiert. Anita stoppte ihre Gedanken wieder und klingelte.
Ein komplett schwarz gekleideter Mann mit warmer, charismatischer Ausstrahlung empfing sie:
„Hallo, ich bin der Bernd. Kommst du, um deine innere Mitte zu finden?“
„Nein, tun wir nicht!“, entgegnete Anita gereizt. Sie hielt ihm ihren Dienstausweis vor die Nase. „Wobei ich mich frage, wo anders als in meinem Inneren meine Mitte zu finden sein sollte.“
Ohne auf ihre spitze Bemerkung einzugehen, bat der Mann sie mit einem warmen Lächeln in einen als Büro fungierenden Raum. Dort wandte er sich Peter zu:

„Trage es ihr nicht nach. Sie hat es nicht so gemeint."
Irritiert wandte Anita sich zu ihrem Kollegen um, der augenblicklich errötete. Bernd nahm Platz, während Anita sich fragte, was zwischen den beiden Männern ablief. Peter hatte vorhin berichtet, hier ein Seminar mitgemacht zu haben. Offensichtlich kannte Kriminalmeister Peter Lutz diesen Bernd, was grundsätzlich in Ordnung war. Nur durfte dieser Umstand seine Loyalität gegenüber seinen Kollegen von der Polizei nicht beeinträchtigen.
„Womit kann ich Ihnen dienen?", fragte Bernd Anita.
„Nun Herr Altmann ..."
„Bitte nennen Sie mich Bernd! Ich hasse meinen Nachnamen. Wenn Sie mich mit ihm ansprechen, komme ich mir wie ein Grufti vor."
Anita sah ihn zweifelnd an. Ein Psychologe von deutlich über vierzig Jahren, der nicht mit seinem Nachnamen angesprochen werden wollte, um sich jünger zu fühlen? Konnte man von ihm wirklich was lernen oder kam der vielmehr mit sich selbst nicht zurecht? Egal, deswegen war sie nicht hier.
„Dieser Mann", sie legte einen großformatigen Abzug von Dieter Koflers Bild aus der Passstelle auf den Tisch, „hat vor gut zwei Jahren bei Ihnen ein Seminar zur Familienaufstellung gemacht. Ich möchte wissen, ob er eine uneheliche Tochter erwähnte, die Anfang der Achtziger zur Welt kam."
„Sie wissen, dass ich Ihnen hierüber keine Auskunft geben darf."
„Vielleicht haben Sie im Radio vom Brand in der Stadt gehört, bei dem ein Mann zu Tode kam? Der Tote heißt Dieter Kofler und wurde ermordet. Ihre therapeutische Schweigepflicht ist somit obsolet. Vielleicht haben Sie jetzt die Güte, meine Frage zu beantworten. Aufgrund der Aussage einer Nachbarin kennen wir den Namen der vermutlichen Tochter. Wir würden ungern einer Frau, die gar nicht

seine Tochter ist, die Nachricht vom gewaltsamen Tod ihres Vaters überbringen."
Bernd musterte Anita intensiv. Obwohl sie schon in einigen Fällen mit Psychologen zu tun gehabt hatte und wusste, dass die keinen Röntgenblick besaßen, fühlte sie sich unwohl. Schließlich warf Bernd dem neben Anita sitzenden Peter einen kurzen Blick zu, woraufhin dieser unwillkürlich nickte. Daraufhin antwortete Bernd:
„Ja, Dieter hat bei uns im Seminar von seiner unehelichen Tochter berichtet. Ich weiß noch, dass sie auch in Stuttgart wohnt und sie sich wie ihre eigene Mutter alleinerziehend um eine Tochter kümmert. Dieter fasste während des Seminars den festen Vorsatz, Kontakt mit seiner Tochter aufzunehmen."
Anita stellte noch einige weitere Fragen, die jedoch nichts ergaben. So verabschiedeten sie sich bald wieder. Zurück im Auto fauchte Anita ihren Kollegen an:
„Weißt du überhaupt noch, auf welcher Seite du stehst?"
„Wieso Seite? Ich denke, unser Job ist es, einen Mörder zu finden und ..."
„Genau! Und gerade in unserem Job gibt es die guten Jungs und die bösen Jungs. Wir sind die Guten! Wenn du gerne mit den Bösen zusammen spielen willst, dann solltest du unseren Verein verlassen!"
„Mensch Anita, der Bernd ist doch ganz sicher kein Böser und..."
„Ach ja? Woher willst du das wissen? Als guter Bulle musst du möglichst objektiv sein und zu allen in einem Fall zu befragenden Personen Distanz halten. Wenn du dich dazu nicht in der Lage fühlst, muss ich dich einem anderen Team zuteilen!"
Peter lag es auf der Zunge, seine Vorgesetzte an den DS-Freak aus dem Fall mit dem Käfer-Cabrio zu erinnern. Sultan hatte ihm gesteckt, dass ihre Chefin gegenüber dem Herrn Schweiger etwas die notwendige Distanz hatte

vermissen lassen. Aber wie üblich schluckte er diese Erwiderung hinunter und meinte stattdessen:
„Nein Anita, bitte tu das nicht. Ich werde ab sofort zu Bernd …“
Anita zog demonstrativ und auffordernd ihre Augenbrauen in die Höhe.
„… äh, ich meine natürlich Herrn Altmann die notwendige Distanz halten!“
Schweigend fuhren sie zur Adresse von Christa Ortwein. Beim Aussteigen meinte Anita zu Peter:
„Du sagst es ihr, aber einfühlsam bitte!“
Peter schluckte, erwiderte aber nichts. Er gehörte noch nicht lange dazu und bisher hatte seine Vorgesetzte ihn vor solchen Aufgaben verschont. Aber wenn er zum Dezernat für Tötungsdelikte gehören wollte, durfte er sich vor der Aufgabe nicht drücken.
Anita war bereits zielstrebig in Richtung Haustür unterwegs. Peter stand noch am Wagen, sammelte Kraft, zog in einer Übersprunghandlung seine Waffe aus dem Holster und schob sie wieder zurück, ehe er den langen Weg um das Heck des Wagens herumging. Im Auto hinter ihrem Dienstwagen saß ein Mann. Wäre Peter nicht so mit sich selbst beschäftigt gewesen, hätte er sicher bemerkt, wie angespannt der Mann ihn und seine Chefin beobachtete. So folgte er Anita den Weg die quietschende Holztreppe des heruntergekommenen Mehrfamilienhauses hinauf. Zentner schienen auf seinen Schultern zu lasten. Anita lief voraus und fragte sich, warum sie ihm den Auftrag ausgerechnet heute zum ersten Mal gegeben hatte. Wollte sie ihm zeigen, dass er dazugehörte? Oder war doch so was Niederes wie Rache ihr wahres Motiv? Letzteres konnte nicht sein. Sie war schließlich kein rachsüchtiger Mensch.
Im dritten Stock lugte eine Frau durch den mit einer Kette gesicherten Spalt hinter ihrer Wohnungstür hervor. Peter räusperte sich und fragte:

„Frau Ortwein?"
„Was wollen Sie von mir?"
„Wir sind von der Kriminalpolizei, und wenn Sie gestatten, würden wir Ihnen unser Anliegen gerne in Ihrer Wohnung mitteilen."
Er hielt ihr seinen Ausweis hin. Sie musterte erst die Plastikkarte, dann sein Gesicht. Schließlich schloss sie die Tür, um die Sicherungskette auszuhängen. Die Pforte öffnete sich erneut und Frau Ortwein machte drei Schritte rückwärts. Die beiden Kriminalisten zwängten sich in einen gerümpeligen Flur und schlossen mühsam die Tür. Peter fand keine Worte, mit denen er seinen Auftrag einfühlsam erledigen könnte. Unbehagliches Schweigen entstand. Die Hausherrin beendete dieses schließlich gereizt:
„Legen Sie endlich los!"
„Sagt Ihnen der Name Dieter Kofler etwas?"
„Was soll das? Hat er Sie geschickt? Was will er?"
Sie breitete die Arme aus und hielt sich am Rahmen der geschlossenen Tür hinter ihr fest, als wollte sie ihnen den Zugang verwehren. Anita vermutete, dass hinter der Tür ihr Kind schlief.
„Uns wurde gesagt, dass Herr Kofler Ihr Vater ist. Können wir uns nicht setzen, ehe wir Ihnen den Grund unseres Besuches nennen?"
Sie starrte ihn an. Plötzlich änderte sich der Ausdruck ihrer Gesichtszüge.
„Ist ihm was passiert?"
„Bitte lassen Sie uns Platz nehmen!"
Frau Ortwein wurde sichtlich noch blasser im Gesicht und wankte in Richtung einer anderen Tür. In einem stylishen Wohnzimmer ließ sie sich auf eine getigerte Couch sinken.
„Jetzt sagen Sie mir endlich, was los ist!"
„Herr Dieter Kofler wurde heute Nacht ermordet."
Wortlos und mit offenem Mund starrte sie vor sich hin, als wüsste sie nicht, welches Verhalten jetzt angemessen wäre.

Anita sah sich im Raum um. Dunkel-karmesinrote Wände bildeten einen reizvollen Kontrast zur weißen Decke, weiß lackierten Fenstern und Türen, sowie einer dicken weißen Zierleiste über dem alten Dielenboden. An den Wänden hingen Kohlezeichnungen von Akten und Liebesakten. Zahlreiche Pflanzen, geflochtene Möbel und bunte Teppiche rundeten den Gesamteindruck ab. Anita fragte sich, ob die Kohlezeichnungen das Werk ihrer Gastgeberin waren. In jenem Falle besäße sie künstlerisches Potenzial. Ein Talent, das vermutlich brachlag. Das besondere Etwas erhielt der Raum durch eine Art von Altar. In der Mitte der Längswand stand eine antike Kommode. Über ihr hing eine großformatige Schwarz-Weiß-Aufnahme eines alten Segelschiffes. Anita trat näher. Es handelte sich um eine alte Aufnahme des Zweimasters Trevlik Fee, in protziges Gold gerahmt. Unter dem Bild lag ein altes Logbuch, rechts und links davon standen zwei Kerzen. Anita öffnete das Buch und stieß auf ein Datum von neunzehnhundertvierzig.
„Mu … muss ich ihn jetzt identifizieren?“, fragte die junge Frau mit deutlich hörbarem Unbehagen.
„Nein, das ist nicht notwendig. Da die Leiche teilweise verbrannt wurde, wäre es auch kaum möglich. Wir haben ihn per DNA identifiziert.“
„Gut!“
Sie wirkte erleichtert. Erneut verfiel sie in Gedanken und die beiden Kriminalisten ließen ihr Zeit.
„Wer hat Dieter umgebracht?“, ließ sich endlich die Hausherrin wieder vernehmen.
„Das wollen wir gerade herausfinden. Vielleicht können Sie uns dabei helfen.“
„Ich? Ich weiß von nichts!“
„Sie kennen ihn aber?“
Irgendwie trotzig nickte sie.
„War er Ihr Vater?“
„Das hat er zumindest behauptet“, antwortete sie leise.

„Und?“
„Ich weiß es nicht.“
„Können Sie nicht Ihre Mutter fragen?“
„Meine Mutter ...“, ihre Gesichtszüge entgleisten, „... ist seit zehn Jahren tot. Wenn Sie es genau wissen wollen: Sie hat sich zu Tode gesoffen!“
„Und Ihre Großeltern?“
„Sind ebenfalls tot. Aber wenn Dieter wirklich mein Vater ist, haben die mich richtig verarscht.“
„Inwiefern?“
„Die haben mir immer gesagt, dass mein Vater ein edler, wunderhübscher, junger Mann gewesen sei, der noch vor meiner Geburt bei einem Motorradunfall tragisch verunglückte. Dieter war weder ein wunderhübscher Mann, noch ist er mit dem Motorrad verunglückt.“
„Wann trat Herr Kofler in Ihr Leben?“
„Vor etwa zwei Jahren. Ich war mit Helena auf einem Spielplatz. Er stand plötzlich vor mir und fragte, ob er sich neben mich auf die Bank setzen dürfe. Dann drückte er mir ein Gespräch über Kinder und Elternschaft rein. Ich dachte zuerst, er sei ein Pädophiler, der sich an Helena heranmachen wolle. Als ich mich erhob, merkte er wohl, dass er dabei war, die Sache zu vergeigen. Er rief mir einfach hinterher, dass er mein Vater sei. Ich zuckte vor Schreck zusammen, blieb stehen, während sich alle Blicke uns zuwandten. Da wurde ich wütend und schrie ihn an, mein Vater sei tot und er solle verschwinden. Stattdessen hielt er mir ein altes, zerknittertes Foto vor die Nase, auf dem meine Mutter, eng umschlungen von einem jungen Mann, glücklich in die Kamera lächelte. Da ahnte ich, dass er wahrscheinlich recht hat.“
Eine Pause entstand. Anita und Peter spürten, dass sie die Geschichte zu Ende erzählen würde.
„Zwei Tage später waren wir auf einem anderen Spielplatz. Dieter setzte sich auf die andere Seite und sah mich stumm

an. Ich wollte erst gehen. Dann wurde mir aber klar, dass er das vermutlich so lange weitermachen würde, bis ich doch mit ihm spräche. So habe ich ihn hergewunken. Er erzählte mir dann eine total andere Geschichte vom Leben meiner Mutter Carolin. Sie sei mit sechzehn Jahren seine erste und bis heute einzige wahre Liebe gewesen. Ihre Eltern hätten ihr den Umgang mit ihm verboten. So hätten sie sich nur heimlich treffen können. Plötzlich sei Carolin spurlos verschwunden. Er sei total verzweifelt gewesen und habe sie gesucht. Ihre Eltern hätten ihn jedoch immer weggejagt und auch ihre Freundinnen hätten nichts gewusst. Da sie sich monatelang nicht meldete, dachte er, sie wolle nichts mehr von ihm wissen. Jahre später sei sie plötzlich vor ihm gestanden. Unter Tränen habe sie erzählt, von ihm schwanger gewesen zu sein. Ihre Eltern hätten sie in ein spanisches Kloster gesteckt, wo noch andere gefallene Mädchen ihr Kind ausgetragen hätten. Sie habe versucht davonzulaufen, aber das Kloster sei völlig abgeschieden in einem Gebirgstal gelegen. Man habe sie einfach wieder aufgelesen und zurückgebracht. Ihre Eltern hätten sich in der Zeit ihrer Schwangerschaft nicht einmal bei ihr gemeldet. Nach der Geburt sei plötzlich ihre Mutter aufgetaucht. Wortlos habe sie ihr einen Stapel Fotos gereicht, auf denen Dieter mit anderen Mädchen herumknutscht und gefummelt habe. Es habe einen Riesenstreit gegeben, aber schließlich habe sie zum Schein dem Vorschlag ihrer Mutter zugestimmt, an einem amerikanischen Internat ihren Schulabschluss zu machen. Gemeinsam seien sie nach Madrid in ein Hotel gefahren, um am nächsten Tag nach New York zu fliegen. In der Nacht habe sie aus der Tasche ihrer Mutter ihren Pass und Geld genommen und sich alleine nach Deutschland durchgeschlagen. Nachts sei sie an der Dachrinne auf den Balkon vor seinem Zimmer hochgeklettert, wo er es gerade mit ihrer Intimfeindin aus der Klasse getrieben habe. Weinend sei sie zurück zu ihren Eltern gelaufen und habe von diesem

Zeitpunkt an alles mit sich machen lassen. Mehr schlecht als recht habe sie die Schule geschafft, aber dann habe sie nacheinander drei Studien in den Sand gesetzt. Sie habe Männer verabscheut. Mit vierundzwanzig habe sie Dieter das alles in einem langen Brief geschrieben. Er habe ihr jedoch nicht geglaubt, sei in dieser Zeit aber auch zu sehr mit sich selbst und Drogen beschäftigt gewesen. Erst mit fünfzig Jahren habe er sich seiner Vergangenheit gestellt. Er habe in Briefen seiner Mutter Hinweise auf mich gefunden und sich auf die Suche nach Carolin begeben, die aber mittlerweile verstorben gewesen sei. So sei er auf mich gestoßen."
Erneut kehrte Stille ein. Anita und Peter waren von dieser Geschichte betroffen, auch wenn die ihnen wohl nicht dem Täter näher brachte. Schließlich fragte Anita:
„Warum zweifeln Sie daran, dass Herr Kofler Ihr Vater ist?"
„Hören Sie, es war schon schwer genug ohne Vater und mit einem Totalausfall von Mutter aufzuwachsen. Oma und Opa haben mich großgezogen und waren für mich die liebevollsten Menschen der Welt. Sollte Dieters Geschichte stimmen, waren beide böse Ungeheuer, die mich total verarscht haben."
„Das ist sicher hart", erwiderte Peter. „Aber auf der anderen Seite waren Ihre Eltern dann keine Totalausfälle, sondern liebenswerte Menschen, denen man als halbe Kinder keine Chance ließ, zu reifen Persönlichkeiten heranzuwachsen. Ich an Ihrer Stelle wollte Gewissheit haben."
Chris saß nach dem Besuch der Kriminalpolizei betäubt da. Ihr Vater war genauso schnell und unerwartet aus ihrem Leben getreten, wie er vor zwei Jahren in es hineingestolpert war. Sie hatte sich mehr Hoffnung gemacht, dass durch ihn eine Wendung zum Besseren in ihrem Leben eintreten würde, als sie sich die vergangenen Wochen einzugestehen bereit gewesen war. Jetzt ermittelte plötzlich die Polizei in Dieters Umfeld und Vergangenheit. Was würde das für sie bedeuten? Hatte Dieter ihr die Wahrheit gesagt? Er war

genau der Typ von Mann, auf den sie dauernd hereinfiel. Lügen gehört bei ihm und seinesgleichen einfach bei jeder Unterhaltung mit dazu. Aber bei Dieter war ihr Unterleib ihr nicht in die Quere gekommen. Er hatte von seiner Seite aus keinerlei Ambitionen gezeigt, sie ins Bett zu bekommen. Konnte sie ihm glauben? War sie nicht schon viel zu oft von Männern angelogen worden?

Ein Richter sah die Verdachtsmomente gegen Herrn Haußmann als schwerwiegend genug an, um die Offenlegung seiner Finanzen anzuordnen. Tatsächlich war zum exakt passenden Zeitpunkt von seinem Konto aus ein Peugeot 306 Cabriolet bezahlt und zudem zehntausend Euro in bar abgehoben worden. Herr Haußmann öffnete nicht auf das Klingeln der Polizei und sein Handy war ausgeschaltet. Durch das Garagenfenster sah Roland, dass sein Wagen fehlte. Er schrieb ihn kurzerhand zur Fahndung aus. Um mehr über den Toten zu erfahren, fuhren Anita und Roland zu Dieter Koflers in der Nachbarschaft des Fernsehturms residierenden Tennisclub.
„Kennen Sie diesen Mann?“, Roland hielt dem Wirt des Vereinsheims Herrn Koflers Foto vor die Nase.
„Hm, das Gesicht kommt mir schon irgendwie bekannt vor“, meinte dieser nach kurzem Überlegen.
„Sein Name ist Kofler, Dieter Kofler. Klingelt da was bei Ihnen?“
„Nein.“
„Er war im Sommer fast jeden Tag hier und Sie wollen mir weismachen, ihn nicht zu kennen?“
„Hören Sie zu, wir sind ein großer Club und bei uns wird auf den Schutz der Privatsphäre Wert gelegt. Wer sich

hauptsächlich draußen auf den Plätzen herumtreibt und nur auf der Terrasse was trinkt, den bekomme ich kaum zu Gesicht."

„Gibt es Pläne, aus denen wir ersehen können, mit wem er regelmäßig spielte?"

„Nein, die Vereinsmitglieder stecken selbstständig ihre Karten. Es wird nicht Buch darüber geführt, wer mit wem spielt."

„Wer ist oft hier und könnte mir vielleicht etwas über ihn erzählen?"

„Fragen Sie am besten Mona und ihre Clique."

Der Wirt wies durch die Scheibe nach draußen zu einem Tisch, an dem es offensichtlich lustig zuging. Roland und Anita begaben sich auf die Terrasse.

„Grüß Gott, entschuldigen Sie die Störung. Wir sind von der Kriminalpolizei und würden Sie gerne etwas fragen."

„Mensch Karl", spottete einer der Sitzenden, „jetzt haben die endlich doch deine Millionen in der Schweiz entdeckt. Du wirst uns fehlen!"

Routiniert meckerndes Gelächter ertönte aus der Runde. Rasch kehrte wieder Ruhe ein.

„Wir sind nicht auf der Suche nach Millionen, sondern nach einem Mörder. Dieser Mann hier …", Roland reichte dem vor ihm sitzenden Mann Herrn Koflers Foto, „… war seit drei Jahren Vereinsmitglied und sommers fast täglich hier. Kennt ihn jemand von Ihnen?"

„Ein Mord? In unserem Club! Oh Gott, Herr Kommissar!", äußerte theatralisch eine üppig geschminkte Blondine.

„Drei Jahre? Mit solchen Frischlingen geben wir uns doch gar nicht ab?", setzte ein untersetzter Grauhaariger nach.

„Wieso, die Nicola ist doch erst seit zwei Jahren dabei!", hakte eine Rothaarige ein.

„Die ist aber auch eine Frau und deutlich hübscher, als der Typ auf dem Foto", erwiderte der Grauhaarige.

Ein rüstiger Mann von etwa sechzig Jahren musterte das Bild intensiv. Schließlich meinte er:
„Ich kenne den. Der war schon in seiner Jugend bei uns und spielte damals in der ersten Mannschaft. Seine Vorhand war eine Granate, die Rückhand hingegen zu schwach, um ganz oben mitzuspielen. Er war zu undiszipliniert, um richtig an sich zu arbeiten. Ich glaube, er hat es mit den Mädels dann auch etwas übertrieben und so ungefähr mit Anfang zwanzig den Club verlassen. Stimmt, jetzt fällt mir ein, seit Kurzem kommt er wieder her und spielt immer mit einem seiner Kumpels von damals."
„Wissen Sie den Namen des Kumpels?"
„Tut mir leid!", er schüttelte den Kopf. „Der Mann wurde ermordet?"
„Ja, vorletzte Nacht."
„Wie heißt er?"
„Kofler, Dieter Kofler."
„Stimmt! Sein Spitzname lautete früher Granaten-Dieter."
„Und sein Freund?"
„Der war eher unauffällig. Ich habe Dieter mal auf der Terrasse angesprochen, dass er doch früher in der Mannschaft gespielt habe. Sein Freund saß neben ihm und erzählte, dass er auch mit dabei gewesen sei. Sonst wüsste ich es gar nicht. Aber da fällt mir ein ..."
Er erhob sich.
„Ich kann Ihnen ein Foto mit den beiden zeigen. Kommen Sie mit."
Er blieb in der hinteren Ecke des Vereinsheims vor einer Bilderwand stehen. Dutzende Bilder vergangener Jahrzehnte waren wild durcheinander in kleinen Rahmen an die Wände gehängt. Der Mann scannte konzentriert die Bilder durch und murmelte:
„Ich habe erst vor ein paar Tagen mit Rita die Sammlung hier angesehen. Da habe ich dann zufällig das Bild von Granaten-Dieter und seinem Kumpel mit ihrer Mannschaft

entdeckt und gedacht, schau an, der andere hat wirklich dazugehört. Jetzt kann ich ihn auf keinem Bild entdecken. Aber hier und dort …", er wies mit dem Finger auf zwei leere Nägel an der Wand, „… sind erst vor Kurzem zwei Bilder abgehängt worden."
Zurück im Auto meinte Anita:
„Scheint so, als wollte jemand nicht, dass wir auf seine Verbindung mit Herrn Kofler stoßen. Auf die Unterhaltung mit diesem Mister X freue ich mich schon ganz besonders."
Sie nahm ihr Handy.
„Peter, sind Koflers Telefonlisten schon gekommen? Gut, dann gleiche die doch bitte mit den Mitgliedern seines Tennisclubs ab. Es muss einen Treffer geben, männlich, etwa gleiches Alter. Gib uns den Namen dann durch. Wir sind bei Toni."
Vom Fernsehturm brauchten sie keine Viertelstunde zu ihrem Lieblingsitaliener in der Neckarstraße. Auf der Flucht vor Mieterhöhungen war die sympathische Wirtsfamilie in den letzten Jahren einige Male innerhalb der Straße umgezogen. Anita und Roland waren ihnen nicht nur wegen des schmackhaften Essens zu fairen Preisen treu geblieben. Anita bestellte, wie fast immer, die besonders leckere Pizza Diavolo, während Roland sich ein blutiges Stück Fleisch kommen ließ.
„Du hättest Sultan nicht so provozieren sollen", nutzte Anita das Essen für ein wichtiges Gespräch. „Sie ist eine gute Polizistin und ich will sie nicht aus unserem Team verlieren."
„Da stimme ich dir nicht ganz zu. Sie kann zu einer richtig guten Polizistin werden. Aber dazu muss sie auch lernen, zu ihren Wurzeln zu stehen. Ich finde, sie blendet bei sich selbst was aus. Dadurch besteht die Gefahr, dass sie auch bei Zeugen und Verdächtigen blinde Flecken hat. Sie sollte auch mal bei Bernd ein Familienseminar machen."
„War das echt so gut?"

„Ich war dort, nachdem ich beim Amoklauf fast draufgegangen wäre. Mir ging es gar nicht gut und mir wurde bewusst, dass ich als Polizist mich zu oft unnötig in Gefahr begeben hatte. Es schien fast so, als wollte ein Teil von mir sterben. So konnte es nicht weiter gehen."
„Du suchst immer noch die Gefahr!"
„Wegen der Aktion mit unseren Verfolgern gestern?"
„Ja."
Roland zögerte. Wie viel ahnte Anita? Hoffentlich nicht zu viel. Er musste sie ablenken.
„Da bin ich anderer Meinung. Gefährlich wäre es gewesen, nicht zu wissen, wer sich so für unsere Arbeit interessiert ..."
„Das hätten wir einfacher über das Kennzeichen herausbekommen."
„In diesem Fall ja. Aber was, wenn es ein gestohlenes Auto gewesen wäre? Vor Kurzem hätte ich noch versucht, unsere Verfolger alleine zu kontrollieren. Das wäre gefährlicher gewesen. Ich habe in diesem Fall ohnehin Angst."
„Du?"
„Ja, ich! Dem Kofler wurde mit einer großkalibrigen Spezialmunition das halbe Gesicht weggeblasen. Es gibt nicht viele, die an so eine Munition überhaupt rankommen. Dann zünden sie auch noch sein Haus an. Warum haben die nicht einmal versucht, den Mord zu vertuschen und die Leiche verschwinden zu lassen? Ein einsamer Typ wie der wäre doch wochenlang nicht vermisst worden. Wem soll dieser Mord eine Warnung sein?"
„Du meinst sein Kumpel aus dem Tennisverein hat vielleicht Angst und will deshalb nicht von uns gefunden werden?"
„Das auch, aber wenn ich nach dem Verlassen eines derart brutalen Tatortes als Polizist verfolgt werde, frage ich mich schon, ob die nicht auch mich einschüchtern wollen. Die Botschaft lautet: Wir schrecken auch vor einem Polizisten-Mord nicht zurück!"

Anita schwieg. Das Essen kam und beide genossen ohne Worte. Anita ließ sich Rolands Worte noch einmal durch den Kopf gehen. Es klang rational und vernünftig, was er sagte, zu vernünftig für ihren Geschmack. Spielte er ihr was vor?

„War die Trennung schwer?"

„Welche Trennung?"

„Na die von Melek."

Sein Gesicht zeigte deutlich, wie wenig ihm dieses Thema behagte.

„Wir haben uns nicht getrennt, sondern führen jetzt eine Fernbeziehung."

„Also gut, dann eben der Abschied von ihr."

Roland ließ sein Besteck fallen und sah seine Vorgesetzte missmutig an.

„Wenn du es genau wissen willst: Es war Scheiße. Ich quälte mich mit der Frage, ob ich in der Türkei bleiben oder hierher zurückkehren soll. Am Freitag war ich mir noch sicher, dass ich bleibe und dich am Montagmorgen anrufen werde, um es dir mitzuteilen. Am Samstagmittag habe ich das Nötigste in eine Reisetasche gepackt und mir ein Taxi gerufen. Während der Fahrt zum Flughafen habe ich Melek angerufen und ihr gesagt, dass ich nach Deutschland fliege."

„Melek wusste bis dahin nichts von deiner Entscheidung?"

„Ich wusste selbst bis dahin nicht, wie ich mich entscheiden würde."

Anita sah ihn ungläubig an. Offensichtlich war Roland zerrissener, als je zuvor. Sie machte sich Sorgen um ihn. Er wollte hierüber jedoch nicht mit ihr reden. So fragte sie stattdessen:

„Was glaubst du, ist die Geschichte hinter dem Mord?"

„Da kann ich mir noch kein richtiges Bild machen. Leider haben wir auch schon Nachbarschaftskonflikte erlebt, die zu grausamen Morden führten. Denk nur an den Kleingärtner, der eine dreiköpfige Familie der Nachbars-Parzelle mit

dem Spaten erschlagen hat. Aber mir scheint Herr Kofler von einem bezahlten Killer ermordet worden zu sein. Außerdem haben die meiner Meinung nach das Haus angezündet, um Spuren einer Sache zu vertuschen, in die er verwickelt war. Ich glaube, da geht es um richtig viel Geld."
„Spuren in einer Zeit von Internet und Computer durch einen Brand zu vernichten, erscheint mir etwas naiv. Apropos, warum braucht Peter eigentlich so lange, um zwei Excel-Tabellen miteinander abzugleichen?"
Als hätte Polizeimeister Lutz die Bemerkung auf dem Präsidium gehört, klingelte in diesem Augenblick das Telefon.
„Es gab einen Treffer. Herr Kofler hat fast jede Woche ein- bis zweimal mit dem Handy eines Dr. Josef Hahn telefoniert. Der hat eine Praxis in der Schwabstraße hundertvierundvierzig."
Beide tranken ihren Espresso aus und machten sich auf den Weg. Beim Verlassen des Restaurants zuckte Roland zusammen und blieb stehen.
„Was ist?", fragte Anita.
„Entweder ich werde langsam paranoid oder ich habe den Typen auf der anderen Straßenseite schon auf dem Parkplatz vor dem Tennisverein gesehen."
Anita sah hinüber. In diesem Augenblick drehte der Mann sich um und begann zügig den Gehweg entlang zu laufen.
„Polizei! Bleiben Sie sofort stehen!", brüllte Roland, zog seine Pistole und entsicherte sie. Er wollte eben die Straße überqueren, als auf den zwischen den Fahrbahnen verlaufenden Schienen eine U-Bahn angerauscht kam. Der Fahrer nahm Rolands Bewegung war, bremste stark ab und klingelte laut. Roland fluchte und signalisierte dem Fahrer weiter zu fahren, was der mit heftigem Gestikulieren beantwortete. Als die Bahn endlich vorbei war, konnten die Kriminalisten den Mann nicht mehr sehen. Zügig querten sie Straße und Gleise, um in die nächste Querstraße hineinzusehen. Nichts. Sie verstauten die Waffen wieder in ihren Holstern.

„Scheiße!“, fluchte Roland. „Der war wirklich auf uns angesetzt. Ich habe bei diesem Fall ein saumäßig ungutes Gefühl.“
Anita sah ihn lange an. Ihr war mulmig zumute. Roland hatte schon immer ein großes Talent besessen, in gefährliche Situationen zu geraten. Irgendwie schien er die Gefahr mehr als je zuvor anzuziehen. Vielleicht sollte sie künftig mehr mit Sultan oder Peter unterwegs sein? Ja, das war eine gute Idee. Erst gestern Rolands filmreife Aktion mit den Streifenwagen und heute schon wieder die Waffen gezückt. Sie schauderte beim Gedanken, was bei einer Schießerei auf offener Straße hätte passieren können.
„Jetzt mal langsam, Roland. Hat uns der Mann mit einem Auto verfolgt?“
„Nein, ich habe heute besonders intensiv auf Verfolger geachtet, aber nichts wahrgenommen.“
„Er sah bestimmt nur einem anderen Mann vor dem Tennisverein ähnlich. Komm, lass uns Dr. Hahn vernehmen.“
Roland antwortete nicht gleich, sondern sah ihren Dienst-Daimler an.
„Ein Peilsender! Die haben jetzt einen Sender am Fahrzeug angebracht und können uns außer Sichtweite verfolgen.“
Anita sah ihn entsetzt an. Meinte er das ernst?
„Du hast zu viele schlechte Filme gesehen. Komm, lass uns den Arzt vernehmen.“
„Nein, erst müssen wir den Wagen in der Kriminaltechnik untersuchen lassen. Sonst entfernen die den Sender und wir haben nichts in der Hand.“
„Mensch Roland, jetzt klingst du langsam nach Verfolgungswahn!“
Nach einer heftigen Diskussion schlug Anita vor, Roland solle sie bei der Praxis Dr. Hahn absetzen und dann den Wagen in die Kriminaltechnik bringen. Sultan würde mit einem anderen Wagen zur Arztpraxis kommen und mit Anita die Vernehmung durchführen. Anita schämte sich etwas,

war aber froh, auf diese Weise nicht länger mit Roland als Partner unterwegs zu sein. Die Arztpraxis machte noch Mittagspause, aber zwei weiß gekleidete Frauen, mit Tüten von der Bäckerei nebenan in der Hand, erwiesen sich als Arzthelferinnen und ließen die beiden Polizistinnen ein. Sie brachten sie zur Tür ihres Chefs und begannen miteinander aufgeregt zu tuscheln, während Anita dort anklopfte.
„Herein!"
„Guten Tag, Kriminalhauptkommissarin Schenk und meine Kollegin Koc vom Dezernat für Tötungsdelikte. Wir haben ein paar Fragen an Sie."
Dr. Hahn erblasste sichtlich, zitterte leicht und sank auf seinen Stuhl zurück.
„Wie ..., wie haben Sie mich so schnell gefunden?"
Anita lächelte.
„Sie meinen, obwohl Sie die Bilder im Tennisverein abgehängt haben? Ganz einfach über einen Abgleich von Herrn Koflers Telefonliste mit dem Mitgliederverzeichnis des Vereins. Sie können die Bilder ruhig wieder aufhängen."
Unaufgefordert nahm Anita Dr. Hahn gegenüber Platz, während er sichtlich errötete.
„Ich weiß nicht, von welchen Bildern Sie sprechen!"
„Lassen wir das. Wir sind gekommen, um mit Ihnen über Herrn Kofler zu sprechen. Sie kannten den Toten gut?"
„Das würde ich so nicht sagen. Wir haben hin und wieder zusammen Tennis gespielt."
„Woher wissen Sie überhaupt von seinem Tod?"
„Meine Frau hat die Meldung vom Brand mit einem Bild des abgebrannten Hauses im Internet gesehen. Mir war gleich klar, dass es sich um Dieter handeln musste. Ich meine, er lebte schließlich alleine dort und erhielt nie Besuch."
Anita stutzte. Herr Haußmann hatte ihnen anderes berichtet. Wusste Dr. Hahn nichts von den Besuchern oder wollte er sie absichtlich auf eine falsche Fährte locken?
„Wie gut kannten Sie ihn?"

„Wie gesagt, nicht so gut. Wir waren vor Ewigkeiten zusammen in der Tennis-Mannschaft. Dieter ist dann ausgestiegen und wir hatten keinen Kontakt mehr. Vor knapp drei Jahren tauchte er dann plötzlich als Patient in meiner Praxis auf. Ihm ging es schlecht und er meinte, ich müsse ihm helfen. Mir war schnell klar, dass er eine Depression hat. Ich wollte ihm Anti-Depressiva und Psychotherapie verschreiben. Davon wollte er nichts hören. Da Aktivitäten gegen Depressionen helfen, habe ich ihm vorgeschlagen, doch wieder Tennis zu spielen. Ich habe nicht geglaubt, dass er es macht. Aber zwei Wochen später stand er auf dem Tennisplatz plötzlich vor mir."
Er schwieg, schien sich zu überlegen, was er weiter erzählen sollte. Anita wollte eine möglichst unzensierte Version der Geschichte und drängte daher:
„Und weiter?"
„Nichts weiter. Ich bin Arzt und fühle mich dem Wohl meiner Patienten verpflichtet. Außerdem ist ... war Dieter ein alter Kumpel. Da konnte ich schlecht Nein sagen und habe hin und wieder mit ihm gespielt. Das ist alles."
„Und die Telefonate?"
„Sie werden auf Ihrer Liste sehen, dass die alle sehr kurz waren. Wir haben Termine zum Tennis spielen vereinbart, abgesagt oder verschoben, mehr nicht."
„War er weiterhin Ihr Patient?"
Dr. Hahn zögerte, bejahte es aber schließlich.
„Wie behandelten Sie weiter seine Depressionen?"
Er begann zu schwitzen, wollte sich offensichtlich keine Pfuscherei vorwerfen lassen.
„Natürlich habe ich ihm weiterhin Medikamente und Therapie empfohlen. Manche Patienten, besonders Männer, tun sich aber sehr schwer damit, solche Empfehlungen anzunehmen. Ich habe ihm dann ein Seminar zur Familienaufstellung bei zwei Psychologen empfohlen. Das ist keine Therapie und insofern für manche einfacher anzunehmen.

Ich dachte, wenn er erst einmal positive Erfahrungen mit Psychologen macht, fällt ihm auch eine Therapie leichter."
„Sie haben ihm also die Villa Ginkgo-Wurzel empfohlen?"
„Meine Güte, sind Sie auf Zack. Woher wissen Sie, dass er dort war?"
„Hat ihm das Seminar dort geholfen?"
„Ja, es war ganz erstaunlich. Er hat sich riesig bei mir für die Empfehlung bedankt. Er war auf einmal ganz aktiv, schien irgendein Projekt zu verfolgen. Er hing danach auch nicht mehr so viel auf dem Tennisplatz herum. Es war vorher schon manches Mal traurig mit anzusehen, wie er krampfhaft Gegner suchte."
„Welches Projekt verfolgte er?"
„Tut mir leid, das weiß ich nicht. Ich helfe gerne Menschen, aber mir ist es auch wichtig, eine gewisse Distanz zu wahren. Sonst brennt man aus."
Im Auto meinte Sultan:
„Erstens lügt er und zweitens hat er Angst."
„Das sehe ich auch so. Die Frage ist nur, ob er Angst vor dem Mörder hat oder dass wir etwas über ihn und den Toten herausfinden."
In diesem Augenblick klingelte ihr Handy. Das Display zeigte Roland an.
„Anita, seid unbedingt vorsichtig! Am Unterboden unseres Wagens klebte tatsächlich ein Peilsender. Wo seid ihr?"
„Im Auto vor der Praxis, warum?"
„Bist du, nachdem ich dich absetzte, gleich ins Haus oder standest du noch auf dem Gehweg?"
„Da kamen sofort die Sprechstundenhilfen und ich bin gleich rein."
„Gut, dann hat unser Verfolger dich wohl kaum gesehen und weiß nicht, dass du in der Praxis von Dr. Hahn warst."
„Jetzt mal langsam, ich verstehe überhaupt nichts."
„Ich glaube, die suchen etwas, das sie im Haus des Toten nicht fanden. Jetzt nutzen sie uns und unsere Möglich-

keiten, um rasch den oder die Mitwisser von Herrn Kofler aufzuspüren. Wenn das stimmt, ist jeder, den wir verhören, in Gefahr."
„Ich war gestern mit dem Auto noch bei seiner Tochter und habe direkt vor ihrer Haustür geparkt. Als wir die Wohnung verließen, hörte ich auf dem Treppenabsatz einen Stock höher ein leichtes Knacken, habe mir aber nichts weiter dabei gedacht. Ich hoffe, wir haben nicht unwissentlich den Mörder zu Frau Ortwein geführt! Sie hat ein kleines Kind. Wir sind nur ein paar Minuten von ihrer Wohnung entfernt und fahren sofort hin!"

Als Anita den Streifenwagen vor Frau Ortweins Haus sah, krampfte sich ihr Magen zusammen. War sie unwissentlich zum Verhängnis der jungen Frau und ihrer Tochter geworden? Wegen ihres scharfen, analytischen Verstandes war sie die beste Kriminalistin der Stadt. Früher, in der Schule, war Mathe ihr Lieblingsfach gewesen. Sie hatte die Welt der Zahlen und nüchternen Logik geliebt, gar geglaubt der Verstand sei ein wunderbares Werkzeug, der jedes Problem lösen könne. Mittlerweile wusste sie, dass dies nur eine Seite der Medaille war. Denken konnte auch krank machen. Beispielsweise wenn man zu sehr darüber nachdachte, wie das eigene Tun anderen schaden konnte. Im Laufschritt stürmten sie die Treppen hinauf. Tatsächlich stand ein uniformierter Kollege in der geöffneten Wohnungstür.
„Was ist hier los?", fragte sie ihn.
Er sah sie abweisend an. Sie zückte ihren Dienstausweis.
„Entschuldigen Sie, Frau Hauptkommissarin. Wir sind zu einem Einbruch gerufen worden. Die Täter sind bei unserem Eintreffen geflohen."

„Was ist mit Frau Ortwein?"
„Die hat einen Schock, scheint ansonsten aber wohlauf."
Anita ließ erleichtert ihren Atem entweichen.
„Gott sei Dank! Was wissen Sie über die Einbrecher?"
„Nicht viel. Frau Osswald von der Wohnung gegenüber hat durch ihren Türspion zwei Männer beim Aufbrechen von Frau Ortweins Wohnung beobachtet und sofort die Polizei angerufen. Wir waren in der Nähe auf Streife und fuhren kaum zwei Minuten nach Eingang des Notrufs mit Blaulicht und Martinshorn vor. Damit haben wir die Einbrecher aufgescheucht. Sie müssen direkt vor uns durch den Hintereingang des Hauses entwischt sein. Aber wieso interessiert sich das *Dezernat 7* für einen Einbruch?"
Anita sah ihn sehr ernst an.
„Seien Sie froh, dass die Täter durch Sie aufgescheucht worden sind und die Flucht ergriffen haben. Es spricht einiges dafür, dass es keine gewöhnlichen Einbrecher waren, sondern zu allem bereite Schwerst-Kriminelle. Hätten Sie und Ihr Kollege versucht die aufzuhalten, müssten wir jetzt womöglich einen oder zwei Polizisten-Morde aufklären."
Der junge Kollege schluckte schwer. Anita deutete auf die Wohnzimmertür.
„Vernimmt Ihr Partner dort die Geschädigte?"
„Ja."
Anita trat ein.
„... ich sagte Ihnen doch bereits, dass es mir gut geht und nichts geklaut wurde. Bitte gehen Sie!"
Anita sah sich im Raum um und fixierte dann Frau Ortwein.
„Sie?", entfuhr es der überrascht. „Was machen Sie schon wieder hier?"
„Was wollten die Männer von Ihnen?"
„Nichts!"
„Ihre Lügen helfen Ihnen nicht weiter, sondern bringen Sie und Ihre Tochter nur in Gefahr. Also noch einmal: Was wollten die beiden Männer von Ihnen?"

„Fragen Sie sie doch selbst.“
„Ihr Vater wurde wahrscheinlich von den beiden Männern oder deren Kumpel erschossen. Wollen Sie genauso enden?“
Chris blieb stumm.
„Hören Sie, wenn Ihr Vater sich rechtzeitig an die Polizei gewandt hätte, würde er jetzt womöglich noch leben.“
Mit demonstrativ verschränkten Armen starrte Chris vor sich auf den Boden. Anita wandte sich ab und lief langsam durch den Raum. Alles schien in Ordnung zu sein. Die Kollegen waren so schnell vor Ort gewesen, dass die Männer die Wohnung nicht hatten durchsuchen können. Plötzlich stutzte Anita und drehte sich wieder zu Chris um:
„Das Logbuch! Als wir gestern hier waren, lag auf der Kommode unter dem Bild das Logbuch des Segelschiffes. Wo ist es hin? Haben die Männer es mitgenommen?“
Chris schüttelte verzweifelt den Kopf. Tränen traten in ihre Augen.
„Hat Ihr Vater Ihnen das Logbuch geschenkt?“
Verzweifelt flog ihr Kopf hin und her, während sie zu schluchzen begann. Anita wartete, ob sie sich beruhigte, und meinte dann zu ihrem uniformierten Kollegen:
„Wir nehmen sie mit aufs Präsidium. Bitte fragen Sie gründlich hier im Haus und in der Nachbarschaft herum, ob jemand was beobachtet hat. Vielleicht wurde sogar das Fahrzeug gesehen.“
Der Kollege nickte und verließ die Wohnung. Anita zückte ihr Smartphone.
„Peter, hier spricht Anita. Schick mir bitte umgehend die Fotos der beiden Männer, die gestern Roland und mich verfolgt haben, auf mein Handy.“
Wie immer war Peter die Zuverlässigkeit in Person. Keine sechzig Sekunden brauchte er, um den Auftrag zu erledigen. Anita ging mit den Fotos zu Frau Osswald in die Wohnung gegenüber.
„Genau! Der war dabei!“, meinte die Nachbarin eifrig.

„Der andere nicht?“
„Dem anderen sein Gesicht konnte ich nicht sehen, der hatte so eine Haube wie die Bankräuber in den Krimis übergezogen.“
„Der Erste nicht?“, fragte Anita überrascht.
„Der war gerade dabei, die Haube überzuziehen. Aber kurz konnte ich durch den Spion sein Gesicht noch erkennen.“
Anita fühlte etwas in ihrem Bauch sich verklumpen. Sie hatte Moruvac und Pocuca, zwei Serben im Dienste von D-Security, auf die Fährte einer jungen Frau und deren Tochter gebracht. Vermutlich waren die beiden Frauen soeben nur knapp mit dem Leben davongekommen.

Roland hatte Angst, diese Nacht erneut nicht schlafen zu können. So zog er trotz der sommerlichen Hitze seine Sportsachen an und begann loszulaufen. Die Ostendstraße führte direkt in den Park der Villa Berg. Er rannte, so schnell er konnte. Das Rosenspalier flog an ihm vorbei. Den Japan-Garten nahm er kaum wahr und auch die Mineralbäder flogen an ihm vorüber. Unter den Pappeln des Neckarufers begann er schwer zu keuchen. Er reduzierte sein Tempo trotzdem nicht. Er wollte sich verausgaben, um in der Nacht gut schlafen zu können. Am Nordufer des Max-Eyth-Sees brach er schließlich zusammen und lag keuchend in der Wiese neben der von der Stiftung eines schwäbischen Kabarettisten finanzierten Quelle. Diese sollte dazu dienen, den See wieder sauber zu machen. Dem gräulich-grünlichen Seewasser war dies noch nicht anzusehen. Roland bezweifelte auch, dass der See jemals wieder zum größten Freibad der Stadt werden würde. Die Jugendlichen aus den hoch über dem See gelegenen Hochhaus-Gettos teilten seine Skepsis nicht. Sie wagten sich in der Nähe des Frischwasserzuflusses bereits ins Wasser und hatten dort offensichtlich ihren Spaß. Roland überlegte kurz zur Abkühlung es ihnen gleich zu tun, entschied sich dann aber doch für ein kühles Bier im Haus am See.

Am frühen Nachmittag des folgenden Tages setzte sich das Team zusammen. Anita eröffnete die Sitzung:
„Wir haben einen toten Schwaben, zwei dubiose Serben und das verschwundene Logbuch eines holländischen Schiffes aus den dreißiger Jahren des vorigen Jahrhunderts. Frau Ortwein behauptet steif und fest, das Logbuch als Souvenir aus Amsterdam mitgebracht zu haben, aber wahrscheinlich hat sie es von ihrem Vater erhalten. Sie hat große Angst. Weiterhin haben wir zwei Serben, die für eine dubiose Düsseldorfer Sicherheitsfirma arbeiten. Außerdem haben wir einen Tennisvereins-Kumpel des Toten, der uns vermutlich belügt und ebenfalls große Angst hat. Was haben wir noch?"
Peter fuhr fort:
„Den abgetauchten Nachbarn, Herr Haußmann. Dem Polizeibericht seines Schusses auf Herrn Kofler ist zu entnehmen, dass man seinerzeit eine ziemlich umfangreiche Waffensammlung bei ihm entdeckte, inklusive einiger illegaler Stücke. Herr Haußmann war in den Sechzigern bis frühen Siebzigern Offizier bei den Spezialkräften. Er scheint ein rechter Waffen-Narr zu sein, der sich vielleicht auch illegale Munition zu besorgen weiß. Ich finde, wir sollten ihn nicht aus den Augen lassen."
„Die Fahndung läuft, besorge uns bitte noch einen Durchsuchungsbeschluss für sein Haus. Was Neues über die von Herrn Haußmann genannten Kfz-Kennzeichen?"
„Ich glaube, die hat er uns nur genannt, um von sich abzulenken. Alle drei deutschen Mietwagen waren an den genannten Tagen von großen Anwaltskanzleien gemietet. Die Schweizer haben noch nicht geantwortet."
„Gut, dann laden wir Moruvac und Pocuca zu einer ordnungsgemäßen Gegenüberstellung mit Frau Osswald vor. Das wird dauern. Bis dahin beschäftigen wir uns zunächst intensiver mit Herrn Haußmann."

„Vanessa?"
„Hey Chris, was läuft?", erwiderte die Angesprochene am Telefon.
„Wir haben doch neulich überlegt, zusammen mit unseren Herzens-Töchtern in den Urlaub zu fahren."
„Schon, nur haben wir ja leider beide nicht genügend Kohle."
„Herbert überlässt uns umsonst sein Ferienhaus."
„Cool …"
„Er wollte eigentlich den August über dorthin. Jetzt muss er dienstlich für zwei bis drei Wochen nach China und will seinen Urlaub anschließend dort verbringen. Wir können sein Ferienhaus umsonst haben. Es ist nicht weit weg vom Meer."
„Cool, wo …"
„Pack zusammen, ich hol dich nachher ab. Wir fahren über Nacht, um morgen früh die Fähre zu erwischen."
„Heute? Du willst heute noch los?"
„Klar, du hast doch ohnehin frei und ich brauche dringend einen Tapetenwechsel, sonst passiert was Schlimmes."
„Was Schlimmes!!! Du willst doch nicht etwa dir erneut etwas …"
„Bitte lass uns jetzt nicht darüber reden! Sei eine gute Freundin und pack einfach das Notwendige ein, okay?"
Chris wartete angespannt auf die Reaktion ihrer Freundin. Sie wusste, dass sie bei Vanessa den Eindruck erweckte, als stünde sie kurz vor einem weiteren Selbstmordversuch. Aber das war ihr nur recht. Wenn sie Vanessa sagte, dass ein oder gar zwei Killer hinter ihr her waren, würde die nie und nimmer mitkommen. Sie brauchte sie aber. Alleine konnte sie das Ding nicht durchziehen. Schon zur Betreuung von Helena musste Vanessa einfach mit.
„Hat der Typ dir wirklich so schlimm das Herz gebrochen?", fragte Vanessa zaghaft.
„Bitte lass uns jetzt nicht darüber reden! Pack zusammen, ich hol euch gegen sechs Uhr ab."

Anitas komplettes Team nahm die Durchsuchung bei Herrn Haußmann persönlich vor. Sie teilten sich auf und schon bald rief Peter aus dem Keller:
„Kommt alle runter, ich muss euch was zeigen!“
Neugierig kamen die drei anderen in das Keller-Geschoss des geräumigen Hauses. Ein Flur zog sich über die gesamte Länge von knapp zwanzig Metern. Peter stand am anderen Ende des Flurs unter einer hellen Lampe und winkte sie herbei. Beim Näherkommen erkannten sie, dass er vor einer aus Weichholz-Blöcken aufgetürmten Wand stand, die Kugeln schlucken sollte. Der Typ hatte sich seinen privaten Schießstand im Keller gebaut! Zahlreiche Einschüsse bezeugten, dass er diesen auch weidlich genutzt hatte. Peter hielt einige durchlöcherte Bilder in den Händen. Es handelte sich um Zeitschriften-Aufnahmen von Politikern aus dem linken Spektrum. Doch dann zog er drei Fotos hervor. Die zeigten eindeutig Herrn Kofler im Großformat, vermutlich mit einem starken Teleobjektiv durchs Fenster hindurch aufgenommen. Alle drei Bilder waren von Kugeln durchlöchert.
„Dort hinten in der Tonne sind noch Hunderte Bilder. Am besten, wir nehmen die ganze Tonne mit und sichten das Material auf dem Präsidium in Ruhe.“
„Okay Leute, wir haben genug, um ihn erst einmal festzunageln. Jetzt müssen wir uns auf Hinweise konzentrieren, wo er sein könnte. Einer wie er hat sicher eine Jagdhütte und sich dorthin verzogen.“
Tatsächlich fanden sich in seinen Ordnern die Unterlagen einer Jagdhütte im Schwarzwald. Roland bekam glänzende Augen und meinte:
„Okay, Peter und ich fahren hin und nehmen ihn fest!“
Anita sah ihren Kollegen ungläubig an, ehe sie meinte:
„Nein, wir informieren die örtlichen Kollegen. Sie sollen unauffällig prüfen, ob er sich tatsächlich dort aufhält. Falls ja, setzen wir das SEK in Gang.“

Indessen fuhr Chris mit ihrem roten Golf bei Vanessa vor. Sie gab ihr Bestes, ihre Freundin mit einer dramatischen Version ihres jüngsten Erlebnisses mit einem Mann zu beschäftigen. So kam Vanessa erst auf der Autobahn dazu zu fragen:
„Wo fahren wir eigentlich hin? Du hast etwas von einer Fähre erzählt. Auf welcher Insel liegt das Ferienhaus?"
„Auf keiner Insel."
„Nicht?"
„Nein."
„Warum dann die Fähre?"
„Weil ohne Fähre der Weg viel weiter wäre."
„Viel weiter ... fahren wir über Italien nach Griechenland? Cool!"
„Nein, nicht Griechenland, sondern in die andere Richtung. Unser Ziel ist Schweden."
„Schweden???"
Vanessa blieb vor Schreck der Mund offen stehen. Sie starrte fassungslos ihre Freundin an. Endlich meinte sie:
„Du verarschst mich, oder?"
„Nein, he Schweden ist cool und ..."
„Nicht cool, sondern kalt! Ich fahre doch nicht in den Urlaub, um mir den Arsch abzufrieren!"
„Wir haben einen super Sommer und auch in Schweden ist es warm. Es wird gut, du wirst schon sehen."

Anita lag wach im Bett und lauschte den leichten Schnarch-Geräuschen ihres Mannes Bernhard. Sie hatte heute etwas übersehen, kam aber nicht darauf, was es war. Es musste etwas Wichtiges sein, sonst würde es sie nicht derart stören. Endlich fiel ihr ein, was es war. Keine fünf Minuten später schlief sie.

Roland zog es in dieser Nacht wieder zum Bahnhofsturm. Er konnte es sich selbst nicht erklären, warum. Er hatte bei seinem letzten Besuch die aufgebrochene Stahltür einfach wieder zugedrückt. Da sie leicht klemmte, hoffte er, dass der kaputte Riegel von niemand entdeckt worden war. Seine Hoffnung bestätigte sich und er gelangte wieder ohne Mühe hinaus aufs Dach. Melancholisch sah er auf die nächtlichen Lichter. Der Lärm der Stadt brandete zu ihm hoch. Martinshörner kündeten von Ambulanzen und Streifenwagen im Einsatz. In den Schluchten der Stadt unter ihm amüsierten sich die Menschen. Was tat er hier oben? Er seufzte. Genau genommen wusste er es nicht. Aber jetzt alleine wach in seinem Bett zu liegen, war sicher nicht besser. Sofa, Bier und Fernseher oder Kneipe, Bier und Saufkumpane waren ebenfalls keine reizvolleren Alternativen. Warum nicht noch eine Stunde hier seinen Gedanken nachhängen? Anschließend würde er vielleicht schlafen können.

Als am nächsten Morgen Dr. Hahns Arzthelferin die Praxis betrat, saß ihr Chef bereits in seinem Büro. Das war seit vielen Jahren nicht mehr vorgekommen. So näherte sie sich erstaunt seiner halb geöffneten Tür.
„Guten Morgen, Herr Doktor, stimmt etwas nicht?“
Dr. Hahn zuckte zusammen und sah sie mit vor Angst geweiteten Augen an, ehe er sich fasste und brüllte:
„Himmelherrgott nochmal, was fällt Ihnen ein, mich so zu erschrecken! Wieso schleichen Sie hier herum?“
„Aber ich bin doch gar nicht ...“
„Ich will kein Wort hören! Schließen Sie meine Tür und bereiten Sie alles für heute vor!“

Auch im *Dezernat 7* war an diesem Morgen die Chefin die Erste im Büro. Bei Anita war das allerdings nicht ungewöhnlich. Heute wollte sie dem gestern von ihr zunächst übersehenen Zusammenhang nachgehen. Vielleicht handelte es sich nur um einen Zufall und ihr morgendlicher Einsatz brachte die Ermittlungen nicht voran. Aber so war es in ihrer Arbeit nun einmal. Außerdem würden in diesem speziellen Fall die Kollegen eines anderen Bundeslandes die Arbeit übernehmen müssen. Sie hatte gerade die entsprechenden Schritte in die Wege geleitet, als Sultan eintraf.

„Nimm gar nicht erst Platz, du darfst mich heute begleiten!“, empfing Anita sie.

„Wohin?“

„Zur Villa Ginkgo-Wurzel, ich will noch einmal mit diesem Bernd sprechen.“

„Verdächtigst du ihn?“

„Nein, aber mir geht die Sache mit dem holländischen Logbuch nicht aus dem Kopf. Ich bin mir sicher, dass Frau Ortwein es von ihrem Vater erhalten hat und die Einbrecher es gestern mitgenommen haben. Vielleicht kann dieser Bernd mir sagen, ob Herr Kofler holländische Vorfahren hat oder sich aus sonstigen Gründen mit einem holländischen Schiff beschäftigte. Wenn es der Nachbar nicht war, fehlt mir das Motiv für diesen Mord. Vielleicht liefert das Schiff uns ein Motiv.“

„Du meinst so etwas, wie einen Piratenschatz, dessen Versteck auf einer geheimen Karte im Logbuch mit einem Kreuz markiert ist?“

„Vielleicht.“

Anita lächelte. Sultan sah auf ihre Uhr.

„Meinst du dieser Psycho-Heini arbeitet überhaupt schon?“

„Das nicht, aber er wohnt in der Villa Ginkgo-Wurzel unterm Dach.“

Eine halbe Stunde später stellte Bernd Altmann zwei Tassen grünen Tees vor den Kriminalistinnen ab. Anita ließ sich nicht anmerken, dass ihr eine ordinäre Tasse Filter-

Kaffee deutlich lieber wäre. Sie sah sich um. Die Mansardenwohnung zeugte von einem teuren, ausgefallenen Geschmack. Der Psychologe musste gut verdienen. Mit dem Rücken zu ihnen beschäftigte er sich in seinem seidenen Morgenmantel mit der Zubereitung seines Frühstücks.
„Holland?“, murmelte er vor sich hin. „Tut mir leid, das sagt mir in Bezug auf Herrn Kofler überhaupt nichts. Er hat sich meines Wissens nur mit dem Auffinden seiner unbekannten Tochter gequält.“
„Dafür besuchte er bei Ihnen ein einwöchiges Intensiv-Seminar?“
„Ja, dafür besuchte er ein einwöchiges Intensiv-Seminar!“, erwiderte er betont langsam.
Die beiden sahen einander in die Augen. Anita wollte dem Psychologen nicht glauben. Leider fehlt ihr die Handhabe, um gegen ihn vorgehen zu können. Vielleicht war er ihr auch einfach nur unsympathisch.

Da Anita außer Haus war, wurde der Funkruf einer Streife zu Roland durchgestellt.
„Herr Haußmann ist in seinem Haus? Gut fahren Sie ums Eck und warten auf uns. Kollege Lutz und ich stoßen zu Ihnen, um gemeinsam den Verdächtigen zu verhaften.“
Er legte auf, griff nach seiner Waffe und meinte:
„Komm Peter!“
„Willst du ihn wirklich selbst verhaften?“
„Klar!“
„Anita meinte …“
„Hör zu, ich hole kein SEK, um einen alten Mann zu einem Verhör aufs Revier zu bringen! Entweder du bist ein Kerl und kommst jetzt mit, oder du bleibst schön brav hier und wartest auf Mama zum Petzen. Ich gehe jetzt jedenfalls. Tschüss.“
Peter fühlte sein Herz schneller schlagen. Gelähmt vor Angst stand er da und sah seinen Kollegen das Büro verlassen.

„Warte, ich komme mit!", rief er hinter ihm her und setzte sich in Bewegung.
Zwanzig Minuten später erklärte Roland dem noch immer nervösen Peter und den uniformierten Kollegen seinen Plan:
„Sie sichern die Rückseite, falls der alte Knabe versuchen sollte, durch den Wald zu entkommen. Kriminalmeister Lutz und ich nehmen über den Vordereingang die Verhaftung vor. Noch Fragen?"
Roland sah ringsum die Kollegen an. Alle schüttelten den Kopf.
„Dann los, wir lassen euch ein paar Minuten Vorsprung."
Die uniformierten Kollegen verschwanden. Peter spürte sein Herz rasen und seine Hände schweißnass werden. Roland wirkte hingegen äußerlich ruhig. Er schien solche Aktionen zu genießen.
„Wie willst du vorgehen?", fragte Peter ihn.
„Wir klingeln, lassen uns die Tür öffnen und verhaften ihn."
„Du nimmst mich auf den Arm!"
„Nein, komm mit."
Roland lief den Gehweg entlang, blieb an Herrn Haußmanns Garten-Pforte stehen und klingelte. Peter folgte ihm mit pochendem Herzen. Angespannt wartete er, was passieren würde. Die Haustür öffnete sich und der Gesuchte trat heraus. Peter brachte sofort seine Pistole in Anschlag. Roland rührte sich hingegen nicht, weder zog er seine Waffe, noch ging er in Deckung.
„Was wollen Sie?", fragte Herr Haußmann.
„Polizei, wir haben noch ein paar Fragen."
Ohne zu zögern betätigte Herr Haußmann den Summer und die Garten-Pforte sprang auf. Peter lief in Rolands Windschatten die Stufen zum Haus hinauf.
„Herr Haußmann, Sie müssen mit aufs Revier kommen. Nehmen Sie vorsorglich eine Zahnbürste und Wäsche mit, da es etwas länger dauern kann."

Der Angesprochene zeigte auf eine kleine Reisetasche im Flur und erwiderte:
„Ich habe mir schon gedacht, dass Sie so etwas vorhaben und das Nötigste gepackt. Am besten ich rufe noch kurz meinen Anwalt an, dann müssen wir nachher nicht so lange warten."

Anita und Sultan hatten währenddessen die Grenzen der Stadt überschritten und sich nach Waiblingen begeben. Für Anita besaßen, wie für die meisten Einwohner der Region, die Grenzen der Städte und Gemeinden keinerlei Relevanz. So bogen die Landeshauptstädterinnen ganz entspannt in den Unteren Rosberg ein. Die Straße wurde immer enger und schließlich sahen sich die Kriminalistinnen gezwungen, zu Fuß weiterzugehen. Linker Hand reihte sich ein halbes Dutzend gleichartiger Häuschen auf, während rechter Hand Trockenmauern den steilen Hang milde terrassierten. Vor dem engen Haus mit dem Schild Psychologische Praxis Anne Selig blieben sie stehen. In den Augen etlicher Zeitgenossen mochte das Häuschen der Psychologin im Vergleich zur Villa Ginkgo-Wurzel bescheiden sein. Es war ungefähr zur gleichen Zeit wie die Villa errichtet worden, allerdings von hart arbeitenden, einfachen Bürgern. Anita brauchte nicht zu überlegen, in welchem Rahmen sie selbst eher bereit wäre, sich mit ihrer Psyche zu beschäftigen. Aufschneider und Statusneurotiker hatte sie noch nie gemocht. Sie klingelte bei der ehemaligen Kollegin des unsympathischen Psychologen Bernd Altmann. Nichts rührte sich. Das Häuschen verharrte in selbstzufriedener Stille. Die beiden Kriminalistinnen wollten soeben wieder gehen, als von oben die Frage ertönte:
„Wollen Sie zu Frau Selig?"
Die beiden drehten sich um. Über einem dichten Brombeer-Gestrüpp oberhalb der zweiten Trockenmauer des Nachbargartens ragten der graue Schopf und die roten Bäckchen einer Frau heraus.

„Ja!“, erwiderte Anita.
„Die ist gerade rüber in die Galerie Stihl, sich die neue Ausstellung anschauen.“
Anita und Sultan sahen sich fragend an. Da fuhr die Frau schon fort:
„Sind Sie nicht aus Waiblingen?“
„Nein, wir kommen aus Stuttgart.“
„Ach so! Sie können das Auto ruhig stehen lassen. Die Galerie ist gerade auf der anderen Seite der Rems einen kurzen Spaziergang entfernt.“
„Aber wir wissen doch gar nicht, wie Frau Selig aussieht!“
Der Grauschopf lachte.
„Kein Problem, halten Sie in der Galerie nach der Frau Ausschau, die die bunteste Jacke von allen Besucherinnen trägt. Jede Wette, dass es Anne ist!“
Anita und Sultan berieten sich kurz und entschieden sich für den Spaziergang. Auf einer schmalen Brücke überquerten sie die schlammigen Fluten der Rems, die kühle Industrie-Ästhetik der Kunstgalerie im Blick. In dem Gebäude angelangt, zog eine attraktive, blonde Frau mit einer bunten Webjacke die Aufmerksamkeit der Polizistinnen auf sich. Anita zögerte, doch Sultan ging schnurstracks auf die Dame zu, lächelte sie an und fragte:
„Sind Sie Frau Selig?“
Die Angesprochene erwiderte das Lächeln und antwortete:
„Ja, ich bin Anne Selig. Schön Sie zu sehen.“
Die beiden Kriminalistinnen gaben ihr die Hand. Anita gelang es die Fassung zu bewahren, während Sultan sich ein Grinsen nicht ganz unterdrücken konnte. Beide waren mehr den rauen Umgangston in Verbrecherkreisen gewohnt, als die übertriebene Freundlichkeit der Psychologin.
„Was kann ich für Sie tun?“
„Sie haben gemeinsam mit Herrn Altmann ein Intensiv-Seminar zur Familienaufstellung geleitet, an dem dieser Mann teilgenommen hat.“

Anita hielt ihr ein Foto des Toten hin. Frau Selig nahm es und sah es sich genau an.
„Der Mann wurde ermordet. Sie sind somit nicht mehr an Ihre Schweigepflicht gebunden. Können Sie sich an ihn erinnern?"
„Ermordet? Wie schrecklich!"
Die Psychologin wandte sich ab und blieb mit dem Rücken zu den Kriminalisten stehen. Schließlich fragte sie:
„Wie ist sein Name?"
„Kofler! Dieter Kofler!"
„Genau, Dieter mit den Südtiroler Wurzeln. Ich erinnere mich!", sie wandte sich wieder den beiden zu.
„Gut, ich bin bereit mit Ihnen zu reden. Aber nicht hier! Lassen Sie uns in mein Haus gehen."
Anita stimmte zu und so liefen sie zu dritt schweigend zurück in den Unteren Rosberg. Frau Selig schloss ihr Häuschen auf und bat die beiden in einem gemütlichen, aus natürlichen Materialien gestalteten, Raum, Platz zu nehmen. Sultan sah sich unbehaglich um. Anita hatte ihr erst vor Kurzem zu verstehen gegeben, dass sie sich psychologische Unterstützung suchen sollte. Hoffentlich wurde sie durch das Ambiente nicht inspiriert, ihre Empfehlung zu wiederholen.
„Was können Sie uns über Dieter Kofler erzählen?", startete Anita die Befragung.
„Seine Vorfahren kämpften in Tirol mit Andreas Hofer gegen Napoleons Truppen und mussten dann flüchten."
„Tirol? Sind Sie sicher?"
„Aber ja! Fragen Sie doch Bernd, der hat nach dem Seminar noch einzeln mit dem Dieter gearbeitet."
Anita und Sultan sahen sich an.
„Wissen Sie das ganz genau?", fragte Anita zur Sicherheit noch einmal nach.
„Mhh, wie viele Stunden kann ich Ihnen nicht sagen. Aber ich habe Dieter nach dem Seminar einmal aus Bernds Zimmer kommen sehen. Jetzt weiß ich auch wieder, warum.

Dieters Vater war ein Nazi, was wohl mit ein Hauptgrund für Dieters schwieriges Verhältnis zu seiner Familie war. Ach ja, dann war da auch noch eine Tochter, von der er bis kurz vor dem Seminar angeblich nichts gewusst hat. Damit ist Dieter dann ganz verdruckt am letzten Tag herausgerückt."

„Komisch, Herr Altmann sagte uns, Dieter sei nur wegen seiner Tochter im Seminar gewesen. Uns hat er weder was von Tirol noch von einem Nazi erzählt."

Die Psychologin sah die Kriminalisten lange an. Schließlich legte sie das Foto zurück und meinte:

„Ich bin mir da aber ganz sicher."

„Sie sind aus der Villa Ginkgo-Wurzel ausgestiegen?", fragte Sultan.

„Ja."

„Warum?"

„Mein Ausstieg hat sicher nichts mit dem Mord an Herrn Kofler zu tun. Ich halte es nicht für angemessen, mit Ihnen hierüber zu reden."

„Wir untersuchen einen Mord und Sie behaupten, dass Herr Altmann in einem möglicherweise tatrelevanten Punkt gelogen hat. Wir müssen uns ein Bild von der Glaubwürdigkeit Ihrer Aussage machen. Leider kommt es in unserem Beruf zu oft vor, dass Leute etwas über ihre Mitmenschen behaupten, um alte Rechnungen zu begleichen. Also bitte teilen Sie uns mit, was zwischen Ihnen und Herrn Altmann vorgefallen ist."

Frau Selig zögerte, rang sich dann aber doch zu einer Antwort durch.

„Ich habe ihn angezeigt. Nicht, weil er mir etwas getan hat, sondern um andere zu schützen."

„Wegen was haben Sie ihn angezeigt?"

„Ich hatte deswegen schon genug Ärger und will nicht noch mehr. Bitte lassen Sie mich in Ruhe und gehen Sie jetzt!"

„Wegen was haben Sie ihn angezeigt?"
Die Psychologin starrte die Kommissarin an. Sie spürte, dass Anita nicht nachgeben würde. Vorsichtig fragte sie:
„Sie waren schon in der Villa?"
„Ja."
„Dann wissen Sie auch, dass Bernd dort nicht nur arbeitet, sondern auch wohnt."
„Ja."
Frau Selig seufzte tief. Endlich gab sie sich einen Ruck.
„Okay, Sie werden es ohnehin herausfinden. Ich habe Bernd wegen sexuellen Missbrauchs angezeigt. Er ist mit Frauen, die bei ihm in Beratung oder schlimmer noch in Therapie waren, nach oben in seine Wohnung gegangen und hat mit ihnen geschlafen. Das Seminar mit Dieter war das letzte Seminar, das ich gemeinsam mit Bernd leitete. Daher weiß ich auch noch so genau über die Geschichten der einzelnen Seminar-Teilnehmer Bescheid."
„Frau Selig, was genau ist vorgefallen? Was brachte Sie dazu, Herrn Altmann anzuzeigen?"
„Als wir gemeinsam die Villa gründeten, waren Bernd und ich noch ein Paar. Ich liebte ihn sehr. Er hat wunderbare Seiten an sich. Wir wohnten gemeinsam in der Villa unter dem Dach. Eines Tages erwischte ich ihn dann mit einer seiner Patientinnen im Bett. Ich sollte eigentlich an diesem Vormittag unterwegs sein und kam überraschend nach Hause. Sie können sich vorstellen, wie verletzt und wütend ich war. Ich beendete auf der Stelle unsere Beziehung und wollte ihn auch anzeigen. Er hat beteuert, dass es ein einmaliger Ausrutscher gewesen sei und er mit der Frau keine Therapie gemacht habe. Sie sei nur zweimal zu Vorgesprächen bei ihm gewesen. Ich wollte ihn trotzdem anzeigen. Eine befreundete Juristin riet mir davon ab. Ich hätte ihm nichts beweisen können und wäre nur dumm dagestanden. Außerdem hatten wir beide wegen der Villa hohe Schulden am Hals und eine Anzeige hätte uns wahrscheinlich

beide ruiniert. Bernd gab sich dann große Mühe, zeigte sich wochenlang von seiner besten Seite. Ich biss die Zähne zusammen und richtete den Blick nach vorne. Es war nach wie vor so, dass ich gerne mit ihm zusammenarbeitete. Wir stimmen in der Arbeit mit Gruppen in vielem überein und in anderen Punkten ergänzen wir uns ideal. So fanden wir ein neues Gleichgewicht. Es gab bald wieder Hinweise, dass er mit Frauen, die Hilfe suchend in die Villa kamen, zumindest fragwürdige Dinge machte. Aber ich wollte es nicht sehen, schaute weg. Als die ersten Beschuldigungen im Internet auftauchten, konnte ich nicht länger wegschauen und stellte ihn erneut zur Rede. Sie können sich vorstellen, wie schwierig die Gespräche waren. Die Beschuldigungen im Internet hörten bald wieder auf. Erst später erfuhr ich, dass Bernd die Frauen mit einem Anwalt und seinen profunden Computerkenntnissen zum Schweigen brachte. Über Sandra konnte und wollte ich nicht mehr hinwegsehen. Da bin ich dann aus der Villa ausgestiegen und habe Bernd endlich angezeigt. Ich hätte es schon viel früher machen sollen. Sandra war übrigens auch in dem Seminar und Dieter ist ihr ziemlich hinterher gestiegen."
„Was? Und das sagen Sie mir alles erst jetzt?"
„Sie kann mit dem Mord nichts zu tun haben."
„Warum nicht?"
„Weil ihr Suizid den Punkt markierte, von dem an ich nicht mehr über Bernds Verhalten hinwegsehen konnte."
„Was wissen Sie darüber?"
„Nicht viel. Sie war ungefähr vierzig Jahre alt, arbeitete glaube ich als Sekretärin und wurde während des Seminars von Dieter umworben. Ich hatte damals den Eindruck, dass sie geneigt war, seinem Werben nachzugeben. Umso mehr wunderte es mich, als sie kurz nach dem Seminar spätabends vor der Villa auftauchte und in Richtung von Bernds Wohnung hoch etwas brüllte. Ich ging nach draußen und wollte mit ihr reden. Aber kurz bevor ich sie

erreichte, sah sie die Teilnehmer meiner Gruppe mit an den Fenstern platt gedrückten Nasen und rannte davon. Sie nahm sich noch in der gleichen Nacht mit einer Überdosis Tabletten das Leben."
„Das war vor zweieinhalb Jahren und der Mann arbeitet immer noch als Therapeut?"
„Was meinen Sie, wie unglaublich ich das finde? Die Mühlen der Justiz mahlen langsam und er nutzt den Weg durch alle Instanzen."
Die Kommissarinnen bedankten und verabschiedeten sich. Sie waren bereits auf dem Weg zur Tür, als Frau Selig rief:
„Ach, junge Frau, warten Sie doch bitte noch einen Augenblick!"
Sultan hielt abrupt inne. Ihr Herz pochte wild. Sie drehte sich zu der Psychologin um.
„Meinen Sie mich?"
„Ja!"
Frau Selig lächelte. Sultan fragte sich voller Panik, was jetzt kommen würde. Wollte die Psychologin ihr etwa eine kostenlose Probesitzung anbieten?
„Mögen Sie Ballett?", fragte Frau Selig stattdessen.
„Ja", erwiderte Sultan verblüfft.
„Das habe ich mir doch gedacht. Heute Abend tanzt Eric Gauthier mit seiner Kompanie im Theaterhaus am Pragsattel. Ich wollte mit einer Freundin hingehen. Wir haben gemeinsam sein Konzert hier im Schwanen angehört, ihn aber leider noch nie tanzen sehen. Meine Freundin ist krank und ich habe eine Karte übrig. Hier, die schenke ich Ihnen."
Sie hielt Sultan eine Eintrittskarte des Stuttgarter Theaterhauses hin, die diese überrumpelt entgegennahm.
Auf dem Weg zurück zum Auto konnte Anita ein Grinsen nicht unterdrücken.
„Hast du das Ganze arrangiert?", fragte Sultan misstrauisch.
„Du meinst, ich arrangiere aufwendig einen gemeinsamen Ballettabend bei dem obersten Charmebolzen der Stadt,

damit du endlich den Weg zu einer Psychologin findest?", fragte Anita gut gelaunt.
„So ungefähr."
„Nein, aber wenn du heute Abend nicht nur Augen für den Mann, der die Schwäbinnen schwachmacht, hast, sondern merkst, dass es auch nette Psychologinnen gibt, ist mir das nicht unrecht."
Sultan brütete über diese Bemerkung vor sich hin, während Anita beschloss, sich Herrn Altmann noch einmal vorzuknöpfen.

Auch in dieser Nacht trat gegen Mitternacht Roland wieder auf die Plattform des Bahnhofsturms hinaus. Das Verhör mit Herrn Haußmann hatte ihn total frustriert. Der alte Sack hatte sich hinter seinem Anwalt verschanzt und Roland zweifelte daran, dass es ihnen je gelingen würde, ihm etwas nachzuweisen. Zunehmend mehr bekam er das Gefühl, die Verbrecher saßen am längeren Hebel als er. Roland atmete tief durch. Hier oben auf dem Turm fühlte er sich frei. Langsam ging er vor ans Geländer. Gebannt sah er in die Tiefe hinab. Er registrierte verwundert eine einzelne Träne, die sich ihren Weg seine stopplige Wange hinab bahnte. Wie lange hatte er schon nicht mehr geweint? Er war sich nicht sicher, aber wahrscheinlich seit seinem vierzehnten Lebensjahr.

Sultan hatte in dieser Nacht Bereitschaftsdienst für das *Dezernat 7*. Nach einem unterhaltsamen Abend im Theaterhaus wurde sie gegen vier Uhr früh zu einem unklaren Todesfall gerufen. Sie hasste derartige Anrufe. Unklarer Todesfall hieß meist ein Unfall, bei dem möglicherweise jemand nachgeholfen hatte. Die Toten waren oft schrecklich entstellt. Sie war froh, nicht am Tatort im Eulenrain mit der halb verbrannten Leiche samt weggeschossenem Gesicht konfrontiert worden zu sein. Was mochte sie jetzt erwarten? Sie befand sich in einem unwirklichen Zustand, mitten

aus dem Tiefschlaf gerissen und voller Adrenalin wegen des bevorstehenden Grauens. Ohne die ständigen Leichen wäre ihr die Arbeit im Dezernat für Tötungsdelikte bedeutend lieber.
An der von den uniformierten Kollegen genannten Adresse angelangt, erstarrte sie. Mensch, sie war aber auch zu blöd! Benommen zückte sie ihr Handy und rief eine Nummer aus dem Speicher auf. Es dauerte fast eine Minute, bis eine verschlafene Stimme sich meldete:
„Schenk!"
„Anita, hier ist Sultan. Ich fürchte, wir haben ein Problem. Am besten, du kommst gleich her."

Chris starrte total übernächtigt auf das Navi an der Windschutzscheibe. Der Himmel ging allmählich von Schwarz in jenes intensivste Dunkelblau über, das den nahen Morgen ankündigte. Die Autobahn endete abrupt auf der Höhe eines gesichtslosen Einkaufszentrums. Sie bremste vor der auf Rot springenden Ampel ab und starrte nach rechts auf das Einkaufszentrum. Gelb leuchtete in riesigen Lettern der Name eines schwedischen Möbelhauses. Noch heute würde sie erstmals ihren Fuß auf den Boden des Heimatlandes der Möbelhaus-Kette setzen. Die Ampel sprang auf Grün. Chris legte den Gang ein und fuhr los. Rechter Hand tauchten die ersten Wohnhäuser Kiels auf. Ihr Navi wies sie an, geradeaus zu fahren. Warum eigentlich? Sie erkannte auf dem winzigen Bildschirm, dass ein Stück rechts von ihr der erste Zipfel der Ostsee lag. Spontan bog sie an der nächsten Kreuzung rechts ab und fuhr leicht abwärts Richtung Osten. Der Himmel hellte sich in östlicher Richtung deutlich auf. Gleich würde der glutrote Sonnenball sich über

den Horizont erheben. Ihr wurde bewusst, dass sie noch nicht viele Sonnenaufgänge unter freiem Himmel erlebt hatte. Kurz entschlossen bremste Chris den Wagen sanft ab und hielt am Straßenrand an. Sie schaltete den Motor aus, ließ das Fenster hinab und wartete. Draußen sang ein vielstimmiger Chor der Vögel von der Freude und der Schönheit des Lebens. Der Himmel färbte sich erst Orange und hellte immer stärker auf, bis der erste Sonnenstrahl Chris genau im Gesicht traf. Unter einer Aufwallung ihrer eigenen Lebenslust startete sie den Motor wieder und gab Gas. Dort war es endlich, das Meer! Sie bog auf die Uferstraße ein und beschleunigte. Durch das geöffnete Fenster brauste die kühle Morgenluft herein. Rechter Hand zog die Kieler Förde an ihr vorbei. Sie jauchzte und winkte einem entgegenkommendem Fahrzeug fröhlich zu.
„Nicht so laut und mach das Fenster wieder zu!“, meldete sich neben ihr nörgelnd Vanessa in der Welt der Wachen zurück. „Du weckst noch die Kinder! Lass sie noch schlafen, die Nacht war anstrengend für die beiden.“
„Spielverderberin!“, maulte Chris.
Vanessa antwortete nicht, sondern starrte missmutig vor sich hin.
„Früher warst du doch auch nicht so spießig!“, meinte Chris und boxte ihre Freundin leicht auf den Oberarm.
„Früher war ich auch noch keine Mutter“, entgegnete diese.
„Mütter müssen nicht zwangsläufig spießige Spielverderber sein!“ Chris boxte sie erneut.
„He Moment!“ Vanessa drehte den Kopf zurück. „Das war eben das Terminal der Stena-Line! Du bist daran vorbei gefahren!“
„Na und.“
„Wollen wir nicht mit der Fähre nach Schweden?“
„Die fährt erst in zwei Stunden.“
„Dann lass uns auf dem Parkplatz vor dem Terminal ...“
„Zu langweilig!“

Vanessa schwieg und starrte ihre Freundin an. Schließlich meinte sie:
„Zu langweilig? Was willst du stattdessen machen?"
„Leben!"
„Leben?"
„Leben!"
Vanessa seufzte.
„Und wie lebt man um vier Uhr morgens in Kiel?"
„Indem man in die Ostsee springt und sich anschließend Milchkaffee und frische Croissants besorgt!"
„Klingt gut!"
Erstmals an diesem Morgen begann Vanessa zu lächeln. Sie fuhren weiter zwischen Villen und Ostsee die Straße entlang.
„Ich bin nicht spießig!", meinte Vanessa.
„Ich weiß." Chris lächelte.
„Da ein Strandbad, halt an!"
Chris hatte den Wagen kaum auf dem Seitenstreifen zum Stehen gebracht, als Vanessa die Tür aufriss und in Richtung Steg davonlief.
„He, unsere Badesachen sind ...", rief Chris hinter ihr her, wurde aber von einem lauten „Spießerin!" ihrer Freundin unterbrochen.
„Wer zuerst im Wasser ist, hat gewonnen!"
Das ließ sich Chris nicht zweimal sagen. Sie spurtete hinter ihrer Freundin her. Als sie diese einholte, zog Vanessa sich gerade das T-Shirt über den Kopf. Keine Minute später stürzten sich simultan zwei nackte Körper vom Steg kopfüber in die grünlichen Fluten. Prustend tauchten sie wieder auf und schwammen nebeneinander her in die Förde hinaus. Kreischende Möwen verfolgten vor sich hin tuckernde Fischkutter. Die ersten Segelboote glitten elegant an ihnen vorbei aufs offene Meer hinaus.
Später rubbelten sie neben dem Auto ihre gänsehäutigen Körper trocken. Vanessa warf einen verstohlenen Blick auf

die von der Kälte aufgerichteten Brustwarzen ihrer Freundin. Auch einem vorbeifahrenden Autofahrer blieb der Anblick nicht verborgen. Er quittierte ihn mit einem lauten Hupen. Vanessa lächelte. Sie würden in Schweden nicht lange allein bleiben. Zumindest nicht, wenn Chris sich dort auch so zeigte. Ein guter Urlaub lag vor ihnen. Sie waren noch immer jung, gut drauf und das Wetter versprach einen herrlichen Tag. Was brauchten sie mehr, um glücklich zu sein? Vanessa schwor sich, als Erste einen Wikinger in ihr Bett zu bugsieren. Nicht ahnend, wie sehr sie die Reise bald verfluchen und sich in ihre schwäbische Heimatstadt zurückwünschen würde, stieg sie zu ihrer Freundin ins Auto.

Achthundert Kilometer südlich versammelte am späten Morgen der Polizeipräsident Dr. Ludger eine große Runde um sich. Vor allen anderen trafen Anita und ihr Team ein. Sultan und Peter betraten erstmals das Büro des Präsidenten und zeigten sich dementsprechend beeindruckt. Gefühlt besaß der Raum die Ausmaße des gesamten Polizeipostens, in dem Peter seinen Dienst begonnen hatte. „Nehmen Sie bitte Platz, ich muss nur noch kurz das hier zu Ende lesen!“, beschied Dr. Ludger, ohne sich von seinem Schreibtisch zu erheben.

Sultan starrte auf den riesigen Besprechungstisch, an dem problemlos Jesus mit all seinen Jüngern das Abendmahl wiederholen oder König Arthur alle Ritter seiner Tafelrunde versammeln könnte. Sie schmunzelte und beschloss, Dr. Ludger ab sofort König Arthur zu nennen. Sie selbst war demzufolge eine seiner Ritterinnen. Moment mal! Das durfte wohl nicht wahr sein. Sie seufzte. Ihre Mutter hatte recht. Wenn ihr beim Anblick eines großen Tisches solche Vergleiche in den Sinn kamen, war sie wirklich mehr Deutsche als Türkin. Welche historischen Figuren ihre Mutter wohl um den Tisch versammeln würde? Sultan beschloss, ihre Mutter beim nächsten Telefonat danach zu fragen.

Kriminalhauptkommissar Markus Knauß trat ein. Er leitete die Abteilung Organisierte Kriminalität, polizeiintern nur OK genannt. Ein Sultan namentlich nicht bekannter Polizist schleppte eine schwere Aktentasche hinter seinem Vorgesetzten her. Sie lächelte ihm freundlich zu, was der Kollege geflissentlich ignorierte. Dr. Ludger erhob sich vom Schreibtisch und in perfekter Choreografie öffnete sich simultan die Tür und sein Stellvertreter, Polizeidirektor Schumacher, trat ein. Die bereits Sitzenden erhoben sich wieder und reihum wurden in einer chaotischen Choreografie Hände geschüttelt, bis endlich alle Platz nehmen konnten und die Besprechung begann.
„Sehr geehrte Kolleginnen, sehr geehrte Kollegen!", erhob Dr. Ludger seine Stimme. „Ich habe Sie hergebeten, da sich die Bedrohungslage in unserer Stadt möglicherweise entscheidend geändert hat. Um das Ausmaß der Bedrohung sicher beurteilen zu können, bin ich auf Ihre erwiesenermaßen hohe analytische Kompetenz und reichhaltige Berufserfahrung angewiesen. Frau Kriminalhauptkommissarin Schenk informierte mich, dass sich ein zweiter Mord und ein Einbruch ereigneten und diese höchstwahrscheinlich mit dem Mord im Eulenrain in Verbindung stehen. Frau Hauptkommissarin Schenk, vielleicht können Sie kurz das Wesentliche berichten?"
„Gerne, Herr Präsident. Dieter Kofler, das Mordopfer aus dem Eulenrain, war vor zwei Jahren bei einem Psychologen namens Bernd Altmann in Behandlung. Dort hat er sich mit seiner Familie beschäftigt, besonders mit seiner unehelichen Tochter, Frau Christa Ortwein, die er zuvor noch nie gesehen hatte. Durch eine Vernehmung von Herrn Altmann hofften wir in Erfahrung zu bringen, mit welchen Dingen aus der Vergangenheit Herr Kofler sich noch beschäftigt hatte. Der Psychologe machte uns hierzu falsche Angaben. Bevor wir Herrn Altmann noch einmal Vernehmen konnten, stürzte er letzte Nacht aus einem Fenster sei-

nes Hauses in den Tod. Haus- und Wohnungstür sind mit einem Stemmeisen aufgebrochen worden. Wir gehen daher davon aus, dass jemand bei seinem Sturz nachgeholfen hat, genau in der Nacht nach Herrn Altmanns Vernehmung durch uns. Bei seiner Tochter wurde am Tag nach ihrer Vernehmung eingebrochen. Kollege Berger entdeckte, dass an unserem Dienstwagen hochwertige Überwachungstechnik angebracht worden war, über die nur wenige ..."
„Genau dies behagt mir am wenigsten", unterbrach Dr. Ludger sie, „dass einige meiner Beamten mithilfe der modernsten Technologie überwacht und verfolgt wurden. Da nur wenige über solche technischen Möglichkeiten verfügen, äußerten die Kollegen vom *Dezernat 7* den Verdacht, dass die organisierte Kriminalität die Morde begangen haben könnte. Daher habe ich auch Sie, Kriminalhauptkommissar Knauß und Kommissar Huber, hinzugebeten."
„Wenn Sie gestatten, Herr Dr. Ludger?", meldete Knauß sich. Der Angesprochene nickte huldvoll und Sultan sah eine imaginäre goldene Krone über seinem Haupt schweben.
„Eine Verbindung mit der OK können wir ausschließen!", fuhr Knauß fort, „bedauerlicherweise können wir nicht in jedem Fall alles beweisen, aber ich weiß, was in meiner Stadt läuft. Daher kann ich mit absoluter Sicherheit sagen, dass weder Herr Kofler noch Herr Altmann mit der OK in Verbindung standen. Ich ..."
„Haben Sie die Kollegen in Düsseldorf zurate gezogen, ehe Sie sich Ihr Urteil bildeten?", unterbrach Roland den Redefluss.
Kommissar Knauß runzelte verärgert die Stirn. Was bildete der Berger sich ein? Der Mann hatte sich nicht im Griff und stellte ein Sicherheitsrisiko dar. Es war ihm unverständlich, warum die Kollegin Schenk an ihm festhielt. Zumal man munkelte, dass er mit einem türkischen Flittchen liiert sei.
„Welche Kollegen in Düsseldorf?", hakte Dr. Ludger nach.

„Nun, ich bat gestern Morgen per E-Mail Dezernatsleiter Knauß darum, sich bei den Kollegen von der OK in Düsseldorf wegen der Anwaltskanzlei Stahl & Co. sowie der Firma D-Security umzuhören. Da bekannt ist, wie sehr der Herr Dezernatsleiter Wert auf die korrekte Einhaltung der Dienstwege legt, hat Kriminalmeister Lutz das entsprechende Formular wenig später nachgereicht."
Jetzt sahen alle Kriminalhauptkommissar Knauß erwartungsvoll an. Der fluchte innerlich. Was bildete der Berger sich ein, ihn als Dezernatsleiter vor dem Präsidenten so herauszufordern? Natürlich hatte er beide Fragen subalterner Geschöpfe wahrgenommen, es aber als unter seiner Würde angesehen, daraufhin tätig zu werden. Er würde abwarten, bis seine Kollegin Schenk persönlich nachhakte und auch dann erst mit angemessener Verzögerung tätig werden.
„Nun?", fragte Roland ungeduldig.
„Herr Kommissar Berger, auf meinem Schreibtisch stapelt sich die Arbeit und eine solche Anfrage benötigt Zeit ..."
„Blödsinn!", unterbrach Roland ihn erneut und schlug dabei mit der Faust auf den Tisch.
„Herr Kommissar Berger, mäßigen Sie sich!", schritt Dr. Ludger ein.
„Entschuldigen Sie Herr Präsident, aber mir kommt bei dem Gedanken die Galle hoch, dass meine Kollegen und ich möglicherweise wegen der Borniertheit des Herrn Dezernatsleiters tage- oder gar wochenlang in die falsche Richtung ermitteln. Darüber hinaus sehe ich es als im höchsten Maße unprofessionell an, allein auf Basis der eigenen Eitelkeit und Selbstüberschätzung eine Beurteilung der aktuellen Bedrohungslage abzugeben!"
Dr. Ludger sah Kommissar Berger mit gerunzelter Stirn an. Er würde mit Dezernatsleiterin Anita Schenk über das Verhalten ihrer Mitarbeiter reden müssen. Dr. Ludger war nicht gewillt, eine solche Respektlosigkeit gegenüber einer seiner Führungskräfte durchgehen zu lassen.

„Hast du anstelle des Kollegen Knauß in Düsseldorf angerufen?“, meldete Anita sich zu Wort.
„Klar.“
Roland grinste. Dr. Ludger blieb ob der erneuten Respektlosigkeit die Luft weg. Er wollte gerade zum Donnerwetter ansetzen, als Roland fortfuhr:
„Die Einschätzung der Düsseldorfer ist diametral entgegengesetzt zu jener des Kollegen Knauß. Mein Anruf landete bei einem einfachen Kriminalmeister. Der wusste sofort, dass Anwälte der Kanzlei Stahl & Co. in beinahe jedem ihrer Fälle von organisierter Kriminalität als Verteidiger fungieren und D-Security eine dubiose Tochterfirma eben jener Kanzlei ist. Mitarbeiter von D-Security haben mehrfach wichtige Zeuge eingeschüchtert, damit diese ihre Aussagen widerriefen. Sie sind bei illegalen Abhöraktionen ertappt worden. Alles wurde als Verfehlung Einzelner abgetan. Aber die Kollegen sind sich sicher, dass beide Firmen tief in mafiöse Machenschaften verwickelt sind.“
Dr. Ludger ließ sich nichts anmerken. Aber ihm war jetzt klar, warum die Kollegen vom *Dezernat 7* jeglichen Respekt vor Kriminalhauptkommissar Knauß verloren hatten. Wenn er vor einer offiziellen Bedrohungsanalyse nicht einmal zum Hörer griff, um ernst zu nehmende Hinweise zu prüfen, war er erledigt.

Gegen Abend stürzten Chris und Vanessa sich zum zweiten Mal an diesem Tag kopfüber in die Ostsee. Ihren Töchtern war das Meer aufgrund vereinzelter Algen und des grünlichen Wassers zu eklig. So zogen sie es vor, via Satellit im TV ihre Lieblingsserie zu schauen. Ihre Mütter hatten gegen den kindlichen Medienkonsum nur halbherzig protestiert. Zeit für sich selbst zu haben, war schließlich ein rarer Luxus. So schwammen sie zu zweit ein Stück ins Meer hinaus und ließen sich dann treiben. Vanessa betrachtete ihr putziges, blutrot gestrichenes Holzhaus mit seinen weißen

Fensterrahmen. Zweifellos war es hübsch, nur lag es für ihren Geschmack entschieden zu abgelegen. Es würde schwer werden, hier einen Wikinger oder auch nur einen weniger kernigen Kerl aufzutreiben. Dabei fühlte sie sich äußerst einsam und liebebedürftig. Egal, im nächsten Ort gab es sicher eine Disco oder zumindest eine Bar. Nur würde es womöglich gar nicht so leicht sein, mit dem legendären Sex-Appeal ihrer schwedischen Geschlechtsgenossinnen mitzuhalten.
„Ich schwimme zurück!“, meinte sie verdrießlich. Ohne auf ihre Freundin zu achten, paddelte sie los.
Chris hörte kaum zu und registrierte nicht, dass Vanessa zurückschwamm. Sie war zu sehr mit ihren eigenen Gedanken beschäftigt. Ihr kam die Abgelegenheit des Ferienhauses zupass. Da würden sie schon nicht so leicht aufgespürt werden. Es sei denn, Herbert würde einen Tipp geben. Aber sie konnte sich nicht vorstellen, dass jemand auf die Idee käme, Herbert nach ihr zu fragen. Wer wusste außer Vanessa überhaupt, dass er sie kannte? Niemand. Außerdem lag die Hütte in Schweden. Und das war in ihrer jetzigen Situation ein ganz entscheidender Vorteil. Zunächst hatte sie ihr Glück bei diesem Zufall kaum fassen können. Aber dann hatte sie sich gesagt, hierbei handele es sich letztendlich nur um ausgleichende Gerechtigkeit zu all dem Pech in ihrem bisherigen Leben. Sie seufzte. Nicht nur in Bezug auf Männer hatte sie Pech gehabt. Aber in der Liebe schmerzte es ihr in letzter Zeit besonders. Zumindest schweißte dieses Unglück sie und Vanessa zusammen. Apropos, Vanessa! Chris sah sich um und registrierte, dass ihre Freundin schon die halbe Strecke zum Ufer zurückgelegt hatte. Durch die leichte Dünung hindurch folgte sie ihr. Als sie den Strand erreichte, thronte Vanessa bereits in ein Handtuch eingewickelt auf dem Felsen. Ihr achtlos abgestreifter Bikini zu ihren Füßen glich angespültem Strandgut. Chris schlüpfte ebenfalls aus ihrem Badeanzug und rubbelte sich mit dem Rücken zum Meer trocken.

„Was starrst du so aufs Meer hinaus?“, fragte sie ihre Freundin.
„Ist halt schön!“, murmelte diese nach einiger Zeit als Antwort.
„Du wirkst eher, als träumst du von einem jungen Meeresgott mit einem perfekten Körper“, antwortete Chris lächelnd, während sie sich anzog.
Vanessa blieb unbewegt in ihr Handtuch eingerollt stehen und starrte weiter aufs Meer hinaus. Nach einiger Zeit knurrte sie:
„Blödsinn!“
„Was ist los mit dir?“
Chris trat vor sie hin. Vanessa rührte sich nicht, sondern starrte über die Schulter ihrer Freundin hinweg weiter aufs Wasser hinaus. Chris blieb stehen und suchte den Blick ihres Gegenübers. So verging einige Zeit, bis eine Träne in Vanessas Augenwinkel trat und schließlich die Wange hinab lief.
„Mir ist nur gerade klar geworden, dass ich mit meinem Hüftspeck und meinen unscheinbaren Haaren bei den ganzen kernigen Wikingern hier keine Chance habe. Die sind schließlich an ihre langbeinigen Schwedinnen voller Sex-Appeal und mit einer üppigen blonden Mähne gewohnt.“
Vanessa heulte los und Chris schloss sie fest in ihre Arme. Beruhigend redete sie auf sie ein:
„Bei all den unglaublich perfekten Schwedinnen sind wir für die hiesigen Männer doch eine willkommene Abwechslung. Du wirst sehen, die warten richtiggehend auf uns. Außerdem habe ich hier bisher weder Wikinger noch perfekte Schwedinnen gesehen.“
Sie hielt Vanessa weiter umarmt, die sich langsam beruhigte. So standen sie da, als Chris in ihrem Rücken das Geräusch eines schnell näherkommenden Motorbootes vernahm. Sie verspannte sich. Vanessa zuckte zusammen, riss sich los und begann wild winkend auf und ab zu hopsen.

„Hallo, huhu!“, sie winkte wild in Richtung Meer hinaus. Chris wandte sich um. Ein Schlauchboot kam rasend schnell näher. In ihm saßen zwei Männer mit breiten Schultern und muskulösen Oberarmen. Sie fühlte Panik in sich aufsteigen.
„Hallo!“, rief Vanessa den Männern indessen wieder zu. Warum machte sie das? Sie durfte die Typen doch nicht auch noch auf sie aufmerksam machen! Hektisch griff Chris nach dem Oberarm ihrer Freundin, um sie am Winken zu hindern.
„Hör auf!“, zischte sie und zog den Arm nach unten.
„Hey, lass mich!“, erwiderte Vanessa und versuchte sie abzuschütteln. Die beiden rangelten miteinander. Das Handtuch rutschte nach unten und gab erst eine von Vanessas üppigen Brüsten preis, ehe es ganz zu Boden fiel. Vollkommen entblößt stand sie da und starrte auf die blonden Männer. Die hatten beigedreht und der Außenborder tuckerte im Leerlauf vor sich hin, während das Schlauchboot keine zehn Meter vom Felsen entfernt auf den Wellen dümpelte. Vanessa erstarrte. Ihr Gesicht errötete. Chris musterte die Männer misstrauisch. Keiner von ihnen zog eine Waffe oder machte sonstige Anstalten, sie anzugreifen. Im Gegenteil lächelten ihnen beide freundlich zu. Vanessas Nacktheit schienen sie nicht zu bemerken oder der Anblick einer nackten Fremden war ihnen wohlvertraut.
„Hey, seid ihr gerade erst angekommen?“, fragte einer der Männer.
„Ja, heute Abend sind wir angekommen. Es war soeben unser erstes Bad im Meer.“
„Oh, dann wünsche ich euch einen schönen Urlaub hier bei uns.“
„Bist du von hier?“
„Jaa! Und wie ein braver Schwede heiße ich Lasse, mein Kumpel hier heißt Ole. Wie heißt ihr?“
Wollte der wirklich schon nach dreißig Sekunden ihre Namen wissen? Chris Misstrauen erwachte erneut.

„Ich bin Vanessa und die überspannte Dame zu meiner Linken heißt Chris."
Die Erwähnte musterte die Männer ganz genau. Was wollten sie? Da fiel ihr erst auf, dass beide schwarz glänzende Taucheranzüge trugen und im Boot gelbe Pressluftflaschen lagen.
„Wart ihr tauchen?", platzte sie heraus.
„Jaa! Wohnt ihr oben in Herberts Hütte?"
„Genau, kennt ihr ihn?", erwiderte Vanessa eifrig.
„Klar! Wir sehen uns!", erwiderte Lasse. Er hob die Hand zum Gruß, gab leicht Gas und drehte geschickt das Boot in nördliche Richtung.
„Äh, wollt ihr vielleicht einen Kaffee?", fragte Vanessa hektisch.
Ohne zu antworten gab Lasse Vollgas. Das Schlauchboot schoss davon. Vanessa schaute dem Zodiak sehnsüchtig hinterher, bis es hinter einer kleinen Landzunge verschwand. Dann wandte sie sich ihrer Freundin zu. Ihr Gesicht nahm einen strengen Ausdruck an.
„Sag mal, was sollte das eben?"
„Was?"
„Mich vor den beiden zu entblößen!"
„Entschuldige, das wollte ich nicht. Ich wollte nur verhindern, dass du dich lächerlich machst. Wie du ..."
„Papperlapapp und Schwamm drüber! So schlimm war es auch wieder nicht. Im Gegenteil, jetzt sehen wir die beiden zumindest sicher wieder."
„Meinst du?"
„Klar, ich kenne doch die Männer. Besonders der Ole konnte keinen Blick von mir wenden!"
Sie hob ihr Handtuch auf und ging mit hoch erhobenem Haupt zurück ins Ferienhaus. Chris fragte sich, ob ihre Freundin da wohl recht hatte. Nun, ihr käme es jedenfalls sehr gelegen, wenn die beiden Wikinger weitere Annäherungsversuche starten sollten.

Zur selben Zeit bestellte Dr. Ludger die beiden Dezernatsleiter ein. Anita Schenk und Markus Knauß waren sich noch nie sympathisch gewesen. Der Vorfall vom Morgen hatte die Kluft zwischen den beiden erheblich vertieft.
„Ich habe Sie beide hergebeten“, eröffnete der Präsident das Gespräch, „um mit Ihnen das weitere Vorgehen abzustimmen. Wir haben hier zwei Tötungsdelikte, die eindeutig in ihre Zuständigkeit fallen.“ Er nickte Anita kurz zu. „Sie und ihr Team allein werden den Fall allerdings nicht lösen können. Offensichtlich haben wir es mit Strukturen der organisierten Kriminalität zu tun. In unserer Stadt treiben Profi-Killer ihr Unwesen. Ich erwarte daher, dass beide Dezernate in diesem Fall aufs Engste zusammenarbeiten.“
„An mir und meinem Team soll es nicht liegen.“ Anita zuckte demonstrativ mit den Achseln.
„Gut, ich habe einen Fehler gemacht“, meinte Kommissar Knauß. „Hierfür möchte ich mich bei Ihnen, Herr Polizei-Präsident und bei meiner Kollegin entschuldigen. Ich versichere Ihnen, dass es nicht wieder vorkommen wird. Selbstverständlich sind auch meine Mitarbeiter und ich zur Zusammenarbeit bereit.“
„Sehr schön, dann ist ja alles klar.“ Dr. Ludger sah beide eindringlich an. „Frau Schenk, ich weiß, wie sehr Sie die Arbeit in einem kleinen, schlagkräftigen Team schätzen. Der Fall ist aber zu komplex, als dass Sie ihn alleine mit Ihrem Kernteam lösen könnten. Wir gründen eine *SoKo Eule*, die sich aus Beamten von beiden Dezernaten paritätisch zusammensetzen wird. Ich erwarte, dass jeder von Ihnen zehn Beamte seines Dezernats hierfür abstellt. Die Auswahl überlasse ich ganz alleine Ihnen. Morgen um neun Uhr findet im Besprechungsraum zwei die erste gemeinsame Sitzung statt, die ich persönlich eröffnen werde. Frau Kriminalhauptkommissarin Schenk, Sie übernehmen die Leitung der Soko. Noch Fragen?“
Beide Kommissare schüttelten den Kopf. Anita musterte

verstohlen ihren Kollegen. Der schluckte äußerlich ungerührt die Kröte.
„Gut, dann können Sie wegtreten!"
Anita machte sich nachdenklich auf den Weg in ihr Büro. Die Sache gefiel ihr nicht. Wie würde Kommissar Knauß reagieren? Offen zu opponieren konnte er sich in seiner derzeitigen Lage nicht erlauben. Nach dem Fauxpas von heute Vormittag war er schwer angeschlagen. Ein weiterer Bock und er würde abgeschoben werden. Aber an einem Erfolg der Soko unter ihrer Leitung konnte er auch kaum interessiert sein. Wahrscheinlich würde er ihr seine miesesten Leute zuteilen und denen vorher zu verstehen geben, dass sie die Arbeit boykottieren sollten. Sie seufzte und öffnete die Tür zu ihrem Büro. Sollte sie Schluss machen für heute? Es klopfte.
„Herein!"
Die Klinke wurde nach unten gedrückt und Dr. Ludger trat ein.
„Oh, Herr Präsident!"
Anita traute ihren Augen kaum. Hatte er sie schon jemals in ihrem Büro aufgesucht? Sie konnte sich jedenfalls nicht daran erinnern.
„Verehrte Frau Schenk, wir befinden uns hier in einer äußerst heiklen Situation. Kollege Knauß hat einen Fehler gemacht, er ist aber ein guter Mann. Die Sache von heute Morgen wird ihm eine Lehre sein. Ich vermute, er wird persönlich in der Soko mitarbeiten und sein Bestes geben, um seinen Fehler wieder auszubügeln. Sie wissen, wie sehr ich Ihre Kompetenz und Fairness schätze. Daher bin ich mir sicher, dass Sie Verständnis aufbringen und sich korrekt ihm gegenüber verhalten werden! Aber ..."
Er brach ab und sah sie an. Anita ahnte, worauf er hinaus wollte. Ärger keimte in ihr auf. Er erwartete von ihr, dass Sie den heiklen Punkt ansprach und ihn davor bewahrte Dinge auszusprechen, die missverstanden werden konnten.

Doch heute würde sie ihm diesen Gefallen nicht tun. Stattdessen zog sie demonstrativ die Augenbrauen in die Höhe und erwiderte:
„Aber?“
Er seufzte.
„Kommissar Berger! Ich mache mir Sorgen, dass er mit der Situation überfordert sein könnte. Vielleicht ist es besser, wenn Sie ihn einem anderen Fall zuteilen?“
Der Keim des Ärgers in ihr brach sich Bahn und explodierte zu einer üppigen Blüte. Anita mühte sich, den Ärger weg zu atmen. Dr. Ludger sah es ihr an und blickte taktvoll zum Fenster hinaus. So verstrich einige Zeit, bis Anita sich zu einer angemessenen Antwort fähig fühlte.
„Kollege Berger ist mein bester Mann! Er hat den Fehler von Kollege Knauß rechtzeitig aufgedeckt und es uns so erspart, wertvolle Wochen in falsche Richtungen zu ermitteln.“
„Da widerspreche ich Ihnen nicht. Nur ...“, der Präsident beugte sich vor und sah Anita eindringlich an, „... hätte er es in angemessenerer Form tun sollen. Kommissar Berger ist ein fähiger Kriminalist, keine Frage. Aber sein Verhalten Vorgesetzten und Kollegen gegenüber ist manchmal problematisch. Wenn er daran nichts ändert, wird er bald ...“
„Stopp!“, unterbrach sie ihn. „Wahrscheinlich verdanke ich Roland mein Leben! Er war es, der unsere Verfolger entdeckt und sie auf clevere Weise in die Falle gelockt hat. Dank ihm wissen wir, mit wem wir es zu tun haben. Sie können nicht erwarten, dass wir uns da draußen gegen abgestumpfte Psychopathen und brutale Sadisten durchsetzen und sobald wir das Präsidium betreten, uns in opportunistische Karrieristen verwandeln! Glauben Sie wirklich, eine aus Opportunisten bestehende Polizei ist den Verbrechern da draußen gewachsen?“
Schweigend und mit offener Missbilligung sah der Präsident Anita an. Ihr wurde bewusst, dass sie ihn soeben zum

ersten Mal unterbrochen hatte. Spontan wollte sie sich dafür entschuldigen, ließ es dann aber sein. Sie hatte ihn stets als strenge Vaterfigur geschätzt, zu ihm aufgeblickt. Jetzt kamen ihr erstmals Zweifel, ob er noch in der Lage war, die Polizei so zu führen, dass sie dem Verbrechen standhielt.
„Wie ich vorhin bereits sagte, ist es die Entscheidung der Dezernatsleiter, wen sie der *Soko Eule* zuteilen. Gute Nacht, Frau Hauptkommissarin."
Er erhob sich und verließ den Raum. Anita blieb schwer atmend sitzen. Dr. Ludger hatte sie mit einer Härte und Missbilligung angesehen, die neu waren. Bisher war sie in gewisser Weise stets sein Liebling, seine Vorzeigeschülerin gewesen. Warum hatte er sich überhaupt hierher bemüht? Ihm musste klar gewesen sein, dass sie Roland der Soko zuteilen würde. Wollte er ihr ankündigen, dass er sie für Rolands Verhalten in Verantwortung nehmen würde?

Der Stein des Anstoßes, Kommissar Roland Berger, fand sich auch diese Nacht wieder auf der Plattform des Bahnhofsturms ein. Seine Entscheidung nach Deutschland zurückzukehren war falsch gewesen. Im Kofferraum seines Wagens befand sich seine gepackte Reisetasche. In aller Frühe würde ein Flugzeug nach Bodrum gehen. Er vermisste Melek so sehr. Traurig trat er an die Brüstung und ließ seinen Emotionen freien Lauf. Tränen strömten seine frisch rasierten Wangen hinab und heftiges Schluchzen begann seinen Körper zu schütteln.

Regen! Seit letzter Nacht regnete es ohne Unterbrechung. Dementsprechend war die Stimmung im schwedischen Ferienhaus auf dem Nullpunkt angelangt. Um Vanessa zu besänftigen und ihren Druck, sofort wieder zu packen und nach Hause zu fahren, abzumildern, hatte Chris ihr einen Abend in einem Club versprechen müssen. Sie würden heute erst ihre Töchter ins Bett bringen und dann gemeinsam losziehen. Chris hatte eigentlich keine Lust darauf. Sie wollte nicht bei irgendeinem Schweden im Bett landen. Es wäre ihr bedeutend lieber, wieder von Ole und Lasse etwas zu hören. Aber Vanessa hatte von Wikingern gefaselt und war nicht davon abzubringen. Chris seufzte.
Zumindest hatte der Wetterbericht ein Ende der Schlechtwetterperiode angekündigt. Angeblich sollte sogar heute Abend noch die Sonne herauskommen. Chris stand in der Küche und spülte. Sie konnte sich das mit der Sonne nicht vorstellen. Skeptisch blickte sie aus dem kleinen Fenster über der Spüle nach draußen. Nun, zumindest hörte es gerade auf zu regnen. Ein Mann kam den kleinen Weg von der Straße herunter. Sofort verkrampfte sich ihr Magen und stieg Panik in ihr auf. Wie hatten sie sie gefunden?
„Sie kommen!", rief aus dem Wohnzimmer Vanessa. „Ich wusste es doch!"
Freudig erregt stürmte sie zu ihrer Freundin in die Küche. „Habe ich nicht gesagt, dass sie kommen werden?"
Sie zeigte auf den Weg hinauf, wo mittlerweile ein zweiter Mann erschienen war. Da erkannte auch Vanessa, dass es sich um Ole und Lasse handelte. Ein Stein fiel ihr vom Herzen.
„Nimm du sie in Empfang, ich muss mich erst noch ein bisschen richten!", forderte Vanessa ihre Freundin auf, ehe sie im Badezimmer verschwand.
Chris trocknete sich schnell die Hände ab. Im Flur nahm sie aus ihrer Handtasche den Lippenstift und trug ihn vor dem fleckigen Spiegel auf. Noch ehe sie damit ganz fertig

war, klopfte es an der Tür. Chris schminkte sich zu Ende, dann erst öffnete sie die Tür. Die beiden attraktiven Schweden trugen große Plastiktüten in den Händen.
„Hey!“, grüßte Lasse mit einem breiten Grinsen. Er war wirklich attraktiv. Kein domestizierter Schönling sondern ein auf gefährliche Art attraktiver Mann. Chris spürte Schmetterlinge in ihrem Bauch flattern.
„Hallo!“, grüßte sie zurück, ohne die Tür freizugeben.
„Lust auf ein schwedisches Grillfest?“, fragte er.
„Grillen? Was?“
Er hob die Tüten hoch.
„Lammkoteletts, Rindersteaks oder, falls ihr Vegetarierinnen seid, auch Feta und Gemüse. Alles vorhanden.“
„Wo sollen wir grillen?“
„Auf eurer Terrasse!“
„Auf unserer Terrasse?“
„Jaa. Hinten im Schuppen steht ein Grill und ein Sack Holzkohle. Den schmeißen wir jetzt gleich an, während ihr euch in Ruhe auf den Abend mit uns vorbereiten könnt. Bis die Kohle richtig glüht, ist auch die Sonne zu sehen. Es wird ein richtig schöner Abend.“
So kam es tatsächlich. Trotz Skepsis der beiden Frauen zeigte sich die Sonne noch. In Anbetracht der geringen Lufttemperatur war die Wärme ihrer Strahlen mehr als angenehm. Lasse und Ole hatten fachmännisch eingekauft und verstanden sich auf eine leckere Zubereitung der von ihnen ausgewählten Köstlichkeiten. Satt, zufrieden und mit einem angenehmen Schwips vom reichlich geflossenen Wein im Kopf saß Chris nach dem Essen auf der Terrasse. Vanessa hatte sich die ganze Zeit über mit Gekicher und Gegacker Ole förmlich an den Hals geworfen. Sie konnte es kaum abwarten, die beiden Mädchen ins Bett zu bringen. Unmittelbar im Anschluss daran zog sie sich mit Ole ins Schlafzimmer zurück, in dem sie eigentlich mit Chris schlief. Die ließ es geschehen, lächelte Lasse zu und zog

sich mit ihm ins Wohnzimmer zurück. Der heizte den dortigen Ofen an, was angenehme Wärme und Licht verbreitete.
„Hast du auch Lust?“, fragte er.
Sie schaute ihm in die Augen. Zweifellos ein reizvolles Angebot. Er gefiel ihr und sie spürte ein Kribbeln im Schoß. Aber sie war schon zu oft enttäuscht worden. Außerdem ging es hier noch um etwas viel Größeres. Größeres? Sie lachte innerlich. Gab es für sie etwas Größeres als die große Liebe? Nein, ganz entschieden nein! Aber es gab momentan etwas Wichtigeres als ein kurzes, sexuelles Vergnügen.
„Nicht so schnell!“, erwiderte sie daher. „Der Sinn des Lebens besteht schließlich nicht aus Sex.“
„Doch.“
„Hey, gehörst du etwa zu den Primitivlingen, die nichts anderes im Kopf haben?“
„Ich habe eine Menge anderer Dinge im Kopf. Aber der Sinn des Lebens ist Sex. Er allein sorgt für die Fortpflanzung und somit die Aufrechterhaltung des Lebens. Man könnte natürlich auch sagen, der Sinn des Lebens sei das Leben. Aber mit gefällt Sex besser.“
„Sex gefällt mir auch. Aber eins nach dem anderen. Erzähl erst einmal was von dir.“
„Von mir?“
Er lachte ein warmes Lachen, das auch seine Augen umfasste.
„Ich bin der Mann, auf den du schon dein ganzes Leben wartest.“
„Hältst du mich für so naiv?“
Sie sahen sich an. Die Stimmung konnte jeden Augenblick kippen. Das wollte keiner von ihnen.
„Nein, du hast schon zu viel erlebt, um noch naiv zu sein.“
„Da hast du recht.“
„Aber die große Liebe ist das Wichtigste für dich, oder?“
„Erzähl mir zur Abwechslung mal was Neues!“

„Hm“, er zögerte. „Dass du wunderschöne Augen hast ...“
„Was Neues!“
„Du wirst beschattet.“
Sie zuckte zusammen und ihr ohnehin schon helles Gesicht wurde noch blasser. Lasse registrierte es genau.
„Kein Scheiß?“
Er zuckte mit den Schultern.
„Jedenfalls steht seit heute Morgen hundert Meter die Straße abwärts ein Auto. Zwei Männer sitzen abwechselnd darin und beobachten die Straße.“
„Woher weißt du das?“
„Ich komme von hier. So was spricht sich hier schnell rum.“
Da war sie wieder, die Angst, die sich durch ihre Eingeweide fraß. Sie spürte, dass sie kurz vor der Panik stand. Am liebsten würde sie erneut in ihr Auto steigen und sofort abhauen. Aber wohin? Und wie hatten sie sie hier überhaupt finden können?
„Ein eifersüchtiger Ehemann?“, fragte er.
Sie lachte laut und zynisch.
„Okay, kein Ehemann. Ein abgewiesener Liebhaber?“
„Kein Mann hat sich für mich bisher solche Mühe gemacht!“, seufzte sie.
Er wollte ihr sagen, dass er sich für sie jede Mühe machen würde. Aber das klang zu billig. Sie sah auch nicht so aus, als ob sie jetzt so etwas hören wollte.
„Du sitzt richtig in der Scheiße, oder?“, fragte er daher.
Sie seufzte.
„Ich kann dir vielleicht helfen. Aber dazu muss ich wissen, worum es geht.“
„Woher soll ich wissen, ob ich dir vertrauen kann? Ich weiß praktisch nichts über dich. Du könntest sogar zu ihnen gehören!“
„Kaum, ich bin nur ein harmloser Tauchlehrer.“
„Tauchlehrer?“
„Genau.“

„Hier?"
Er lachte laut auf.
„Nein, natürlich nicht."
„Aber vor ein paar Tagen ..."
„... war ich mit Ole hier tauchen. Wir kennen uns noch aus der Schule und haben hier zusammen das Tauchen gelernt. Er ist hier geblieben, ich bin in die Welt hinausgezogen. Ich tingele durch die Paradiese der Welt und bringe abenteuerlustigen Touristen das Tauchen bei."
„Und Touristinnen?"
„Und Touristinnen!"
Sie ließ den Blick über seinen Körper gleiten. Er war zweifelsohne gut gebaut und durchtrainiert.
„Die eine oder andere will bestimmt mehr von dir, als nur Tauchen zu lernen."
„Stimmt."
„Bekommt sie es?"
„Wenn sie mir gefällt."
Schweigen entstand. Sie würde ihn gerne fragen, ob sie ihm gefalle. Aber genau darauf legte er es an. So einfach wollte sie es ihm nicht machen.
„Du würdest es bekommen", fuhr er nach einer Pause so fort.
„Danke! Vielleicht später. Nachdem was du mir soeben berichtet hast, steht mir gerade nicht der Sinn danach."
„Jedenfalls gehöre ich nicht zu den Bösen. Ich kann dir die Namen der Tauchbasen auf aller Welt sagen, für die ich in den letzten Jahren arbeitete oder auch in den nächsten Monaten arbeiten werde. Du kannst gerne dort anrufen. Auf der einen oder anderen Homepage wirst du auch meinen Namen und Bilder von mir finden."
Sie überlegte. War ihnen zuzutrauen, so etwas zu fingieren, nur um sie in Sicherheit zu wiegen? Sie wusste zu wenig über sie. Aber vermutlich war es ihnen durchaus zuzutrauen.

„Wie gesagt, helfe ich dir gerne", fuhr er fort. „Aber nur, wenn du selbst keinen Dreck am Stecken hast. Ich habe meine Erfahrungen mit unserer Justiz gemacht und kann dankend darauf verzichten, diese zu vertiefen."
Sie sahen einander an. Er wartete auf ihre Worte, die aber nicht kamen. So fügte er hinzu:
„Zumindest, wenn mein Lohn nur aus dem Klimpern ein paar schöner Augen besteht."
Sie hörte sein Angebot wohl, war sich aber nicht sicher, worauf er abzielte. Eine Nacht mit ihr? Oder auf einen Haufen Geld? Zur Ablenkung fragte sie:
„Was hast du angestellt?"
„Nichts wirklich Schlimmes und es ist auch schon lange her." Er machte eine wegwerfende Handbewegung. „Schlägereien und so Sachen halt."
„Wie kannst du mir helfen?"
„Ganz einfach", er lachte leicht verlegen. „Wie gesagt komme ich von hier und kenne die Leute, auch wenn ich nicht mehr oft hier bin. Sören, den Leiter der nächsten Polizeistation kenne ich aufgrund meiner Vergangenheit besonders gut. Wenn ich ihm erzähle, dass oben ein Wagen steht, der möglicherweise leer stehende Ferienhäuser ausspioniert, wird er seine Streifen zu verstärkter Kontrolle anhalten. Zumindest haben die es dann nicht mehr so einfach, euch zu überwachen."
Das klang nicht schlecht. Zumindest würde es ihr Zeit verschaffen und genau die brauchte sie gerade dringend. Außerdem würde sie sich sicherer fühlen.
„Okay, klingt gut. Also, ich war bis vor ein paar Monaten mit einem Typen zusammen. Als ich mitbekam, dass er im Drogenhandel sein Geld verdient, habe ich ihm sofort den Laufpass gegeben. Gerade noch rechtzeitig. Wenig später verschwand er spurlos von der Bildfläche. Keine Ahnung, ob er jetzt in einem Betonfundament ruht oder sich mit bei der Mafia unterschlagenem Geld auf eine Insel ab-

gesetzt hat. Jedenfalls wartete ich eines Abends in einer Pizzeria auf Vanessa, als plötzlich ein Mann mir gegenüber Platz nahm. Genau genommen handelte es sich um einen sehr kultiviert wirkenden Herren. Er bedrohte mich nicht, sondern gab sich ausgesprochen freundlich. Allein die Präsenz seiner beiden bulligen Leibwächter, die sehr bestimmt jeden von unserem Tisch fernhielten, sorgte für eine bedrohliche Atmosphäre. Er fragte mich sehr höflich aber bestimmt, nach meinem Ex und was ich über seine Geschäfte wisse, aus. Mir rutschte das Herz in die Hose. Ohne mit der Wimper zu zucken, würde er mich beseitigen lassen, wenn seiner Einschätzung nach auch nur die geringste Gefahr von mir ausging."

Sie brach ab, starrte vor sich auf den Boden und zitterte am ganzen Leib.

„Und?"

Sie hob wieder ihren Blick.

„Er kam nach unserem Gespräch wohl zu dem Schluss, dass ich nichts weiß und harmlos bin. Aber seither tauchen immer wieder vor meiner Tür Männer auf. Die geben sich normalerweise keine Mühe, ihre Anwesenheit zu verbergen. Zwei Tage steht ein Wagen vor unserer Tür, dann ist der Spuk auch wieder vorbei."

Sie brach ab und er durchdachte das Gehörte.

„Du meinst, auch ohne meine Hilfe wird der Wagen morgen wieder verschwunden sein?", fragte er.

Sie zuckte mit den Achseln und brauchte einige Zeit, ehe sie antwortete:

„Weiß ich nicht. Es ist seither meine erste Auslandsreise. Ich hätte nicht geglaubt, dass die hier auch auftauchen. Vielleicht hat er Angst, dass ich mich absetzen will?"

„Hast du ein Handy?"

„Klar."

„Hast du es hier in Schweden dabei und eingeschaltet?"

„Natürlich, wer hat das nicht?"

„Dann ist schon mal klar, wie er dich aufgespürt hat."
Scheiße! Er hatte recht! Sie war aber auch einfach zu dumm!
„Heißt das, die halten mich jetzt womöglich für deinen Komplizen?", fragte er besorgt.
Am liebsten hätte sie laut losgelacht. Aber ihre Oma hatte immer behauptet, an ihr sei eine Schauspielerin verloren gegangen. So drang nichts von ihrer Belustigung nach außen.
„Weiß nicht, keine Ahnung, wie die ticken!", sagte sie stattdessen.
Sein Gesichtsausdruck wurde immer besorgter. Er glaubte ihr also. Das war gut. Sie durfte nur nicht vergessen, gleich morgen Vanessa die eine oder andere Instruktion zu erteilen.
„Dann wäre es doch wirklich eine gute Idee, Sören Bescheid zu geben. Kannst du ihn nicht gleich anrufen?"
Er zögerte. Offensichtlich kostete es ihn Überwindung, den Anruf zu tätigen.
„Bitte, bitte, bitte! Ich würde mich dann heute Nacht so viel sicherer fühlen!"
Zur Sicherheit klimperte sie noch mit den Augen und setzte ihren besten Hundeblick auf.
„Also gut, ich mach's!"
Er erhob sich und zückte sein Handy, mit dem in der Hand er auf die Terrasse hinaustrat. Anscheinend wollte er keine Zuhörerin, auch wenn diese kein Wort Schwedisch sprach. Würde er sein Wort halten? Sie lief vor ans Fenster und beobachtete ihn. Seiner Körpersprache entnahm sie sein Unbehagen. Leise öffnete sie das Fenster einen Spalt. Zwar verstand sie kein Wort, aber er klang sehr ernsthaft und eindringlich. Er war ein kleiner Macho, aber ihrer Einschätzung nach kein guter Schauspieler und Lügner. So ging sie zu ihrem Platz auf der Couch zurück. Sie machte sich Sorgen. Die Dinge entwickelten sich nicht gut. Vielleicht war es besser, aufzugeben? Aber andererseits war der mögliche Gewinn das Risiko wert. Lasse trat wieder ein und sank auf

seinen Sessel. Der Anruf schien ihm ziemlich Kraft gekostet zu haben.
„Und?“
„Sören schickt gleich eine Streife los. Sie kommen hier vorbei, nachdem sie den Wagen kontrolliert haben.“
Sie schwiegen. Es war aber kein vorwurfsvolles oder gar verletztes Schweigen. Eher handelte es sich um ein Schweigen, aus dem etwas Schönes erwachsen konnte.
„Natürlich bleibe ich heute Nacht trotzdem hier und passe auf dich auf!“, meinte er schüchtern. „Ich meine natürlich, ohne dass du deswegen mit mir schlafen musst oder so.“
Sie war zutiefst gerührt. Am liebsten hätte sie sich ihm sofort hingegeben. Aber sie musste damit warten. Schließlich wollte sie noch etwas anderes von ihm. Da war es klug, ihm die Belohnung vorläufig noch weiter zu enthalten. Sie musste jetzt behutsam, Schritt für Schritt vorgehen.
„Gehst du morgen mit mir tauchen?“, fragte sie.
Er sah sie erstaunt an.
„Bist du früher schon einmal getaucht?“
„Ja, vor einigen Jahren habe ich am Roten Meer den Tauchschein gemacht. Ich habe ihn sogar dabei.“
„Hm, im Vergleich zum Roten Meer wirst du hier ziemlich enttäuscht sein!“, meinte er zögerlich.
„Mir kommt es nicht auf die Fische an. Ich würde einfach gerne mit dir im Boot ein Stück rausfahren. Außerdem kann es nicht schaden, eine Auffrischungsstunde zu nehmen, wo doch gerade ein Tauchlehrer zur Hand ist. Wer weiß, vielleicht will ich nach einer gemeinsamen Stunde unter Wasser auch gerne mehr von dir!“, meinte sie keck.
„Ach so, darauf stehst du also!“, meinte er mit einem Augenzwinkern. „Geht klar, ich werde was für uns organisieren.“
Sie war ob seiner Worte irritiert, behielt es aber für sich.
„Komm her!“, forderte sie ihn auf und klopfte neben sich aufs Sofa.

Er erhob sich mit leuchtenden Augen und nahm neben ihr Platz. Sie kuschelte sich an ihn. Es fühlte sich gut an. Und nicht nur das, Lasse roch sogar auch noch gut! Sie seufzte behaglich. Er streichelte ihr zärtlich über den Arm und ihr langes Haar. Es lag nichts Forderndes darin. Beide wussten, dass sie zusammenkommen würden. So konnten sie den Reiz des aufgeschobenen Verlangens auskosten. Nach etwa einer Stunde klingelte sein Handy. Er sprach einige Sätze auf Schwedisch und meinte dann:
„Die Polizei wartet an der Straße oberhalb des Hauses. Kommst du mit?"
Sie überlegte kurz, erwiderte dann aber:
„Geh du nur alleine, ich werde ohnehin kein Wort verstehen."
Zwanzig Minuten später war er wieder da.
„Im Wagen die Straße hinunter saß ein Russe. Es liegt gegen ihn nichts vor. Aber aufgrund der Beschwerden aus der Nachbarschaft haben die Beamten einen Platzverweis gegen ihn ausgesprochen. Mehr konnten sie nicht machen. Sie haben zugesichert, die nächsten Tage hier verstärkt Streife zu fahren und die Augen offen zu halten. Außerdem werde ich morgen die Jäger und Beeren-Sammler aus der Gegend ebenfalls bitten, die Augen offen zu halten. Nicht, dass die sich irgendwo im Wald oberhalb der Straße verstecken."

Kommissar Markus Knauß ärgerte sich nach wie vor mächtig. War sein Glaube, seine Stadt im Griff zu haben, wirklich nur eine Illusion gewesen? Ein Teil in ihm weigerte sich hartnäckig, es so zu sehen. Schließlich war Stuttgart ein ruhiges Pflaster. Es gab keine brutalen Kriege zwischen verschiedenen Banden und kaum je Morde oder sonstige Gewalttaten, die die Handschrift der organisierten Kriminalität trugen. Natürlich gab es sie in der Stadt trotzdem, dafür waren Drogenhandel, Prostitution, Menschenhandel, illegales Glücksspiel usw. viel zu einträglich. Aber diese Ge-

schäfte liefen besser, wenn die Kunden nicht aus Angst vor Gewalttaten ausblieben oder die Polizei allzu sehr störte. So hatten sich die einzelnen Banden miteinander arrangiert und es lief fast immer friedlich ab. Manchmal gab es Verschiebungen. Bosse und ihre engsten Vertrauten waren von einem Tag auf den anderen verschwunden. Dies wurde aber so dezent gehandhabt, dass die Polizei nicht tätig werden musste und er war froh darum. Dank zahlreicher Informanten war er der Ansicht, eine recht genaue Vorstellung von den Umtrieben der verschiedenen Banden zu haben. Nein, das stimmte nicht ganz, es gab eine Ausnahme: Bei den Wohlhabenden, oder möglicherweise auch für sie, wurden wie überall gezielt Kunstwerke und Antiquitäten geklaut. In diesem Bereich waren auch in seiner Stadt Auswärtige tätig, von denen er keine Ahnung hatte. Nur passten zwei derartig brutale Morde nicht in das Muster hochkarätiger Kunstdiebe. Er seufzte. Seit Tagen klapperte er persönlich seine Informanten ab, ohne auch nur auf die kleinste verwertbare Spur gestoßen zu sein. Die hoffnungsvollen Kontakte war er längst durch und die Typen, die er mittlerweile abklapperte, zeugten von seiner Verzweiflung. Egal, er musste seinen Fehler wiedergutmachen und durfte jetzt nicht aufgeben! So betrat er mit grimmiger Entschlossenheit ein gehobenes Restaurant für Balkan-Spezialitäten. Zwei vierschrötige Männer traten ihm entgegen. Er blieb stehen.
„Ah, Herr Kommissar, treten Sie doch näher!“, ertönte es aus dem Hintergrund.
Die Männer traten wortlos zur Seite. Kommissar Knauß lief zu einem Tisch im hinteren Teil des Lokals und gab einem schief grinsenden Patron in den besten Jahren die Hand.
„Hallo Josip, lange nicht gesehen!“, begrüßte der Kommissar ihn.
„Stimmt, seit Sie Ihren Laden leiten, finden Sie kaum noch Zeit für einen einfachen Menschen wie mich.“

„Tut mir leid, aber Sie wissen, die Verpflichtungen wachsen mit der Verantwortung."
„Aber sicher doch, umso mehr freut es mich, dass Sie den Weg zu einem alten Freund mal wieder gefunden haben. Nehmen Sie doch bitte Platz!"
Er saß noch nicht richtig, als auch schon zwei Slibowitze vor ihnen abgestellt wurden.
„Prost!"
„Prost!"
„Ahh, gut! Und Josip, wie laufen die Geschäfte?"
„Danke, ich kann nicht klagen, Herr Kommissar." Josip lächelte. „Was man so hört, haben Sie hingegen ein kleines Problem."
Kommissar Knauß fuhr zusammen. Bis in die Kreise des illegalen Glücksspiels in den Hinterzimmern zwielichtiger Kneipen hatte sich sein Missgeschick also schon herumgesprochen!
„Was hört man denn so?"
„Nix Schlimmes, eine Hosen tragende Zicke aus der Mordkommission und ein Sheriff, dessen Colt zu locker sitzt, sollen Sie vor dem obersten Häuptling Ihres Ladens angeschwärzt haben."
Es war Kommissar Markus Knauß mehr als peinlich, dass selbst seine Kunden von seinem Missgeschick schon erfahren hatten. Sein Zorn auf Roland Berger kochte erneut auf. Andererseits war es interessant zu hören, das Berger als einer mit locker sitzendem Colt bekannt war. Vielleicht ließe sich dies noch ausnutzen.
„Aber keine Sorge, Herr Kommissar. Sie werden bald wieder glänzend dastehen. Ich kann Ihnen helfen."
„So! Und wie?"
„Langsam, ein Geschäft ist nur ein Geschäft, wenn beide was davon haben."
„Ich bin nicht bestechlich!"
„Ich gebe Ihnen eine Information, die die Polizei haben

will und Sie geben mir im Gegenzug eine Information, die ich haben will. Das ist keine Bestechung, sondern ein Tauschhandel."

„Wenn Sie etwas über einen begangenen Mord wissen und es nicht ..."

Er brach ab. So käme er nicht weiter. Dafür war sein Gegenüber viel zu schlau. Stattdessen fragte er:

„Welche Information wollen Sie?"

„Angenommen heute Nachmittag käme ein Bekannter vorbei. Er würde bei Ihnen eine Anzeige erstatten, dass ihm fünftausend Euro gestohlen wurden. Ihre Leute würden herausfinden, wer es getan hat: Würde mein Bekannter von Ihnen dann den Namen des Mannes erfahren?"

„Ich verstehe nicht, worauf Sie hinauswollen. Wir sind nicht für einfache Diebstähle zuständig."

„Sagen wir, mein Bekannter ist sich sicher, dass der Dieb aus dem Bereich der organisierten Kriminalität kommt."

„Ich verstehe immer noch nicht."

Josip seufzte demonstrativ.

„Der Diebstahl fand in der Nacht vom vierten auf den fünften August statt!"

Die Nacht des Mordes an Dieter Kofler! Bedeutete das, Josips Leute hatten Kontakt mit dem Killer gehabt? Jetzt hatten sie eine Rechnung mit ihm offen und wollten ... Ja was wollten sie eigentlich? Dass die deutschen Justizbehörden die Rechnung beglichen? Unwahrscheinlich! Die Möglichkeiten der Polizei nutzen, um ihn aufzuspüren und die Rechnung dann selber zu begleichen? Das klang schon sehr viel wahrscheinlicher. Ihm war es im Grunde sogar recht, wenn sich die Verbrecher gegenseitig umbrachten und dem deutschen Staat so Kosten sparten.

„Kennt dein Bekannter die Identität des Mannes?"

„Nein."

Jetzt war es an Kommissar Knauß, zu seufzen.

„Was hat er dann für uns?"

„Eine genaue Personenbeschreibung und eine Tasche mit Kleidung, Zahnbürste, Kamm."
„Moment, heißt das, der Mann hat sich ein Zimmer genommen?"
„Ja und nicht bezahlt."
„Aber dann muss er doch Papiere vorgelegt haben."
„Sie wissen doch, wie das ist: Sein Cousin hat versehentlich seinen Ausweis eingesteckt. Der wird nachher vorbeikommen und dann meldet er sich noch korrekt an. Das Zimmer zahlt er schon einmal bar im Voraus."
Das klang interessant. Natürlich gewährten Josips Leute gegen gutes Geld Menschen Unterschlupf, die nicht über die notwendigen Papiere verfügten. Das war Teil ihres Geschäfts. Da fiel dann der eine oder andere, der zwar Papiere hatte, aber bewusst keine Spuren für die Behörden hinterlassen wollte, nicht auf.
„Mit anderen Worten: Ihr liefert mir die DNA des Mannes. Wenn er in unseren Dateien zu finden ist, wollt ihr im Gegenzug seinen Namen dafür?"
„So kann man die Sache sehen."
Die Sache war riskant. Er konnte sich gerade keinen weiteren Fehler leisten. Andererseits bot Josip ihm möglicherweise den entscheidenden Hinweis auf den Killer. Am besten war es, sich vorher den Segen von Dr. Ludger zu holen.

Zurück im Büro wartete eine Überraschung auf Anita.
„Dieser Dr. Hahn ist da!", wurde sie von Sultan empfangen. „Er möchte unbedingt mit dir sprechen."
„Weißt du, worum es geht?"
„Nein, er will nur mit dir sprechen."
Anita brauchte nicht lange zu überlegen.

„Wir führen das Gespräch zu zweit. Bring ihn in Verhörraum drei."
Wenig später saßen die beiden dem blassen Arzt gegenüber.
„Bitte schützen Sie mich, Frau Kommissarin! Sonst werde ich bald der dritte Tote sein!"
Er rang sichtlich um Kontrolle über seinen Körper. Ein leichtes Zittern konnte er nicht verhindern.
„Wie kommen Sie darauf?"
„Ich ... ich weiß mehr, als ich Ihnen bei unserem letzten Gespräch sagte. Dieter hatte eine Sache laufen. Ich weiß wirklich nicht genau, worum es dabei ging!" Er hob beschwörend die Hände. „Aber er hatte eine illegale Sache laufen!"
„Das reicht nicht! Wenn Sie unseren Schutz wollen, müssen Sie schon mehr sagen.
Er holte tief Luft und meinte dann:
„Es handelte sich um ein gestohlenes Gemälde. Keine Ahnung, welches und noch viel weniger, wer es gestohlen hat."
„Vielleicht Ihr Freund, Herr Kofler?"
„Vielleicht, ich weiß es wirklich nicht."
„Was haben Sie mit der Sache zu tun?"
„Eigentlich nichts."
„Dann brauchen Sie sich auch keine Sorgen zu machen."
„Doch! Ich war es, der Dieter von einer Patientin erzählte. Natürlich, ohne deren Namen zu nennen, schließlich stehe ich unter Schweigepflicht. Jedenfalls erzählte ich ihm von der Patientin, die von ihrem Vater ein gestohlenes Gemälde geerbt hatte und sich in ihrer Gewissensnot mir anvertraute. Später meinte sie auf meine Nachfrage, das Bild weiterverkauft zu haben. Damals wollte ich gar nicht glauben, dass so etwas überhaupt geht. Zur Unterhaltung erzählte ich die Story Dieter. Er ging damals nicht weiter darauf ein. Eines Tages wollte er dann plötzlich den Namen der Patientin wissen. Selbstverständlich nannte ich ihm den Namen nicht."

Dr. Hahn brach wieder ab. Anita, wartete eine Zeit lang, dann wiederholte sie:
„Dann brauchen Sie sich auch keine Sorgen zu machen."
„Doch!", fuhr er gereizt auf. „Ich nannte ihm nicht den Namen, aber er überredete mich schließlich, sie nach dem Namen des ... Käufers oder Händlers zu fragen. Aus Freundschaft erwies ich ihm diesen Dienst."
„Verstehe ich das richtig: Sie nannten Ihrem Freund den Namen eines Hehlers für gestohlene Kunstwerke?"
„Dieter ging es in jener Zeit furchtbar schlecht. Er hatte eine Depression und steckte in finanziellen Schwierigkeiten."
„Immerhin lebte er noch! Der Mann, dessen Namen Sie ihm nannten, hat ihn wahrscheinlich umgebracht."
Dr. Hahn schwieg.
„Wie lautet der Name?"
„Bitte?"
„Der Name des Hehlers, den Sie Ihrem Freund nannten?"
„Ich weiß es nicht!", flüsterte er.
„Wie bitte?"
„Ich weiß den Namen nicht!", erwiderte er gereizt. „Meine Patientin gab mir einen gefalteten Zettel, den ich ohne ihn zu lesen an Dieter weiterreichte."
„Dann brauchen wir eben den Namen der Patientin!"
„Das geht nicht! Dann kann ich gleich meine Praxis dichtmachen und als Taxifahrer arbeiten."
„Das hätten Sie sich überlegen sollen, ehe Sie Ihre Schweigepflicht brachen, indem Sie Ihrem Freund von ihr erzählten! Wir brauchen den Namen, sonst können wir auch nichts für Sie tun!"
„Der Namen hilft Ihnen gar nichts!", jammerte er. „Sie kann sich locker die teuersten Anwälte leisten und wird alles bestreiten. Hinterher werden ihre Anwälte mir das Leben zur Hölle machen."
„Machen Sie sich etwa Sorgen um Ihre berufliche Zukunft?

Wenn Sie tot sind, können Sie auch nicht mehr als Arzt arbeiten!", meinte Anita lakonisch.
Ohne zu antworten, saß er mit gesenktem Haupt da.
„Was ich nicht verstehe, ist", schaltete sich Sultan ein, „warum Sie erst jetzt, nach dem Tod von Herrn Altmann, mit der Sache herausrücken. Was hat er damit zu tun?"
Dr. Hahn blieb wortlos mit gesenktem Kopf sitzen. Die beiden Kriminalistinnen ließen ihm Zeit. Er würde reden. So war es auch:
„Also gut, ich weiß doch mehr und ... und stecke in der Sache auch mit drin. Es stimmt zwar, dass ich nicht weiß um welches Gemälde es sich handelt und wer es gestohlen hat, aber es war ein Nazi. Das Kunstwerk wurde im Zweiten Weltkrieg von den Nazis geraubt. Dieter hat im Nachlass seines Vaters einen Hinweis darauf entdeckt. Mit dem Nachlass hat er sich erst beschäftigt, nachdem ich ihn an den Psychologen Bernd Altmann überwiesen hatte. Damals dachte ich, es wäre der richtige Weg, um Dieter mit seiner eigenen Familiengeschichte zu versöhnen. Ich konnte ja nicht wissen, was daraus erwachsen würde!"
Endlich der entscheidende Hinweis! So hingen die Morde zusammen! Die Story mit den Nazis erschien Anita abenteuerlich. Aber ein gestohlenes Kunstwerk war immerhin eine plausible Erklärung, warum die organisierte Kriminalität in die Sache verwickelt war. Bei einem entsprechend berühmten Schöpfer des Werkes konnte es sich schnell um einen Wert von zig Millionen handeln. Außerdem brauchte man weitverzweigte Kontakte, um überhaupt einen Käufer für so etwas aufzutreiben. Vermittelte die Düsseldorfer Kanzlei also auch Diebesgut, wenn es exklusiv genug war?
„Gut, jetzt liefern Sie uns einen ersten brauchbaren Hinweis. Das ist schon Mal ein Anfang. Allerdings ist damit noch immer nicht erklärt, wieso Herr Altmann ermordet wurde und wieso Sie um Ihr Leben fürchten. Ist Ihnen bekannt, wo sich das Kunstwerk befindet?"

„Bernd wusste es, ich jedoch nicht!"
„Na dann ist doch alles in bester Ordnung! Die Mörder haben sicher Herrn Altmann die entsprechende Information entlockt, ehe sie ihn töteten. Sie wissen nichts, also sind sie aus dem Schneider!"
„Eben nicht! Seit Dieters Tod verfolgt mich die Angst, dass seine Mörder auch bei mir auftauchen. Jedes Mal, wenn ich ein Gebäude verlasse, schaue ich gründlich die Straße hinauf und hinab. Heute Morgen stand etwa fünfzig Meter oberhalb meines Hauses ein Auto, in dem zwei Männer saßen. Waren das Ihre Leute?"
„Nein."
„Dachte ich mir schon. Die sind hinter mir hergefahren. Also bin ich schnurstracks hierher und ich werde das Gebäude nicht verlassen, ohne entsprechende Bewachung!"
„Haben Sie sich das Kennzeichen notiert?"
Wortlos legte Dr. Hahn einen Zettel auf den Tisch. Eine Überprüfung ergab, dass es sich um einen Mietwagen handelte. Es überraschte Anita nicht, dass ihr der Mieter vertraut war: die Firma D-Security.
Dr. Hahn willigte gerne ein, sich vorläufig festnehmen zu lassen. So war er auf dem Präsidium in einer Zelle und geschützt. Sultan fragte nach seinem Abgang Anita:
„Was glaubst du, warum die noch hinter ihm her sind? Wollen sie ihn zum Schweigen bringen?"
„Nein, dann wären sie heute Nacht bei ihm eingebrochen und hätten den Job einfach erledigt. Die wollen ihn einschüchtern oder nervös machen, sonst hätten sie nicht so sichtbar zwei Leute positioniert. Vielleicht hoffen Sie, dass er sie in seiner Nervosität zu dem Versteck des Gemäldes führt."
„Aber sagtest du nicht vorhin, dass sie die Information aus dem Altmann rausgeholt haben?"
„Ja, aber ich glaube nicht wirklich daran. Mir ist soeben klar geworden, dass die den Altmann wahrscheinlich gar

nicht umgebracht haben. Die sind in sein Haus eingebrochen und er wollte übers Dach abhauen. Das Dach war wegen der Nässe rutschig und er ist hinabgeschlittert, eher er sich beim Aufprall unglücklich das Genick brach. Deshalb auch die Spuren unter seinen Fingernägeln. Er hat verzweifelt versucht, auf dem rutschigen Dach Halt zu finden."
„Glaubst du, Dr. Hahn kennt das Versteck?"
„Keine Ahnung, aber früher oder später wird er reden. Spätestens, wenn wir ihm androhen, ihn aus der Haft zu entlassen. Mehr Sorgen mache ich mir allerdings gerade um Herrn Koflers Tochter. Ich bin mir sicher, dass ihr Vater ihr vor seinem Ableben das Versteck verraten hat. Die bösen Jungs gehen auch davon aus. Deshalb waren sie bei ihr und bedrohten sie, als unsere Kollegen im letzten Augenblick bei ihr eintrafen. Wo sie wohl gerade steckt?"

Anita wurde zu Dr. Ludger gerufen. Dort wartete bereits Kollege Knauß, der sie über Josips Angebot informierte. Anita ärgerte sich kurz, dass er damit direkt zum Präsidenten, statt zu ihr als Leiterin der Soko, gegangen war. Andererseits begriff sie rasch, dass Knauß alle Hebel in Bewegung gesetzt hatte, um seinen Fehler wieder auszubügeln. Das respektierte sie und sie verstand auch, dass er damit bei Dr. Ludger wieder Boden gutmachen wollte.
„Sie sind die Leiterin der *Soko Eule*", wandte der Präsident sich an sie. „Sollen wir auf das Angebot eingehen?"
„Sobald die Justiz den Mörder rechtskräftig verurteilt hat, kann dieser Josip gerne den Namen des Killers bekommen, um eine zivile Schadenersatzklage vorzunehmen."
„Damit wird er nicht zufrieden sein", antwortete Kommissar Knauß.
„Das kann uns egal sein!"
„Ihnen vielleicht, aber uns von der organisierten Kriminalität nicht! Wenn Josip uns nicht ein gewisses Maß an Vertrauen entgegenbrächte, würde er uns die Information erst

gar nicht anbieten. Wenn wir ihn über den Tisch ziehen, spricht sich das herum und wir erhalten keine derartigen Hinweise mehr."

„Was schlagen Sie vor?"

„Unsere Kriminaltechnik kann in vierundzwanzig Stunden die DNA sichern und mit allen uns zugänglichen Datenbanken abgleichen. Weitere achtundvierzig Stunden später erhält Josip den Namen, sofern wir ihn ermitteln können. Wir haben dann zwei Tage Vorsprung, um den Täter festzunehmen."

„Wie erhält dieser Josip den Namen? Rufen Sie ihn einfach an?"

„Nein, der würde das Gespräch womöglich aufzeichnen und mich damit erpressen wollen. Ein Anwalt seines Vertrauens kommt zu uns ins Präsidium und ein kurz vor der Pensionierung stehender Kollege lässt eine Akte auf seinem Schreibtisch liegen, während er auf die Toilette geht. Fehler passieren und so Kleinigkeiten tun keinem weh."

So lief das bei den Kollegen von der organisierten Kriminalität also ab. Anita hätte sich diesen Einblick in die Arbeitsweise der Kollegen gerne erspart.

„Was hat dieser Josip eigentlich davon, dass er uns hilft?"

„Wahrscheinlich hat er mit dem Killer eine Rechnung offen. Wir gehen davon aus, dass Josip die lokale Szene des illegalen Glücksspiels unter den Jugos kontrolliert. Ich nehme an, der Killer hat dort nicht nur genächtigt, sondern auch ein Spielchen mitgemacht und verloren. Sein Fehler war es dann, einfach abzuhauen, ohne seine Spielschulden zu begleichen. Da verstehen die Jugos keinen Spaß."

„Der ganze Aufwand um ... sagen wir ... tausend Euro Spielschulden einzutreiben?"

„Was weiß denn ich!", erwiderte Kommissar Knauß gereizt. „Vielleicht hofft er auch, dass wir bei ihm über manches hinwegsehen. Mir sind Josips Gründe egal."

„Woher wollen wir wissen, dass er uns hilft? Vielleicht will

er die Situation nur ausnutzen, um die Identität einer ganz anderen Person herauszubekommen? Darf ich daran erinnern, dass wir am Tatort keinerlei DNA des Täters sicherstellen konnten. Vielleicht geht es Josip ja nur darum, dass einer seine Tochter schwängerte und die weiß nicht, welcher ihrer Lover es war? Jetzt schiebt Papa uns Zahnbürste ..."
„Es reicht, Frau Schenk!", mahnte Dr. Ludger streng.
„Josip würde es nie wagen, mich so zu hintergehen!", ereiferte Kommissar Knauß sich.
„So, warum nicht?"
„Weil er genau weiß, dass ich ihm dann die Hölle heißmache!"
„Vielleicht sind Sie in Ihrem Job zu gut und er lässt Sie mit Absicht ins Messer laufen, damit Sie abgelöst werden?"

Chris war in Lasses Armen auf dem gammeligen Sofa des schwedischen Ferienhauses eingeschlafen. Sie erwachte vom Klappern des Geschirrs in der Küche und dem köstlichen Duft frisch aufgebrühten Kaffees. Vorsichtig, um Lasse nicht zu wecken, erhob sie sich. Vanessa und die beiden Mädchen trugen Geschirr und Frühstück hinaus auf die Terrasse. Der Himmel strahlte in einem kräftigen Blau. Vanessa sah an diesem Morgen blendend aus. Die Nacht mit Ole hatte ihr offensichtlich gut getan. Bisher war bei ihrer Freundin unvermeidlich Liebeskummer dem Glück gefolgt. Chris hoffte inständig, dass er dieses Mal ausbleiben würde. Sie selbst war ebenfalls glücklich. Schließlich hatte ein toller Mann versprochen, am Nachmittag mit ihr allein Tauchen zu gehen.
Es wurde Abend, bis Lasse sie tatsächlich zum versprochenen Ausflug abholte. Chris hatte schon befürchtet, dass er

sie versetze, und stieg entsprechend erleichtert zu ihm ins Auto. Sie genoss die Fahrt und plapperte fast ununterbrochen auf ihn ein, bis er den Wagen parkte.
„Hier?“, fragte Chris erstaunt. Lasse parkte vor dem Hallenbad des Ortes und öffnete die Klappe seines Kombis.
„Keine Sorge, um diese Uhrzeit gibt es keinen Badebetrieb mehr. Niemand wird uns dabei zusehen.“
Er holte eine Karre aus dem Kofferraum und belud sie mit Pressluftflaschen, Bleigürteln, Taucheranzügen und weiterem Gerät.
„Schon“, meinte sie zaghaft, „ich wäre nur lieber im Meer...“
„Hör zu“, meinte er mit jenem besonderem, von ihr nicht zu deutendem, Lächeln. „Das Meer ist ziemlich kalt. Da du schon lange nicht mehr drunten warst, kann ein Probetauchen im Pool nichts schaden, oder?“
Da hatte er natürlich recht. Gemeinsam schoben sie die Karre zu einem Seiteneingang des Bades. Er zückte einen Schlüssel und öffnete. Durch einen kahlen Betonflur schoben sie gemeinsam die schwer beladene Karre vor sich her. Das Rumpeln und Scheppern der plumpen Räder dröhnte Chris unangenehm in den Ohren. Vor einer angerosteten, grau gestrichenen Stahltür kamen sie zum Stehen. Lasse zwängte sich am Wagen vorbei und öffnete die Pforte. Dahinter kam die vom Mondschein spärlich erleuchtete, triste Schwimmhalle einer Kleinstadt zum Vorschein. Er hielt ihr die Tür auf, während sie sich ins Zeug legte und die Karre ohne seine Hilfe die letzten Meter in die Halle hineinschob. Er lächelte sie einladend an. Als Erwiderung streifte sie im Vorbeigehen mit ihrer Hüfte seinen Oberschenkel. Sie meinte förmlich seine streichelnden Blicke auf den Rundungen ihres Hinterteils zu spüren. Was würde das hier noch werden?
„Warte kurz, ich mache uns Licht!“, meinte er.
„Okay!“

Er verschwand. Sie ließ sich auf einer Bank nieder. Ein leichter Chlorgeruch lag in der Luft. Außer dem leichten Summen einer Heizungsanlage war nichts zu hören. Die verglaste Front bot einen weiten Blick über die Ostsee. Linker Hand schob sich in einiger Entfernung die Landzunge einer Halbinsel ins Bild. In ihre dunkle Masse waren vereinzelte Lichter eingestreut. Ein Dreiviertel-Mond hing tief über dem Meer und baute mit seinem silbrigem Licht eine Straße über das Wasser hinweg geradewegs auf sie zu. Sie seufzte und wünschte sich, dass Lasse gleich mit einer weichen Decke, einem Picknickkorb und einem silbernen Kerzenleuchter zurückkommen würde. Wo blieb er nur? In diesem Augenblick wurde die Unterwasser-Beleuchtung des Beckens eingeschaltet und sie zuckte zusammen. Das Klackern elektrischer Relais ertönte und die Beleuchtung in den Duschen warf zwei warmgelbe Lichtbahnen über die Bodenfliesen hinweg zum Pool. Chris registrierte erstaunt, welch stimmungsvolle Gesamtkomposition entstand.
Eine Tür öffnete sich und Lasse kam zurück. Er strahlte übers ganze Gesicht und meinte:
„Cool, nicht?“
„Ich bin beeindruckt!“
„Bei Vollmond ist es noch schöner. Aber so lange wollte ich nicht warten.“
Unsicher, was jetzt passieren sollte, standen sie einander gegenüber. Würde er sie jetzt gleich in den Arm nehmen und küssen? Da fiel ihr wieder ein, dass sie bei ihm ja nichts überstürzen wollte. Schnell meinte sie:
„Ich geh mich dann mal umziehen!“, und verschwand durch die Dusche in der Damenumkleide. Züchtig schlüpfte sie in einer engen Umkleidekabine in ihren Badeanzug. Damit er was zum Gucken hatte und sich schon einmal freuen konnte, hatte sie extra den roten eingepackt. Bei ihrem Erscheinen hielt sie im Durchgang zur Schwimmhalle inne und warf sich in Pose. Er hob den Kopf und

ließ mit entsprechender Bewunderung den Blick über sie gleiten, ehe er einen anerkennenden Pfiff ausstieß. Sofort stellte sich wieder das Kribbeln in ihrem Schoß ein. Aber das musste warten. Er half ihr geschickt, den Neoprenanzug und Bleigürtel anzulegen. Dann setzte er sie, mit den Füßen im Wasser, an den Beckenrand.

„Auf die Flossen verzichten wir aufs Erste!“, meinte er und zwinkerte erneut mit den Augen. Chris nahm es nicht mehr wahr. Langsam wurde ihr mulmig. Das Becken vor ihr war drei Meter vierzig tief. Wollte sie wirklich freiwillig mit Blei um den Bauch und einer Metallflasche auf dem Rücken dort hinab? Was, wenn der Lungenautomat nicht funktionierte und sie jämmerlich ertrank? Vielleicht war das mit dem Tauchen doch keine so gute Idee? Lasse stellte die Flasche hinter sie, führte ihre Arme in die Tarierweste und schloss die Gurte. Er drückte ihr eine Maske mit Schnorchel in die Hand. Sie riss sich zusammen, spuckte hinein, spülte die Maske aus und setzte sie auf. Dann biss sie auf das Mundstück des Lungenautomaten. Zaghaft probierte sie, durch den Mund zu atmen. Tatsächlich, sie bekam Luft! Er setzte sich neben sie und machte das Okay-Zeichen. Sie erwiderte es und sie ließen sich nebeneinander ins Wasser gleiten. Die aufgeblasene Tarierweste trug Chris problemlos. Kurz geriet sie in Panik, aber dann entspannte sie sich und genoss es, mit dem Gesicht nach unten schwerelos im Wasser zu treiben. Er ließ ihr Zeit. Sie merkte schnell, dass er ein guter Lehrer war. Erst als sie sich ganz sicher fühlte, ließen sie langsam die Luft aus den Westen entweichen und sanken dem Boden des Beckens entgegen. Heftige Ohrenschmerzen mahnten Chris, den Druckausgleich nicht zu vernachlässigen. Sie hielt sich die Nase zu, blies kräftig hinein und augenblicklich verschwand der Schmerz wieder. Auf dem Boden angelangt, setzten sie sich in Taucherhaltung einander gegenüber. Er machte mit ihr vertraute Routineübungen, wie Maske ausblasen. Erst als sie diese perfekt beherrschte, ließ er sie ihr Gewicht durch leichtes Aufblasen der Weste perfekt dem des von ihr verdrängten Wassers angleichen. So austariert schwebten beide einander gegenüber. Chris genoss das Gefühl totaler Schwerelosigkeit und begann, sich richtig wohlzufühlen. Da kam Lasse dicht an sie heran, legte Weste samt Flasche vor ihr ab und signalisierte ihr, es ihm gleich zu tun. Sie vertraute ihm und folgte seinen Anweisungen. Sie schwebte vor ihm. Der hautenge Gummianzug betonte ihre Kurven und Rundungen. Erneut ließ er überdeutlich seinen Blick über sie gleiten. Sie genoss es. In einem Anflug von Übermut öffnete sie spielerisch den Reißverschluss ihres Anzuges ein Stück und lachte dabei. Er langte nach ihren Brüsten und tätschelte sie sanft. Zu ihrem Erstaunen stellte sich selbst hier unten das vertraute Kribbeln in ihrem Schoß ein. Sie musste ihn wirklich sehr lieben. Oder zumindest stark begehren. Zum wiederholten Male ermahnte sie sich, dass ihr Begehren ja ganz nett war, aber noch warten musste. Sie wollte erneut die Flasche anlegen. Er hielt sie zurück und zog stattdessen den Reißverschluss ihres Anzuges weiter auf. Sie erschrak. Was sollte das? Spinnt der? Er griff in ihren Anzug hinein und tätschelte die Brüste fordernder. Nur der dünne Stoff des Badeanzuges trennten ihre Brustwarzen von seinen Händen. Sie wollte ihm deutlich signalisieren, dass er jetzt zu weit ging. Das fordernde Verlangen in seinen Augen hielt sie zurück. Außerdem brauchte sie ihn noch. So gab sie seinem Verlangen nach.

Einige Zeit später, zurück an der Oberfläche, strahlte er sie nach einem Lob heischend an.
„War toll, oder?", fragte er.
Wie sehr sie es hasste, das Ego kleiner Machos zu streicheln! Für sie war es keineswegs toll gewesen. Voller Angst gleich zu ertrinken hatte sie es kaum abwarten können, dass er endlich kam. Da er für ihren Geschmack entschie-

den zu viel Zeit hierzu brauchte, hatte sie schließlich entsprechend wild nachgeholfen. Offensichtlich hatte er das falsch verstanden. Typisch Mann!
„Dir hat´s nicht gefallen, stimmt´s?“, fragte er diesmal zaghaft.
Zumindest war er kein totaler Ignorant. Immerhin ein Pluspunkt für ihn.
„Egal“, fuhr er fort, „es war bestimmt dein erstes Mal unter Wasser. Da können es die meisten noch nicht so richtig genießen. Beim zweiten Mal ...“
„Spinnst du?“, fauchte sie ihn an. „Ich bin froh, das Ding hier überlebt zu haben und werde es bestimmt nie wieder in meinem Leben wiederholen!“
„Oh!“ Er schluckte. „Ich dachte du ...“
„Was? Dass ich pervers bin? Ich stehe nicht auf solche Sachen.“
Nachdenklich sah er sie an, ehe er antwortete:
„Nun, ich zumindest mag Menschen mit Fantasie und Experimentierfreude!“
Er wandte ihr demonstrativ den Rücken zu, trocknete sich ab und kleidete sich betont langsam an. Na prima! Da war sie ihm weiter entgegengekommen, als sie je zuvor einem Mann entgegengekommen war und der Typ war trotzdem sauer auf sie. Ihr war zum Heulen zumute. Dabei brauchte sie ihn doch noch dringend! Hatte sie sich etwa umsonst auf den ganzen Scheiß eingelassen?

Die *Soko Eule* erwies sich als Katastrophe. Anita hatte gehofft, Kollege Knauß würde ihre Zurückweisung seines Vorschlags Josips Hilfe anzunehmen, diskret behandeln. Das hatte er nicht getan und hierdurch den Graben zwischen beiden Dezernaten zusätzlich vertieft. Allein aus diesem Grund bereute sie beinahe ihre Ablehnung seines Ansinnens. Aber es widerstrebte ihr zutiefst, einem Kriminellen wie diesem Josip eine derartige Möglichkeit zur Manipulation ihrer Arbeit einzuräumen. Da sie sich dringend mit jemand darüber austauschen musste, suchte sie Roland auf. Er hörte ihr aufmerksam zu und meinte dann:
„Ich finde, du hast richtig entschieden. Aber ihr hättet Josips Information bei einer unserer Besprechungen der ganzen Soko geben sollen."
„Wozu?"
„Weil zwanzig Kollegen meist mehr Seiten einer Information entdecken als drei."
„Es könnte eine Fehlinformation sein."
„Die gehören zu unserem täglich Brot. Hast du dir mal überlegt, was es bedeutet, wenn die Information stimmt?"
„Wir könnten auch dann von der DNA aus Kamm und Kleidungsstücken des Übernachtungsgastes keinen gerichtsfesten Beweis zur Tat ziehen!"
„Stimmt, aber was hat es zu bedeuten, dass ein Profikiller seine Sachen in einer Absteige zurücklässt?"
Das hatte sie überhaupt nicht bedacht!
„Du meinst, ein Profi hätte das bestimmt nicht so geplant?"
„Selbst ein Amateur nicht!"
Sie sah ihn lange an und überlegte.
„Angenommen, es stimmt und der ominöse Übernachtungsgast ist tatsächlich der von uns gesuchte Täter. Dann muss ihn jemand daran gehindert haben, seine Sachen zu holen!"
„Die Jungs von D-Security?"
Beide durchdachten die Möglichkeiten, als Kriminalmeister Peter Lutz eintrat. Er erwies sich einmal mehr als der

gründliche und geduldige Rechercheur riesiger Datenmengen, der einen entscheidenden Beweis nicht übersah. Er hatte es übernommen, auf den diversen Computern des Herrn Altmann dessen Korrespondenz zu durchforsten. Jetzt legte er den beiden Kommissaren den Ausdruck einer E-Mail vom neunzehnten März des Vorjahres vor:

Lieber Bernd,
danke, dass du es geschafft hast, Sandra von ihrer Anzeige abzuhalten. Ich stehe tief in deiner Schuld. Bei unserem Treffen morgen reden wir über deine Belohnung.
Dieter

Endlich ein weiterer Hinweis auf Verbindungen zwischen den beiden Toten. Mit Belohnung war möglicherweise eine Beteiligung am ominösen Gemälde gemeint. Hatte Dr. Hahn für seine Dienste nicht ebenfalls eine Beteiligung erhalten? Steckte er dann nicht tiefer in der Sache drin, als er bisher zuzugeben bereit war?
Die E-Mail-Adresse des Absenders der E-Mail lautete Porsche815@web.de. Diese Adresse war ihnen bisher unbekannt. Anita war sich dennoch sicher, dass die E-Mail vom ermordeten Dieter Kofler stammte.
„Konnten die Kollegen die Identität dieses Dieters ermitteln?"
„Leider nicht, die Adresse war mit falschen Daten angelegt und die IP-Adresse des Nutzers führte zu den öffentlichen Rechnern in der Stadtbibliothek. Da gab es keine Chance, ihn zu ermitteln. Im Account fanden sich auch insgesamt nur drei E-Mails im Ordner gesendet. Außer dieser hat der Nutzer noch eine E-Mail an eine andere Adresse geschrieben und von dort eine Antwort erhalten."
„Ließ sich die andere Adresse ermitteln?"
„Ja, ein Historiker mit dem Namen Richter, der Nachforschungen betreibt. Befragt nach seinem Auftraggeber

nannte er einen Anwalt, der sich wiederum hinter seiner Schweigepflicht verschanzte."
Anita stöhnte innerlich. Die ganzen Schweigepflichten und der Datenschutz schienen immer nur den Tätern in die Hände zu spielen.
„Aber die E-Mail stammt trotzdem vom Herrn Kofler und ich kann es auch beweisen", fuhr Peter fort. „Lies aber am besten selbst."

Sehr geehrter Herr Richter,

das Geburtsdatum der Person ist der 9. 5. 1913. Informieren Sie mich wie besprochen über diese E-Mail-Adresse, sobald die Ergebnisse Ihrer Nachforschungen in der Außenstelle vorliegen.

Mit freundlichen Grüßen
K.

„Was willst du damit beweisen? Gut, es war ein Dieter K. aus Stuttgart. Es spricht viel dafür, dass es unser Dieter Kofler war, aber ein Beweis ist das noch keiner."
„Das K. allein nicht, aber Heinz Kofler, der Vater von Dieter, wurde laut Familienbuch-Auszug am 9. 5. 1913 geboren. Das passt genau. Wenn wir uns den Historiker richtig zur Brust nehmen, wird er wahrscheinlich zugeben, dass er nach Heinz Kofler nachgeforscht hat."
Anita wandte sich Roland zu.
„Willst du ihn danach fragen?"
Er grinste.
„Du meinst, ich darf ihn mir richtig zur Brust nehmen?"
Sie nickte.

Als am nächsten Morgen sein Wecker klingelte, fühlte Roland sich alles andere als ausgeschlafen. Er schleppte sich ins Bad, rasierte sich und musterte kritisch die dunklen Ringe um seine Augen. Es lief schlecht für ihn. Ihm war bewusst, warum er den Auftrag bekommen hatte, sich den Historiker zur Brust zu nehmen. Er war nicht zimperlich und im Augenblick galt es, schnell zu Ergebnissen zu kommen.

Roland hatte in den letzten Tagen durchaus bemerkt, dass Anita nicht mehr mit ihm gemeinsam unterwegs sein wollte. Das Tier in ihm liebte die Gefahr und, so politisch unkorrekt es auch war, das Tier liebte auch die Gewalt. Hatte Anita Angst vor ihm? Wahrscheinlich nicht, zumindest nicht in dem Sinne, dass er ihr was antun würde. Aber Angst, durch sein Testosteron-gesteuertes Verhalten in eine Schießerei zu geraten, hatte sie vermutlich schon. Insofern konnte er nachvollziehen, dass sie lieber mit Sultan als Partnerin unterwegs sein wollte. Ob sie auch Angst um ihn hatte?

Er zögerte, sich selbst eine Antwort zu geben. Melek sorgte sich um ihn, da war er sich sicher. Aber Anita? Er wusste es einfach nicht! Egal, nützlich war er jedenfalls und sie scheute sich nicht, ihn entsprechend einzusetzen. Es behagte ihm nicht, aber vermutlich war es von ihr als Vorgesetzter schlau, so zu handeln. Würde sie es auch noch tun, wenn sie wüsste, wie es um das Tier in ihm stand?

Es war ein Fehler gewesen, sich für Deutschland zu entscheiden. Schlecht gelaunt verließ er das Bad. In der Küche angelangt, öffnete er mit wenig Hoffnung seinen Kühlschrank. Dieser war noch nie reichhaltig bestückt gewesen, aber sein jetziger Zustand war an Tristesse kaum zu überbieten. Seufzend schloss er ihn wieder und entschied sich, heute unterwegs zu frühstücken.

Draußen kündigte strahlend blauer Himmel einen weiteren schönen Tag an. Da der Historiker Richter nicht in der Stadt wohnte, machte Roland sich mit seinem Wagen auf den Weg nach Ludwigsburg. Auf der B 27 zwischen beiden

Städten wies die Leuchtreklame einer amerikanischen Burger-Kette auf die Möglichkeit eines schnellen Frühstücks hin. Roland hatte das Nahrungsangebot des Konzerns in seinem früheren Leben stets als ausreichend für sich empfunden. Heute dachte er nur, dass ein Aufenthalt dort seine depressive Stimmung noch verschlechtern würde. So fuhr er in die ehemalige Residenzstadt hinein. Da er dort kein ansprechendes Café kannte, steuerte er ein zentrales Parkhaus an und folgte der vorherrschenden Strömung unter den Fußgängern. Diese spülte ihn mitten in das rege Markttreiben hinein. Er hielt inne und ein leichtes Lächeln begann seine Lippen zu umspielen. Die nahezu mediterrane Stimmung auf dem Platz besserte seine Laune schlagartig. Er suchte sich für sein Frühstück einen sonnigen Platz in einem Straßencafé und entschied, dass es heute ein guter Tag werden würde.
So trübte es seine Laune kaum, dass er erst mit erheblicher Verspätung vor Herrn Richters Haus eintraf. Der Historiker würde seinen Arbeitstag schon nicht zu früh beginnen. Seine Adresse erwies sich als plumper, billiger Nachkriegsbau. Der Anordnung der Klingeln entnahm Roland, dass der Historiker unter dem Dach wohnte und dort auch seine Agentur für historische Nachforschungen betrieb. Welcher Art mochten diese Nachforschungen sein? Zumindest konnten sie kaum einträglicher Art sein, wenn man die bescheidene Zweizimmerwohnung und den vor dem Haus parkenden, dilettantisch nachlackierten Dreier-BMW älteren Baujahres in Betracht zog.
Zehn Minuten Warten reichten aus, um Rolands schlechtes Gewissen wieder auf den Plan zu rufen. Es war bereits viertel zehn. Hatte der Historiker sich zu Fuß auf den Weg gemacht? Anita wäre wenig erfreut, wenn er nur wegen eines sonnigen Frühstücks auf dem Markt einen Tag in seinem Dienstwagen vergammeln würde. Klar brauchte er ihr dies nicht zu sagen! Aber er würde es dennoch tun. Schließ-

lich war er ein ordentlicher Deutscher und kein nachlässiger Südländer! So beschäftigte Roland sich in einer Art mit sich selbst, die seine Laune schnell wieder auf den Tiefpunkt brachte, als ein Mann das gegenüberliegende Haus verließ. Roland erkannte ihn anhand des Fotos sofort als Herrn Richter. Dieser ließ sein Auto stehen und begab sich mit seiner abgewetzten Aktentasche zu Fuß auf den Weg durch die Ludwigsburger Oststadt. Der Kriminalist nahm die Beschattung auf. Die hängenden Schultern, schlurfenden Schritte und staubgraue Ausstrahlung des Mannes vor ihm deprimierte ihn noch mehr. Warum musste immer ausgerechnet er sich mit solchen offensichtlichen Losern abgeben? Als der vordere Verlierer in den alten Friedhof abbog, lief vor Rolands innerem Auge ein Film ab, wie Herr Richter sich samt Aktentasche in ein für ihn vorbereitetes Grab legte und er duldsam darauf wartete, dass die von den Schaufeln auf ihn herabprasselnde Erde seiner jämmerlichen Existenz ein Ende bereitete. Roland schüttelte sich. Der Historiker vor ihm verließ indes den Friedhof wieder. Er hatte wohl schlicht seinen Fußweg abgekürzt. Kurz darauf durchschritt Herr Richter eine schmale Pforte in einer mächtigen Steinmauer, hinter der sich ein schmales, hohes Gebäude aus dem neunzehnten Jahrhundert erhob. Roland stutzte. Ähnliche Anlagen hatte er schon oft gesehen, es handelte sich um die typische Gefängnis-Architektur früherer Zeiten. Jetzt wurde es interessant. Was hatte der Typ in einem Gefängnis zu suchen? Besaß er Kontakte ins kriminelle Milieu? Beim Näherkommen erkannte Roland schnell, dass der Bau mittlerweile eine andere Institution beherbergte, auch wenn deren Name ihm nichts sagte. Er zückte sein Handy und wählte Peters Nummer. Wenn einer von ihnen sich mit Archiven auskannte, dann Kriminalmeister Lutz.

„Hallo Roland!“, meldete dieser sich schon nach zweimaligem Läuten gut gelaunt.

„Morgen!“, erwiderte Roland mürrisch. „Sagt dir die Außenstelle des Bundesarchivs in Ludwigsburg irgendetwas?“
„Klar, dort werden alte Nazi-Unterlagen aufbewahrt. Warum fragst du?“
Ohne Antwort beendete Roland das Gespräch. Er brütete vor sich hin, was diese neue Information zu bedeuten hatte, bis ihm schließlich der Geduldsfaden riss. Es reichte! Er würde sich den Historiker jetzt zur Brust nehmen, und zwar richtig! Entschlossen tippte er die Nummer von Herrn Richters Handy ein.
„Historische Nachforschungen, Dr. Richter, was kann ich für Sie tun?“, meldete dieser sich kurz darauf.
„Berger hier, Sie führen doch Nachforschungen zu den Nazis durch?“
„Richtig, unter anderem mache ich auch dieses!“
„Ich muss mich mit Ihnen treffen, und zwar schnell!“
„Worum geht es? Wollen Sie wissen, ob Ihr Vater oder Großvater ein Nationalsoz...“
„Nicht hier am Telefon! Können wir uns treffen? Ich meine, ehe ich es mir anders überlege?“
„Nun, ich bin gerade bei einer ...“
„Geld spielt keine Rolle, ich zahle Ihnen das Doppelte Ihres üblichen Honorars, Hauptsache Sie kommen sofort zu mir!“
„Äh, gut, wo wohnen Sie den?“
Roland nannte ihm eine Adresse am Stuttgarter Killesberg und vereinbarte ein Treffen in einer halben Stunde. Er wollte sichergehen, dass der Historiker sich in sein Auto setzte. Ohne Hast lief Roland zurück zu seinem Wagen und puschte sich selbst in die richtige Stimmung.
Keine zwei Minuten später kam seine Zielperson. Wer Kriminalkommissar Berger zum ersten Mal begegnete, hielt ihn für alles Mögliche, nur nicht für einen Polizisten. Einmal mehr würde Roland sich diesen Umstand zunutze machen. Der Gedanke, das Tier in ihm wieder zu wecken,

entlockte ihm ein winziges Lächeln. Cool verließ er das Auto und schlenderte in Richtung seiner Zielperson. Als der Historiker in sein Auto stieg, öffnete Roland die Beifahrertür und ließ sich neben ihn gleiten. Herr Richter zuckte zusammen und starrte ihn ängstlich an.
„W … Was wollen Sie von mir?“
Roland antwortete nicht. Stattdessen starrte er den Historiker möglichst grimmig an und ließ die unter seiner abgewetzten Lederjacke im Holster baumelnde Waffe wirken.
„Was wollen Sie?“, wiederholte der Historiker. Die Farbe seiner Stimme verriet, wie nahe er der Panik schon war.
Roland starrte den Historiker weiter an, malte sich aus, wie er ihn vor sich niederknien lassen würde und ihm die Pistole auf die Stirn setzte. Ein sadistisches Lächeln breitete sich bei dieser Vorstellung seines Kopfkinos auf seinen Lippen aus. Bei seinem Gegenüber sammelte sich glänzender Schweiß auf der Stirn.
„Ich sage Ihnen alles, aber bitte tun Sie mir nichts!“, flehte die Staub-Wühlmaus.
„Heinz Kofler“, meinte Roland betont langsam. „Ein Auftrag vor gut zwei Jahren. Ich will bis ins kleinste Detail alles hören, was Sie herausgefunden haben!“
„Kein Problem!“, versicherte der Historiker hektisch. „Ich habe sogar Kopien aller Unterlagen. Können Sie gerne haben.“
„Wo?“
„Oben in meinem Büro.“
Roland starrte ihn grimmig an und überlegte. War das eine Falle? Wollte der Historiker Hilfe rufen oder aus dem Safe eine Waffe ziehen? Nein, das traute er der Jammergestalt nicht zu. Fünf Minuten später öffnete Herr Richter den Safe in seinem Büro und griff etwas zu hektisch hinein. Roland zog mit einer tausend Mal geübten, flüssigen Bewegung seine P 2000 und drückte sie Herrn Richter an die Wirbelsäule. Der schreckte zusammen. Polternd fiel eine Pistole aus dem Safe auf den Boden.

„Ich ... ich ... wollte nicht ...", stammelte der Historiker und begann unkontrolliert zu zittern.
Roland schlug ihn von hinten in die Niere, sodass er sich vor Schmerz krümmte.
„Keine Heldentaten! Beim nächsten Versuch drücke ich ab! Verstanden?"
„Ver ... verstanden!", keuchte Herr Richter.
„Gut, wo sind die Unterlagen?"
„Das dicke Kuvert dort im Safe enthält alles, was ich habe."
„Gehen Sie da rüber!"
Der Historiker entfernte sich gehorsam vom Safe. Roland zog einen Plastikbeutel hervor und hob damit die Pistole auf. Es war eine ihm wohlvertraute Waffe. Wie mochte der Historiker in den Besitz einer Polizeipistole gekommen sein?
Aus dem Stahlschrank entnahm er einen dicken Umschlag. Roland konnte sehen, dass der Safe nicht sonderlich viel enthielt. Es musste mit diesen Unterlagen also etwas ganz Besonderes auf sich haben. Er öffnete den Umschlag und zog Kopien von mit einem Hakenkreuz versehenen Dokumenten hervor, die Heinz Koflers Namen enthielten. Roland ließ sie zurück in den Umschlag gleiten.
„Ich höre! Und sparen Sie nicht mit Einzelheiten. Zumindest solange diese wichtig sind."
„Also, äh ... meiner Meinung nach war Heinz Kofler ein Geldmacher in den nördlichen ..."
„Geldmacher?"
„Sie können ihn auch Hehler nennen, wenn Ihnen das lieber ist."
„Welches Diebesgut hat er verkauft?"
„Alles, was sich die Nazis in den eroberten Gebieten unter den Nagel rissen und selbst nicht zu Geld machen konnten. Ich vermute hauptsächlich Kunst."
„Wie kommen Sie darauf?"
„Aus den Orten, an denen er sich aufgehalten hat: Danzig,

Kopenhagen, Oslo, Amsterdam, Antwerpen, Le Havre … Heinz Kofler war Kapitänleutnant und wurde direkt vom Reichsmarineamt überall dort stationiert, wo kurz zuvor die Deutschen eingerückt waren. Ich bin mir ganz sicher, dass er den Job hatte, Devisen zu besorgen, auf jede nur denkbare Art."

„Wozu soll Hitler Devisen benötigt haben? Ich denke, der hat sich mit Gewalt geholt, was er wollte."

„Da sind Sie nicht richtig informiert. Beispielsweise war Schweden den Zweiten Weltkrieg über neutral und hat mit den Nazis gute Geschäfte gemacht. Vierzig Prozent seines Bedarfs an Eisenerz hat Deutschland in Schweden eingekauft und daraus Panzer, Geschütze, Flugzeuge und weitere Waffen gefertigt. Diese Einkäufe mussten bezahlt werden. Und da kommt Heinz Kofler ins Spiel. Er war dabei, wenn vielleicht auch keine richtig große Nummer. Sein Glück war, dass sein jüngerer Bruder Albert sich noch vor dem Krieg in Malmö niedergelassen hatte. Bei Kriegsbeginn war Albert Kapitän und Eigner eines alten Handelsschoners, nach dem Krieg besaß er als Reeder fünf Erzfrachter und war stolzer Besitzer eines großen Landguts. Der Krieg ist seinen Geschäften offensichtlich gut bekommen. Heinz Kofler wurde in den Unterlagen der Wehrmacht am sechzehnten Januar 1945 als vermisst gemeldet. Am dritten September 1951, also kurz nach Abschluss der Entnazifizierung, taucht er plötzlich in Stuttgart als unbeschriebenes Blatt auf. Beim Einwohnermeldeamt gab er als Beruf Fabrikant an. Ich vermute, er baute mit seinem Anteil am geraubten Geld hier etwas auf. Alle waren seinerzeit froh darüber und keiner fragte groß nach. Vermutlich haben ihm auch alte Nazi-Seilschaften beim Start geholfen."

„Und Sie meinen, die Jahre zwischen 1945 und 1951 lebte er bei seinem Bruder in Schweden?"

„Vermutlich."

„Wie ist er dort hingekommen?"

„Gute Frage. Viel spannender ist aber die Frage, warum er es ausgerechnet über Königsberg gemacht hat."
„Was ist daran spannend?"
„Kofler war es in mehr als fünf Jahren Krieg prima gelungen, sich von der Front, an der man leicht stirbt, fernzuhalten. Im Januar 1945 tobte die grausame Schlacht um Ostpreußen und Königsberg war am sechzehnten Januar fast von den Russen eingeschlossen. Dieser ominöse Kapitänleutnant Kofler war dem Krieg plötzlich gefährlich nahe."
„Vielleicht, um glaubwürdig in den Wehrmachtunterlagen als vermisst zu gelten?"
„Das mag ein Grund sein. Ich glaube aber, es gab zumindest noch einen Zweiten."

Anita hatte sich entschieden, den Stier bei den Hörnern zu packen. Was konnte es schaden, bei der ominösen Firma D-Security anzurufen? Wie immer in solchen Fällen landete sie bei einer arschfreundlichen, aber ahnungslosen Dame.
„Guten Tag, ich möchte mit dem Verantwortlichen für Ihr Projekt in Stuttgart sprechen?"
„Stuttgart? Wir sind hier in Düsseldorf und haben kein Projekt in Stuttgart?"
„Fragen Sie Ihren Chef. Ich bin mir sicher, er wird das Projekt in Stuttgart kennen."
Sie zögerte. Schließlich fragte sie:
„Wen darf ich meinem Chef melden?"
„Kriminalhauptkommissarin Schenk, leitende Ermittlerin des Dezernats 7. Mein Team ermittelt in einem Fall, bei dem dauernd Ihre Firma genannt wird."
Die Verbindung wurde unterbrochen und nervtötende Kaufhaus-Musik drang aus dem Hörer. Anita stellte sich auf eine längere Wartezeit ein und legte den Hörer auf dem Schreibtisch ab. Sie hatte einige von Peter zusammengestellte Dokumente gelesen, ehe sie eine Stimme aus dem Hörer vernahm.

„Kriminalhauptkommissarin Schenk, mit wem spreche ich?"
„Schmidt hier."
Natürlich Schmidt! Es gab kaum etwas Blöderes für Polizisten, als nach jemand mit dem Namen Schmidt zu suchen.
„Sind Sie der Verantwortliche für Ihr Stuttgarter Projekt?", fragte sie.
„Sagen wir einmal so: Wenn wir ein Projekt, wie Sie es nennen, in Stuttgart hätten, so wäre ich der Verantwortliche."
Anita überlegte. Sollte sie sich damit zufriedengeben? Schon allein die Tatsache, dass er mit ihr sprach, zeigte, dass sie richtig lag.
„Gut, ich würde gerne mit Ihnen darüber sprechen, warum andauernd der Name Ihrer Firma in unseren Ermittlungen auftaucht."
„Um was drehen sich Ihre Ermittlungen?"
„Ich glaube, das wissen Sie! Ansonsten kommen Sie her und ich sage es Ihnen."
Er zögerte kurz. Sie wollte ihn hier in ihrer Stadt haben. Seinem Zögern entnahm sie, dass ihr dies auch gelingen würde.
„Wer nennt den Namen von D-Security und in welchem Zusammenhang?", fragte er weiter.
„Ich denke, auch das wissen Sie. Ansonsten kommen Sie her und wir reden darüber."
Erneut überlegte er lange. Sie beschloss, ihm noch einen Brocken hinzuwerfen.
„Sie wissen sicher ganz genau, wer gestern Morgen bei uns aufgetaucht ist und um unseren Schutz gebeten hat. Es konnte der betreffenden Person gar nicht schnell genug gehen, uns ihr Wissen mitzuteilen."
„Warum können wir nicht am Telefon miteinander reden?"
„Manche Dinge lassen sich besser von Angesicht zu Angesicht lösen."
Anita konnte erneut keine Reaktion hören. Aber sie war sich sicher, dass die Person am anderen Ende der Leitung in diesem Augenblick lächelte.

„Nun Frau Kommissarin, ich muss gestehen, dass Sie mich neugierig machen. Meine Geschäfte führen mich die Tage ohnehin nach Stuttgart. Vielleicht haben Sie noch etwas Zeit für mich?"

Volltreffer! Ihr Instinkt hatte sie nicht getrogen. Blieb nur die Frage, was außer einem Bestechungsversuch er sich von ihrer Begegnung versprach. Erhoffte er sich Hinweise darauf, wie viel die Polizei bereits wusste? Oder sah er einen Weg, über sie an Dr. Hahn heranzukommen, beziehungsweise zumindest einen Hinweis auf das Versteck des Kunstwerkes zu erhalten? Sie würde bei dem Gespräch aufpassen müssen, nicht zu viel zu sagen. Egal, sie freute sich auf die Auseinandersetzung mit ihm. Ihre Sorgen um Christa Ortwein und ihre Tochter wurden hingegen noch größer. Sie waren spurlos vom Erdboden verschwunden.

In dieser Nacht kuschelte sich Anita eng an ihren Mann Bernhard. Er spürte ihr Bedürfnis nach Geborgenheit und nahm sie fest in den Arm. Sie begann leicht zu wimmern und er streichelte ihr tröstend den Rücken. Das Bild der jungen Frau Ortwein und ihrer Tochter Helena ließ Anita nicht los. Sie wünschte sich in diesem Augenblick sehnlichst, mehr Distanz zu ihrer Arbeit halten zu können und wusste gleichzeitig, sie würde dann den Job nicht mehr gut tun können.

Roland hatte sich wieder auf die Plattform des Bahnhofsturms begeben. Das Bild, wie er dem Historiker die Pistole an die Stirn setzte, ließ ihm keine Ruhe. Was war los mit ihm? Die Szene war noch nicht einmal wirklich geschehen, sondern hatte sich nur in seiner Fantasie abgespielt? Wie konnte es sein, dass sie ihn so beschäftigte? Er zog seine neue Pistole aus dem Holster und fühlte das kalte Metall. Sein Atem beschleunigte sich.

Im Lichte der von Roland gewonnenen Erkenntnisse war es Zeit, Dr. Hahn genauer auf den Zahn zu fühlen. Anita hoffte, dadurch wichtige Informationen für das anstehende Gespräch mit Herrn Schmidt von D-Security zu gewinnen. So ließ sie den Arzt in ihr Büro bringen.

„Guten Morgen, Herr Dr. Hahn!“, begrüßte sie ihn. „Sie können jetzt gehen.“

Der Angesprochene starrte Anita fassungslos an.

„Haben Sie nicht gehört?“, fuhr sie nach einer kurzen Pause fort. „Sie können gehen!“

„Das ..., das ... können Sie nicht ... machen!“, stammelte er.

„Es gibt keinen Grund, Sie hier zu behalten. Sie sind keiner Straftat verdächtig.“

„Dann lassen Sie mich in einer Ihrer anonymen Wohnungen bewachen! Zeugenschutzprogramm ... oder was weiß ich!“

„Zeugenaussage?“ Sie tat erstaunt. „Welche Zeugenaussage? Sie haben uns keine Informationen geliefert, für die wir Sie vor Kriminellen schützen müssten.“

Der Arzt starrte die Kriminalisten mit großen Augen an. Er fragte sich, ob die Kommissare es ernst meinten. Wollten die ihn wirklich gehen lassen? Panik befiel ihm beim Gedanken, er könnte wie Bernd enden. Er musste den beiden etwas sagen, damit sie ihn schützten. Aber schadete er sich damit nicht selbst? Würde er seine ärztliche Zulassung verlieren? Am meisten fürchtete er sich vor der scharfen Zunge seiner Frau. Auch wenn er sie nicht mehr liebte, traf ihn jedes ihrer wohlplatzierten Worte an seinen empfindlichsten Stellen. Er sah sich ihrem sarkastischen Hohn schon wehrlos ausgeliefert. Soweit durfte er es nicht kommen lassen! Fieberhaft suchte er nach einem Ausweg aus seinem Dilemma. Schließlich meinte er:

„Gut, also ich war es!“

„Was waren Sie?“

„Ich habe das Kunstwerk gestohlen. Verhaften Sie mich!“ Er streckte seine Hände vor, als wolle er sich Handschellen anlegen lassen.
„Machen Sie sich nicht lächerlich!“, meinte Roland säuerlich. „Sie waren noch nicht einmal geboren, als das Bernsteinzimmer in Königsberg verschwunden ist!“
„Darum ging es also die ganze Zeit!“, entfuhr es Dr. Hahn erstaunt. „Ich habe mich schon immer gewundert, dass Dieter davon ausging, die Gemälde könnten die Jahre in der Ostsee unbeschadet überstanden haben.“
Seine Überraschung war zweifellos echt. Keiner der beiden erfahrenen Kriminalisten traute ihm eine derartige schauspielerische Leistung zu.
„Es ist jetzt höchste Zeit für ein paar Erklärungen!“, meinte Anita. „Finden Sie nicht auch?“
Dr. Hahn sah sie lange an. Schließlich schluckte er und meinte resigniert:
„Da haben Sie wohl Recht. So ganz unbeschadet komme ich aus der Sache ohnehin nicht mehr raus. Meine Frau wird mich ...“, er zögerte, „... auslachen, wenn Sie die ganze Geschichte hört und sich ... womöglich von mir ... scheiden lassen“, endete er kläglich.
„Hier geht es nicht darum, ob Sie sich lächerlich machen!“, fuhr Anita ihn verärgert an. „Frau Ortwein, die Tochter Ihres Freundes Dieter, befindet sich unserer Einschätzung nach in höchster Lebensgefahr! Sie können uns helfen, sie rechtzeitig aufzuspüren und ihr damit deren Leben zu retten! Kennen Sie die genaue Position, an der das Bernsteinzimmer in der Ostsee liegt? Dann verraten Sie uns die Koordinaten jetzt sofort! Ansonsten kriegen Sie von uns eine Anzeige wegen unterlassener Hilfeleistung und Beihilfe zum Mord in zwei Fällen an den Hals!“
„Wieso in zwei Fällen?“
„Weil Frau Ortwein höchstwahrscheinlich ihre kleine Tochter Helena bei sich hat!“

„Oh Gott, wie schrecklich! Sind Christa und Helena wirklich in Gefahr? Oder sagen Sie das alles jetzt nur, um mich zum Reden zu bringen? Dieter war so froh, nicht alleine auf der Welt zu sein, sondern doch eine Familie zu haben! Na ja, zumindest eine ... rudimentäre Familie. Und Sie denken von mir, ich würde die beiden ... hören Sie, ich bin bereit, alles in meiner Macht stehende zu tun, um das Leben der beiden zu retten! Vergessen Sie nicht, ich bin Arzt und habe den Eid des Hippokrates geschworen!"
„Der hat Sie bisher auch nicht davon abgehalten, krumme Dinger zu drehen!", entgegnete Roland trocken.
Dr. Hahn sah Roland verärgert an, ehe er parierte:
„Wer ohne Fehl ist, werfe den ersten Stein! Gut, ich habe einen Fehler gemacht. Aber Sie müssen mir einfach glauben, dass ich in erster Linie meinem alten Schulfreund Dieter helfen wollte. Sein Geschwätz habe ich lange Zeit gar nicht ernst genommen! Ein Schatz? Pah ... es war ihm peinlich, von mir Geld anzunehmen. Ich dachte, das Gerede von seinem Schatz wäre seine verschrobene Art, damit umzugehen. Dann kam er auch noch mit Bernd zu mir, um sich seine Expedition finanzieren zu lassen. Zunächst dachte ich: Prima, jetzt hast du zwei Schmarotzer am Hals. Erst auf dem Schiff begriff ich langsam, dass womöglich an der Geschichte wirklich was dran ist."
„Jetzt mal langsam und der Reihe nach. Welches Geschwätz und welche Expedition?"
„Na, wenn Dieter und ich nach dem Tennisspielen Essen gingen, zahlte stets ich die Rechnung. Ich wusste, dass die alte Preuninger ihn so kurz hielt, dass er sich Essengehen nicht leisten konnte. Er war einerseits froh, überhaupt mal wieder in einem Lokal speisen zu können. Andererseits war es ihm peinlich, sich nie bei mir revanchieren zu können. Sie müssen wissen, Dieter war im Grunde seines Herzens ein anständiger Mensch. Seine Kindheit war hart und ..."

„Schon gut, dass wollen wir jetzt nicht hören!“, unterbrach Anita ihn. Solche Storys hatte sie schon zu oft über verkrachte Existenzen gehört. Jetzt galt es, schnell auf den Punkt zu kommen, um das Leben der beiden Frauen zu schützen. „Fahren Sie bitte ohne Umwege mit der eigentlichen Geschichte fort!“
„Ja, also wie gesagt, war es Dieter peinlich, sich nie bei mir revanchieren zu können. Vielleicht zwei Wochen nachdem ich ihm den Zettel meiner Patientin weitergereicht hatte, war er auf einmal ganz aufgeregt. Er rief bei mir an und wollte sich unbedingt noch am gleichen Tag mit mir treffen. Ich gab nach und er quasselte davon, dass seine Pechsträhne endlich vorüber wäre. Er sei nicht nur auf einen Schatz gestoßen, sondern dank meiner Hilfe könne er den jetzt auch heben. Sobald dies geschehen sei, werde er mir alles mehrfach zurückzahlen. Kein Wort glaubte ich ihm! Dieter hat es auch früher schon mit der Wahrheit nicht so genau genommen. So nahm ich an, er erzähle Geschichten, um sein schlechtes Gewissen zu beruhigen. Dieter war sicherlich kein politisch korrekter Mensch, aber gerade deshalb liebenswert.“
Er verstummte. Anita sah ihm an, dass seine Gedanken weit weg in die Vergangenheit drifteten.
„Ab wann haben Sie ihm geglaubt?“, versuchte sie ihn zurück in die Gegenwart zu holen.
„Dass es seinen Schatz wirklich gibt? Das habe ich erst auf dem Boot geglaubt, als er und Bernd total euphorisch von ihrem Tauchgang zurückkehrten und mir am Laptop die Bilder des Wracks zeigten.“
„Sie waren dort?“, fragte Anita verblüfft.
„Ja, letzten Sommer.“
„Dann kennen Sie doch den Ort, an dem wir nach Frau Ortwein suchen können!“
„Leider nicht! Ich weiß, das klingt jetzt unglaubwürdig. Aber ich kann Ihnen nicht mehr sagen, als dass Sie an der schwedischen Küste suchen müssen.“

„Hören Sie, wir …"
„Lassen Sie es mich Ihnen bitte erklären! Dieter und Bernd kamen zu mir. Sie wollten, dass ich ihnen zwanzigtausend Euro gebe, um die Expedition nach Dieters Schatz zu finanzieren. Hören Sie, ich bin Dieters Freund und mag auch Bernd, aber ich lasse mich nicht gerne ausnutzen. So sagte ich Nein. Die beiden meinten, der Schatz werde Millionen einbringen und boten mir zehn Prozent Beteiligung. Ich sagte, jetzt reiche es und sie sollten mit ihren Lügenmärchen aufhören. Dieter war zuerst gekränkt. Später meinte er dann aber, ich könnte den Käufer sehen und mir so selbst ein Bild machen."
„Sie kennen den Käufer?"
„Nicht direkt, aber es ist ein Anwalt einer großen Düsseldorfer Kanzlei, den ich bei einer Gegenüberstellung wiedererkennen würde."
„Wo haben Sie ihn gesehen?"
„Dieter wollte mir weder sagen, um welches Kunstwerk es sich genau handelt, noch den Namen des Käufers oder Händlers nennen. Er meinte, dies sei zu meiner eigenen Sicherheit. Mit vier verschiedenen Parteien hat er verhandelt. Die Düsseldorfer machten ihm das beste Angebot. Na ja, vielleicht auch das Einzige. Jedenfalls meinte Dieter, die Angelegenheit wäre äußerst gefährlich, da er nicht mit harmlosen Leuten verhandele. Bei solchen Summen und einem …"
Er brach unvermittelt ab und errötete.
„… geraubten Kunstwerk", führte Anita den Satz für ihn zu Ende. „Geben Sie es ruhig zu. Sie wussten genau, dass Sie sich auf eine illegale Sache einließen!"
Er seufzte tief, überlegte kurz und fuhr dann fort:
„Okay, ich gebe es zu. Damals begriff ich, dass die Sache nicht ganz koscher war. So albern es klingt, mich reizte die Gefahr. Letzten Sommer hatte ich … so eine … kleine Krise. Als ich an den Schatz zu glauben begann, sah ich

mich selbst in so einem Indiana-Jones-Ding. Die sind aufregend und unterhaltsam, haben aber immer ein Happy End. Außerdem wollte ich schon lange einen Porsche, einen richtigen, also einen 911er mit allem Drum und Dran. Aber trotz meines endlos langen Medizinstudiums und Zwölf-Stunden-Tagen ..."
„Sie schweifen wieder ab!", unterbrach Anita ihn. Sie war nicht gewillt, sich sein Selbstmitleid oder Epen über Männer-Spielzeuge länger als unbedingt notwendig anzuhören.
„Schon gut! Jedenfalls trug Dieter mir auf, an einem bestimmten Tag in dem Sterne-Restaurant gegenüber dem Hauptbahnhof Mittag zu essen. Ich würde dann den Käufer sehen, durfte nur auf keinem Fall zu auffällig in seine Richtung schauen. Da kam ich mir dann schon ein bisschen wie Harrison Ford vor. Ich sah Dieter mit einem sehr eleganten Mann das Lokal betreten. Der Mann nahm mit dem Blick zu mir Platz. Ich erkenne ihn ganz sicher wieder."
Anita war elektrisiert. Peter würde leicht Bilder aller Anwälte der Kanzlei Stahl & Co. besorgen können. Dann hätten sie den Namen des Anwalts und bei einer Durchsuchung würden sie mit etwas Glück eine Rechnung über das Mittagessen mit Herrn Kofler finden. So was ließ sich ja schließlich als Ausgabe von der Steuer absetzen. Vielleicht konnten sie die Düsseldorfer Finanzverwaltung im Rahmen der Amtshilfe um eine Steuerprüfung bei der Kanzlei bitten? Dann würden sie keine schlafenden Hunde wecken. Aus der Rechnung würde der Name des Anwalts hervorgehen, der sie eingereicht hatte. Mit etwas Glück könnten sie ihn dann bei einer Befragung in Widersprüche verwickeln.
„Das ist alles prima, nur bringt es uns leider nicht auf die Spur von Frau Ortwein. Wie kamen Sie letzten Sommer mit den beiden anderen auf das Schiff?"
„Nach dem Essen war ich fast überzeugt. Aber so viel Geld wollte ich den beiden trotzdem nicht einfach in die Hand drücken. Vor allem, da es sich bei ihrer Expedition

im Endeffekt um einen Bootstrip auf der Ostsee handelte. Meine Frau und ich hatten nach einem Streit beschlossen, getrennt in den Urlaub zu fahren. Da kam mir ein Männer-Trip mit Dieter und Bernd mehr als gelegen. Wir sind zusammen nach Rostock gefahren, wo ich die Chartergebühr für eine Segeljacht bezahlte. Dieter hatte als Einziger den Segelschein und steuerte über das Meer zielstrebig einen Punkt an der schwedischen Küste an. Ich war seekrank und habe von der Fahrt nicht viel mitbekommen. Wir waren mehrere Tage unterwegs, ehe wir bei Einbruch der Dunkelheit im Schutz einer winzigen Felsinsel ankerten. In aller Frühe machten Dieter und Bernd sich dann mit einem Schlauchboot und ihrer Tauchausrüstung auf den Weg. Nach etwa zwei Stunden kamen sie zurück. Wir setzten Segel und kreuzten tagsüber auf dem Meer, um bei Einbruch der Dunkelheit das Spiel zu wiederholen. So ging es drei Tage, dann kamen die beiden ganz aufgedreht zurück. Sie hatten das Wrack gefunden und es befand sich in relativ gutem Zustand. Wir setzten erneut Segel, diesmal mit Kurs auf Rostock. Unter Deck zeigte mir Dieter dann Bilder des Wracks."

Trotz seiner Kooperation weigerte Anita sich, Dr. Hahn zu seiner eigenen Sicherheit in Haft zu nehmen. Roland bat sie um ein Gespräch unter vier Augen.

„Willst du ihn wirklich nach Hause schicken?"

„Nein, nicht nach Hause. Er kann gehen, wohin er will. Aber es gibt keinen Grund, ihn festzunehmen. Als Kronzeuge kommt er nicht infrage und es liegt nichts gegen ihn vor."

„Was ist, wenn wir morgen ihn als drittes Opfer haben?"

„Du übertreibst! Es gibt keinen konkreten Hinweis, dass jemand ihm was antun will. Ich glaube, er hat uns längst nicht alles gesagt, was er weiß. Seine Villa ist gut gegen Einbruch gesichert und besitzt eine Alarmanlage. Lass ihn noch eine Nacht zu Hause zittern, dann erzählt er uns alles."

Roland konnte seine Chefin nicht umstimmen. Aber ihm passte ihre Entscheidung nicht. Er spürte, wie er seinen Job immer stärker zu hassen begann.

Nach einer unruhigen Nacht wurde Chris von Lasse geweckt. Er bat sie, zum Frühstück herunterzukommen. Sie hatte ihm nach der Episode im Schwimmbad offenbart, wofür sie seine Hilfe brauchte und warum sie wirklich verfolgt wurde. Er hatte sauer reagiert, sich aber zumindest ihre Geschichte und ihr Angebot angehört. Statt mit ihr in Herberts bescheidene Hütte zurückzukehren, hatte er diverse Telefonate geführt und sie schließlich in ein imposantes Haus gebracht. Jetzt suchte sie in seinem Gesicht nach Anzeichen, wie er sich entschieden hatte. Seinem Pokerface war nichts zu entnehmen. Für die Morgentoilette nahm sie sich ausgiebig Zeit. Sie schminkte sich mit einer Sorgfalt, wie selten zuvor in ihrem Leben. Schließlich war heute ein entscheidender Tag und vielleicht half ihr Aussehen, die Entscheidung in die gewünschte Richtung zu lenken. Einigermaßen nervös stieg sie dann die Stufen hinab. Halb erwartete sie, als Überraschungsgast Sören, den Leiter der Polizeistation, am Frühstückstisch vorzufinden. Doch es war nur für zwei Personen gedeckt. Wortlos schenkte Lasse ihr Kaffee ein. Sie hielt die Spannung nicht mehr aus.
„Und? Wie hast du dich entschieden?“
Er ließ sie zappeln und schenkte auch sich erst in aller Ruhe Kaffee ein, eher er antwortete:
„Gestern hattest du in einem Punkt recht: So zufrieden bin ich mit meinem Leben nicht.“
„Du machst also mit?“
Er nickte. Freudige Erleichterung durchströmte sie. Sie sprang auf, wollte sich an seinen Hals werfen. Er bot ihr durch das Heben seiner Hand Einhalt.
„Ich habe allerdings ein paar Bedingungen!“, meinte er.
„Die wären?“

„Erstens: Wir machen halbe-halbe."
„Sechzig zu vierzig?"
„Vergiss es!"
„Okay, einverstanden. Was noch?"
„Du verrätst mir umgehend die richtigen Koordinaten."
Sie zögerte. Warum brauchte er die jetzt schon? Dieses Wissen war ihr einziger und letzter Trumpf. Ungern wollte sie den schon jetzt aus der Hand geben. Er seufzte.
„Hör zu, du musst dich entscheiden, ob du mir vertrauen willst oder nicht. Ohne Vertrauen geht die Sache nicht."
Vertrauen war noch nie ihre Stärke gewesen. Warum sollte sie ausgerechnet jetzt damit anfangen? Noch dazu, wo ein Millionenbetrag im Spiel war?
„Wann willst du mir sagen, wo das Wrack liegt?", fuhr er fort. „Wenn wir gemeinsam danach tauchen? Ich kann dich auch dann noch einfach am Wrack festbinden und jämmerlich ersaufen lassen."
Da hatte er nun auch wieder recht. Sie nannte ihm die korrekten Koordinaten. Er gab sie in seinen Laptop ein und sah sich den Kartenausschnitt genau an.
„Jetzt begreife ich auch, warum nie jemand das Wrack gefunden hat!", meinte er schließlich. „Bis in die Neunziger war die Gegend militärisches Sperrgebiet. Weil sich unter dem Schutz des Militärs die Natur so prächtig entwickelt hatte, ist es dann in ein Naturschutzgebiet umgewandelt worden. Dort ist Tauchen strengstens verboten. Nicht nur aus Naturschutzgründen, sondern auch weil dort nicht explodierte Sprengkörper im Meer ruhen."
„Mein Vater ist dort getaucht!"
„Ja, ja, dein Vater, der Held."
„So war es nicht gemeint."
„Doch, genau so war es gemeint! Ich habe auch nicht gesagt, dass es unmöglich ist, dort zu tauchen. Es bringt nur gewisse Komplikationen mit sich. Wenn ich als Bootsführer dort erwischt werde, ist mein Bootsführerschein weg.

Das kann ich mir aber nicht erlauben. Also musst du ein Boot chartern."
„Ich?"
„Du!"
„Geht das überhaupt? Ich meine, ich habe gar keinen Bootsführerschein."
„Kein Problem, ich weiß wo du einen Gefälschten bekommst."
„Das ist nicht dein Ernst!"
Seine unglaublich blauen Augen fingen ihren Blick ein.
„Das ist nicht nur mein Ernst, sondern eine meiner Bedingungen!"
Ihr Magen krampfte sich zusammen. Angst lähmte sie. Was sollte das? Wollte er gegenüber der Polizei keine Spuren hinterlassen und schickte deshalb sie vor, um ein Boot zu chartern? Wenn man sie beim verbotenen Tauchen im Naturschutzgebiet erwischte, wäre er so oder so dran. Wollte er sie umbringen und für den Fall, dass ihre Leiche gefunden wurde, nicht mit ihr in Verbindung gebracht werden?
„Ich muss Vanessa anrufen und sie fragen, wie es Helena geht!"
Sie griff nach ihrer Handtasche und wühlte darin nach ihrem Handy.
„Dein Handy habe ich an mich genommen", meinte er ruhig.
Chris sah auf. Tatsächlich, er hielt ihr Mobiltelefon in der Hand.
„Du darfst es nicht mehr benutzen. Solange auch nur der Akku drin ist, können deine Verfolger dich orten und vermutlich auch abhören. Vanessa und den Mädchen geht es gut. Ole hat sich in meinem Auftrag mit ihnen auf den Weg zur ersten Fähre nach Deutschland gemacht. Sie sind mittlerweile auf dem Meer in Richtung Süden unterwegs."
Sie schluckte. Kalte Angst griff nach ihr. Gab es noch einen Weg zurück? Oder war sie bereits zu weit gegangen?

Roland sah nach wie vor Dr. Hahn als einen Weg an, den Tätern auf die Spur zu kommen. Anita war anderer Ansicht und hatte eine Überwachung seines Hauses abgelehnt. So hatte sich Roland gezwungen gesehen, auf eigene Faust tätig zu werden. Er hatte ohnehin nichts vor und so parkte er in seinem Privatwagen vor Dr. Hahns Villa. Es wurde dunkel und die Stunden zogen sich hin, ohne dass etwas passierte. Roland dachte an seine schönsten Stunden mit Melek und schlief darüber ein. Das Heulen einer Alarmanlage ließ ihn aus dem Schlaf hochfahren. Der Alarm-Ton kam ebenso wie das rote Blinklicht von der Hahnschen Villa. Roland zog seine Pistole und wollte soeben aus dem Auto stürmen, als die Straße weiter runter ein Motor aufheulte und ein Wagen aus einer Parklücke schoss. Das mussten die Täter sein! Schnell drehte Roland den Zündschlüssel und nahm die Verfolgung auf. Die Täter waren anscheinend Profis. Sie achteten peinlich darauf, die Verkehrsregeln einzuhalten und nicht aufzufallen. So konnte Roland unauffällig zu ihnen aufschließen. Vor einer Ampel konnte er erkennen, dass zwei Personen im Auto vor ihm saßen. Er zückte sein Handy, um Verstärkung zu rufen. Sein Akku war leer. Das Handy gab kein Lebenszeichen von sich. Moment, er hatte doch einen Ersatz-Akku! Roland durchwühlte alle Taschen seiner Jacke und warf deren Inhalt auf den Beifahrersitz. Nichts, kein Akku war auffindbar. Unterdessen folgte er dem Wagen auf die A 8. Die Täter fuhren auf die Autobahn Richtung München. Was sollte er tun?
Hinter Günzburg verließ der Wagen die Autobahn. Roland folgte ihm. Nach wenigen Kilometern bog das Auto auf einen Wanderparkplatz ein. Es war fast ein Uhr nachts und so blieb Roland nichts anderes übrig, als am Parkplatz vorbeizufahren. Hinter der nächsten Kurve löschte er das Licht und hielt auf einem Kiesstreifen an. Er drehte sich um und blickte zurück. Durch die Bäume war das Licht des Wagens nicht zu sehen. Was hatten sie vor? Wollten sie den Rest der

Nacht hier schlafen? Oder wechselten sie nur den Fahrer? Aber wozu hier auf dem Wanderparkplatz? Roland griff sich vom Beifahrersitz seinen Dienstausweis, stopfte ihn nachlässig in die Außentasche seiner Lederjacke und stieg leise aus. Mit gezückter Waffe schlich er die Straße zurück. Der Parkplatz kam in Sicht. Im schwachen Licht einer dünnen Mondsichel konnte er dort ein Auto erkennen. Was sollte er tun? Vor seiner Auszeit hätte er keine Sekunde gezögert, die Fahrzeuginsassen alleine zu kontrollieren. Die in dieser Handlung liegende Gefahr hätte ihm einen Kick verschafft. Hierzu müsste er aber das Tier in sich wecken. Schon vor seiner Auszeit hatte er dieses nicht mehr nur geliebt, sondern manches Mal gehasst. Nach der Szene mit dem Historiker hatte er begonnen, sich vor seinem Tier zu fürchten. Hasste er es mittlerweile nicht, Polizist zu sein? Roland hatte es noch nie gemocht, den Anweisungen von Vorgesetzten folgen zu müssen. Er könnte jetzt sofort zu Melek in die Türkei und dort etwas ganz anderes machen. Das nächste Flugzeug von Stuttgart nach Bodrum flog um sechs Uhr fünfzehn. Eine Reisetasche mit dem Notwendigsten befand sich im Kofferraum.

Am Himmel herrschte prächtige Abendstimmung, als Chris und Lasse auf einem alten Segelboot Richtung offenes Meer schipperten. Die Tauchausrüstung war in der engen Kajüte verstaut. Die Jacht war nichts Besonderes, aber ihr Geld war knapp und Lasse war der Ansicht, dass es für ihre Zwecke reichte. Obwohl sie mit dem Auto noch den Großteil der Strecke zurückgelegt hatten, würden sie frühestens in dreißig Stunden ihr Ziel erreichen. Lasse hoffte, im ersten Licht des übernächsten Morgen unbemerkt in das Naturschutzgebiet eindringen zu können. Wenn sie schnell waren und das Wrack beim ersten Tauchgang fanden, würden sie schon wenige Minuten später das Naturschutzgebiet wieder verlassen können.

Lasse hatte Chris über ein neues Prepaid-Handy Ole anrufen lassen, der sie an Helena und Vanessa weiterreichte. Alle waren wohlauf. Vanessa war überglücklich mit Ole einige Tage im Appartement eines Freundes in Berlin zu verbringen. So murrte sie nicht allzu sehr, dass sie die beiden Mädchen an der Backe hatte. Chris erkannte, wie klug Lasse gehandelt hatte und beschloss, ihm zu vertrauen. Genaugenommen blieb ihr gar keine andere Wahl, als ihm zu vertrauen. So saß sie jetzt an Bord einer kleinen Jacht und segelte bei mäßigem Wind der glutrot im Meer versinkenden Sonne entgegen. Kurs hielt ein attraktiver Mann, in den sie verliebt war. Vor Kurzem hätte sie sich über eine solche Situation noch als totalen Kitsch lustig gemacht. Jetzt erschien es ihr genau richtig und sie genoss es in vollen Zügen. Wie herrlich es doch wäre, wenn ihr Leben so weiterginge! Vielleicht war er bereit, mit ihr fernab ihrer drögen Vergangenheit neu anzufangen? In ihrem geistigen Auge sah sie sich mit Lasse glücklich in einer riesigen Villa mit zwei schicken Cabrios vor der Tür. Sie war bereit, ihren Teil dazu beizutragen, dass es so weit kam. So rückte sie näher an ihn heran und legte ihre Hand auf seinen Schenkel.
„Meinst du, das Schiff kann eine Zeit lang ohne dich auskommen?“
„Das lässt sich einrichten. Geh ruhig vor, ich komme gleich nach.“
Er lächelte in einer Art, die heftiges Kribbeln in ihrem Schoß auslöste. So lag sie in freudiger Erwartung bereit, als er nach unten kam. Er gab sich größte Mühe, es ihr so schön wie möglich zu gestalten. Erschöpft und zufrieden döste sie an seiner starken Schulter ein. Als er sie sanft von sich herunter schob und sich erhob, erwachte sie. Während er sich möglichst leise ankleidete, hielt sie die Augen geschlossen und täuschte vor zu schlafen. Sie hatte das in ähnlichen Situationen schon viel zu oft gemacht. Aber sonst hatte sie es getan, um unerquicklichen Abschiedsszenen aus

dem Weg zu gehen. Jetzt wollte sie die Magie des Augenblicks nicht durch Worte stören. Ein seliges Lächeln umspielte ihre Lippen. Lasse stahl sich schließlich nicht aus ihrem Bett, weil er nicht neben ihr erwachen wollte, sondern um sie sicher durch die Nacht einer glänzenden Zukunft entgegen zu schippern. Einer Zukunft, die nur in ihren Träumen glänzte. In der Wirklichkeit wartete vielleicht die Polizei oder schlimmer noch, das Blei gedrungener Mörder auf sie.

Anita hatte sich entschieden, gemeinsam mit Peter die Befragung Herrn Schmidts von der Firma D-Security vorzunehmen. Sultan und Roland besaßen unbestritten ihre Qualitäten, preschten aber beide manchmal etwas unüberlegt los. Peter war hingegen sehr besonnen und quasi unprovozierbar. Zudem war er der Faktensicherste des ganzen Teams. Sie durften bei der Befragung keine Fehler machen und mussten unter allen Umständen vermeiden, dass Herr Schmidt hinterher mehr über Frau Ortwein und ihr Vorhaben wusste. Anita war sich sicher, dass sich die junge Frau auf Schatzsuche befand. Auf gewisse Art konnte sie das sogar verstehen. Keinerlei Verständnis brachte sie hingegen dafür auf, dass sie ihre Tochter auf dem mörderischen Trip dabei hatte. Insbesondere zum Schutz der Fünfjährigen lag Anita daran, aus Herrn Schmidt Informationen über den Standort des Wracks herauszuholen. Sie gab telefonisch Anweisung, ihn zu ihrem Büro bringen zu lassen. Kurz darauf trat ein südländisch wirkender Mann im eleganten Maßanzug ein. Anita gefiel die raubtierhafte Art, mit der er sich bewegte. Unwillkürlich musste sie an ihren Mann Bernhard denken, dessen Art sich zu bewegen, am ehesten mit einem Waschbären vergleichen ließe. Gegen ihren Willen schämte sie sich für ihre Ehe mit ihm. Ihr Gegenüber strahlte hingegen nicht nur Eleganz, sondern auch eine Gefährlichkeit aus, von der Anita noch nicht sagen konnte, ob sie nur ihrer weiblichen Seite galt. Auf jeden Fall war er sicher kein Schreibtisch-Hengst, der die anderen für sich springen ließ. Das machte ihn ihr über seine Attraktivität hinaus noch sympathisch. Sofort warnte ihre innere Stimme sie, sich von dieser Ähnlichkeit zwischen ihnen nicht einlullen zu lassen.

„Guten Tag, Frau Hauptkommissarin Schenk!", begrüßte Herr Schmidt sie akzentfrei und streckte ihr die Hand entgegen. Seine dunklen Augen blickten momentan freundlich, vermochten aber mit Gewissheit bedrohlich zu lodern.

„Guten Tag, Herr Schmidt, darf ich Ihnen meinen Kollegen, Kriminalmeister Lutz, vorstellen?"

Anita wies auf Peter, den die üppige Virilität seines Gegenübers offensichtlich einschüchterte. Als würde er dies nicht bemerken, begrüßte Herr Schmidt auch ihn freundlich und startete mit ihm einen kurzen Small Talk über den VfB. Anita verfolgte interessiert, wie Peter sich durch die gewährte Aufmerksamkeit offensichtlich entspannte, ehe sie die Männer aufforderte, Platz zu nehmen.

„Ihnen ist sicher die Diskrepanz zwischen meinem Namen und meinem Aussehen nicht entgangen", meinte Herr Schmidt mit einem leicht spöttischen Lächeln. „Falls es Sie beruhigt: Mein Vorname lautet Dimitri. Ich bin in Georgien aufgewachsen. Nach dem Zerfall der Sowjetunion wurde es dort allerdings ziemlich ungemütlich und meine Familie musste sich eine neue Heimat suchen. Die haben wir hier in Deutschland gefunden und dafür sind wir bis heute dankbar. Daher bin ich auch gerne bereit, den deutschen Behörden bei ihrer Arbeit zu helfen. Was kann ich für Sie tun?"

„Zunächst einmal könnten Sie sich mit der Aufzeichnung dieses Gesprächs einverstanden erklären."

„Selbstverständlich."

„Gut. Was genau ist Ihre Funktion bei D-Security?"

„Wie Sie am Telefon selbst sagten, bin ich Projektleiter."

Er lächelte unergründlich. Anita begriff, dass ein Katz-und-Maus-Spiel mit der Polizei durchaus seinen Reiz für ihn hatte.
„Welches Projekt leiten Sie?“
„Verschiedene.“
„Hier in Stuttgart?“
„Auch.“
„Um was geht es bei dem Stuttgarter Projekt?“
„Wie gesagt gibt es verschiedene Projekte, die mich hierher führen.“
„Wer sind Ihre Auftraggeber?“
„Tut mir leid, aber das fällt unter Geschäftsgeheimnisse.“
„Gilt das auch für Ihr schwedisches Projekt, dass Sie nach Stuttgart führt?“
Er zögerte kaum merklich.
„Ich weiß nicht, wovon Sie sprechen!“
„Schade! Wir haben hier einen Mann, der behauptet letztes Jahr vor der schwedischen Küste mit zwei Männern nach einem ganz bestimmten Wrack getaucht zu haben. Die beiden anderen sind tot und der Mann fühlt sich verfolgt und bedroht. Wenn Sie damit nichts zu tun haben, können Sie gerne wieder gehen.“
Anita erhob sich demonstrativ und auch Peter sprang sofort auf. Überrumpelt zögerte Herr Schmidt und blieb sitzen.
„Moment, nicht so schnell bitte!“, meinte er. „Wollen Sie sich nicht wieder setzen? Wie gesagt, bin ich aus Dankbarkeit gerne bereit, der Polizei meiner neuen Heimat zu helfen.“
Anita nahm wieder Platz.
„Gut, dann legen Sie los!“, erwiderte sie.
„Womit?“
„Sie sind doch der Ansicht, dass Sie uns helfen können! Dann werden Sie auch wissen, wie Sie es können.“
„Wir haben viele Leute im Einsatz und wir hören vieles. Wenn ich noch genauer wüsste, worum es geht, könnte ich leichter helfen. Wie heißt beispielsweise der Mann?“

„Da der Mann sich von Ihren Leuten bedroht und verfolgt fühlt, brauche ich Ihnen seinen Namen wohl nicht zu nennen.“
Dimitri Schmidt überlegte. Er hatte vorgehabt, der Kommissarin eine erhebliche Summe Geld anzubieten. Aufgrund ihres Anrufes hatte er sie als empfänglich dafür eingeschätzt. Warum auch nicht? Das Geschäft mit dem Tod war ein Geschäft wie jedes andere. Nur sah die schwäbische Kommissarin es leider anders. Wie hatte ihm eine solche Fehleinschätzung unterlaufen können? Hatte sie bewusst mit einem Anschein von Bestechlichkeit gespielt, um ihn in eine Falle zu locken? Er fluchte, da er ihr allein durch sein Erscheinen so manches verriet. Aber dann wurde ihm klar, dass auch sein Gegenüber etwas äußerst Relevantes preisgegeben hatte und er entspannte sich.
„Ich weiß wirklich nicht, von wem Sie reden!“, erwiderte er cool. „Aber wenn meine Hilfe hier nicht erwünscht ist, gehe ich am besten wieder.“
Er erhob sich und verabschiedete sich höflich. Als die Kriminalisten unter sich waren, meinte Peter nüchtern:
„Viel haben wir von ihm nicht gerade erfahren.“
„Stimmt, aber ich bin mir sicher, dass er die Position des Wracks nicht kennt. Frau Ortwein hat sich also nicht auf den Weg zum Wrack gemacht, sondern ist schlicht und einfach mit ihrer Tochter untergetaucht. Wir brauchen uns nicht weiter um die beiden zu sorgen, sondern können uns ganz darauf konzentrieren, die Bösen festzunageln.“
„Lass mich raten: Du hast ihn auf Dr. Hahns Fährte gesetzt. Wir überwachen ihn. Wenn sie sich an ihn ranmachen, nehmen wir sie fest.“
„Exakt! Bis jetzt können sie sich mit Zufall rausreden. Sie haben zufällig vor seinem Haus geparkt, sind zufällig die gleichen Straßen wie er lang gefahren ... Sobald sie ihn entführen und bedrohen, haben wir sie.“
Es klopfte vorsichtig. Sultan steckte erst den Kopf herein,

trat dann leise ein, ohne die anderen zu unterbrechen. So fuhr Peter fort:
„Du willst sie Dr. Hahn entführen und bedrohen lassen?"
„Klar! Sie müssen eine Straftat begehen, ehe wir sie festnehmen. Ich habe keine Lust, Hunderte Stunden unserer Arbeitszeit für nichts und wieder nichts einzusetzen. Wir schützen den feinen Herrn Doktor, setzen dabei die Kollegen und uns dem Risiko aus, in eine Schießerei verwickelt zu werden und wofür? Damit der Doktor schlafen kann und wir die Bösen ohne Verurteilung wieder laufen lassen müssen? Ohne mich! Er hat sich mit Kriminellen eingelassen, dann soll er jetzt auch die Folgen seines Tuns tragen. Sie sollen ihn entführen, wir folgen und lassen ihn vom SEK befreien."
Peter schluckte schwer. Seine Chefin konnte ganz schön kaltschnäuzig und hart sein. Sie war bereit, für ihren Erfolg das Leben eines Menschen aufs Spiel zu setzen.
„Was ist, wenn sie uns abschütteln?"
„Du kannst ihm ja stecken, er soll sich auf seine Kosten von einer Privatfirma einen winzigen Peilsender einoperieren lassen. Dann haben wir es leichter, ihn nicht zu verlieren. Die werden ihn schon nicht gleich umbringen, schließlich wollen sie Informationen von ihm haben. "
„Brauchen wir ihn nicht als Zeugen? Schließlich kann nur er den Anwalt, mit dem Herr Kofler über den Kauf des Bernsteinzimmers verhandelte, identifizieren?"
„Das ist zwar richtig, aber diese Aussage allein ist nichts wert. Dr. Hahn kann nur bezeugen, dass die beiden sich an einem bestimmten Datum getroffen haben. Er hat nichts von ihrer Unterhaltung mitgehört. Wir müssen noch weitere Beweise finden. Hoffen wir, dass der Richter die Telefonüberwachung von Herrn Dimitri Schmidt genehmigt. Vielleicht erhalten wir dann sogar vorab Hinweise, was sie wann mit Dr. Hahn vorhaben."
„Die waren schneller, als du denkst, Anita!", mischte sich Sultan jetzt ein. „Draußen sitzt ein aufgeregter Dr. Hahn.

Heute Nacht hat jemand versucht, bei ihm einzubrechen."
Anita überlegte. Konnte das Zufall sein? Eher unwahrscheinlich.
„Noch etwas", fuhr Sultan fort. „Es ist fast Mittag und Roland ist weder aufgetaucht, noch hat er sich gemeldet. Ich habe vergeblich versucht, ihn auf seinem Handy oder über Festnetz zu erreichen."
„Roland?" Anita wurde unbehaglich. Sie hatte sich die vergangenen Tage Sorgen um ihn gemacht. War ihm etwas zugestoßen? Hatte er sich selbst etwas angetan?

Dimitri grübelte in seinem Wagen, was die Polizei schon herausgefunden hatte. Wussten sie schon genug, um der Sache oder gar ihm persönlich auf die Spur zu kommen? Er war sich nicht sicher. Es ärgerte ihn, dass er diese Kriminalkommissarin Anita Schenk nicht einschätzen konnte. Vielleicht war es in diesem Fall doch das Beste, den obersten Boss zu informieren. Da er einmal getroffene Entscheidungen nicht vor sich herschob, ließ er sein Handy unverzüglich Herrn Stahls Nummer wählen.
„Ja?"
„Es gibt möglicherweise Probleme."
„Welcher Art?"
„Die Kriminalpolizei verfolgt bei einem Geschäft in Stuttgart Spuren, die zu uns führen."
„Worum geht es bei diesem Geschäft genau?"
„Das fragen Sie besser Ihren Sohn. Ich bin einzig dazu da, konkrete Probleme zu lösen. Es könnte allerdings sein, dass sich diese Probleme nicht in vollem Umfang lösen lassen."
„Okay Dimitri, ich habe verstanden. Danke für die Warnung."
Nachdenklich beendete Herr Alfred Stahl, Senior-Partner der Kanzlei Stahl & Co., das Telefonat. Ihm behagte die Sache nicht. Seine einzige Schwäche in geschäftlichen Dingen bestand aus der fehlenden Härte und Konsequenz

seinem einzigen Sohn gegenüber. Hannes spielte nicht mit offenen Karten und setzte ihn dadurch einem unkalkulierbaren Risiko aus. Er hasste das! Um sein Lebenswerk, die Kanzlei, nicht zu gefährden, würde er jeden anderen auf Dimitris Warnung hin hochkant rauswerfen. Bei seinem einzigen Sohn brachte er dies nicht übers Herz. Wurde er zu alt für diese Art von Geschäften? Sollte er sich zurückziehen und der jüngeren Generation das Feld überlassen? Nein, das konnte er nicht. Er musste sein Bestes geben, um Hannes vor dem Schlimmsten zu bewahren.

Fern im Osten ging die Farbe des Himmels von Schwarz in Blau über und verblassten die ersten Sterne. Lasse schaltete ihre Positionslichter und das Transponder-Signal aus. Ab jetzt waren sie nur noch für in der Nähe befindliche Schiffe über das Radar auszumachen. Unter Segel drangen sie fast lautlos in das Naturschutzgebiet ein. Die gesuchte Stelle befand sich fast am Rande des Naturschutzgebiets, durch ein paar kleine, vorgelagerte Inselchen teilweise gegenüber dem offenen Meer geschützt. Lasse hoffte daher durchaus berechtigt, dass sie unentdeckt bleiben würden.
„Zieh dich schon mal um!“, meinte er.
„Okay!“, antwortete Chris knapp und ging nach unten.
Es stellte sich als mühevoll heraus, in der knapp bemessenen Kajüte und bei dem sanft schwankenden Schiff in den engen Taucheranzug zu schlüpfen. Aber sie war fiebrig erregt und voller Energie. So nahm sie wenige Minuten später wieder neben ihm Platz. Er selbst hatte seinen Anzug schon angelegt.
„Wir sind fast da. Erkennst du die Felsformation von den Fotos deines Vaters wieder?“

Sie sah sich um.
„Nein, tut mir leid!"
In der Hand hielt sie ein geknicktes Foto. Ihr Vater hatte von seinem Schlauchboot aus den Felsen fotografiert, vor dem die Trevlik Fee in vierundzwanzig Meter Tiefe liegen sollte. Eine gefühlte Unendlichkeit verging, ehe Chris aufgeregt rief:
„Da! Das ist der Felsen!"
Sie hielt ihm das Foto vor die Nase und wies mit dem Finger auf einen Felsen. Er verglich die Realität gründlich mit dem Abbild, ehe er betont gelassen antwortete:
„Du hast recht, das ist er."
Er holte das Segel ein und drehte bei. Direkt vor dem Felsen ankerten sie. Chris setzte sich auf das Heck und ließ die Beine mit den Flossen über Bord baumeln. Lasse stellte die Pressluftflasche hinter ihr ab, half ihr in die Tarierweste und schloss die Gurte. Sie fühlte sich an die Szene im Schwimmbad erinnert. Panik überkam sie. Konnte sie ihm wirklich trauen? Oder würde er sie, ans Wrack gebunden, jämmerlich ersaufen lassen? Hatte er ihr nicht etwas Derartiges angekündigt? Panik überkam sie.
„Kannst du nicht alleine nachschauen?", fragte sie.
„Man soll immer zu zweit tauchen, alleine ist zu gefährlich."
„Aber ich bin da unten eher eine Last, als eine Hilfe für dich."
„Du hast deine Sache im Pool prima gemacht. Es geht hier einfach nur nach unten, und falls ich Probleme mit meinem Lungenautomaten bekomme, können wir gemeinsam mit deiner Flasche wieder hoch tauchen. Du musst mit!"
Ihr Herz pochte wild, als sie sich einen Ruck gab und ins Wasser sprang. Beide machten das Okay-Zeichen und tauchten nebeneinander zum Grund hinab.
Keine zehn Minuten später näherte sich ein Helikopter dem Segelboot. Etwa fünfzig Meter über der Jacht stoppte

er. Zwei Seile baumelten heraus und wenig später ließen sich zwei schwarz vermummte Gestalten geübt herab. Dimitri und Leon waren kaum an Bord, als der Helikopter schon weiterflog. Sollten die Taucher den Helikopter gehört haben, würden sie ihn für die Küstenwache halten, die kurz eine ankernde Jacht inspiziert hatte. Dimitri und Leon prüften ihre Waffen, ehe sie sich in der Kabine verbargen. Arglos würden die Taucher in spätestens einer Stunde zurück an Bord kommen, ohne das Geringste von der tödlichen Falle zu ahnen.

Zur gleichen Zeit besprach sich im fernen Stuttgart Dezernatsleiterin Anita Schenk mit ihren engsten Vertrauten Sultan und Peter. Die Stimmung war angespannt. Sie eröffnete die Runde:
„Unsere Überwachung von Dr. Hahn hat leider nichts ergeben. Niemand hat versucht Kontakt mit ihm aufzunehmen, ihn zu entführen oder sich sonst in irgendeiner Form für ihn interessiert. Dieser Dimitri Schmidt ist unmittelbar im Anschluss an unser Gespräch nach Brüssel geflogen und für uns nicht mehr erreichbar. Frau Ortwein ist samt ihrer Tochter wie vom Erdboden verschluckt. Wir stecken fest, zumindest was diese Spur angeht. Erfreulicher sieht es im Hinblick auf die Düsseldorfer Anwaltskanzlei aus. Peter, magst du selbst berichten?"
„Gerne. Es kommen insgesamt dreiundzwanzig männliche Anwälte infrage, die sich zumindest theoretisch letztes Jahr mit dem ermordeten Dieter Kofler getroffen haben könnten. Die Herrschaften sind wirklich sehr diskret, um nicht zu sagen öffentlichkeitsscheu. Daher war es mühseliger, als zunächst gedacht, einigermaßen aktuelle Bilder von allen zu bekommen. Aber jetzt bin ich so weit. Herr Dr. Hahn wartet bereits draußen, um anhand der Bilder den Gesuchten zu identifizieren."
„Gut!", nahm Anita wieder das Gespräch in die Hand.

„Sultan, hat die Anfrage beim Bootsvermieter in Rostock etwas ergeben?“
„Leider nicht. Die Kollegen von der Rostocker Kripo sind extra mit Bildern der drei Männer persönlich dort vorbei. Sie können nur bestätigen, dass Dr. Hahn letzten Sommer tatsächlich für zwei Wochen eine Segeljacht gechartert hatte und ein Dieter Kofler als verantwortlicher Bootsführer eingetragen ist. Insoweit sind Herrn Dr. Hahns Angaben bestätigt. Leider weiß aber der Bootsverleih nichts über die gesegelte Route.“
„Schade, das wäre auch zu schön gewesen. Übrigens noch etwas: Roland hat sich für Melek und eine Zukunft in der Türkei entschieden. Er hat mir heute in aller Frühe von seinem privaten Account aus eine E-Mail gesendet, die quasi seine fristlose Kündigung beinhaltet.“ Sie seufzte. „Das geht so eigentlich nicht, aber was sollen wir schon dagegen machen? Seine Dienstwaffe und seinen Dienstausweis liegen in seiner Wohnung im Safe. Das ist natürlich auch so ziemlich gegen alle Vorschriften. Die Nachbarin auf seinem Stockwerk, Frau Thomaier, hat einen Schlüssel für seine Wohnung. Bevor die Sachen noch abhandenkommen oder etwas mit ihnen passiert, sollten wir sie abholen. Sultan kannst du das bitte übernehmen?“
Sultan machte sich umgehend auf den Weg ins Stuttgarter Ostend. Im Auto überlegte sie sich, wie sehr sie Roland vermissen würde. Eigentlich hatten sie sich die meiste Zeit gestritten, hatte sie sich häufig von ihm blöd angemacht und provoziert gefühlt. War sie jemals mit ihm als Partner draußen unterwegs gewesen? Sie konnte sich an keinen Einsatz erinnern. Trotzdem kam sie zu dem Schluss, dass sie ihn stark vermissen würde, obwohl oder vielleicht auch gerade, weil Roland so ganz anders als sie selber war. Sultan fand fast direkt vor Rolands Haus einen Parkplatz und klingelte bei Frau Thomaier, die ihr öffnete. Im dritten Stock angelangt, wartete die Nachbarin bereits in ihrer Tür

und reichte Sultan einen Schlüssel, während sie meinte: „Der Herr Kommissar Berger ist ja sonst ganz ein ruhiger. Aber heute Nacht, also …"
Sie brach ab und schüttelte den Kopf. Sultan stutzte und warf einen Blick auf Rolands Wohnungstür. Sie war nur angelehnt! Sie zog ihre Pistole und trat näher. Die Tür war gewaltsam aufgebrochen worden! Hastig schob sie Frau Thomaier in ihre Wohnung und rief über ihr Handy Verstärkung herbei. Keine fünfhundert Meter von der Wohnung entfernt befand sich ein Revier der Schutzpolizei. Wahrscheinlich weil es sich um eine in Gefahr befindliche Kollegin handelte, hörte Sultan keine Minute nach dem Ende ihres Telefonats mehrere Martinshörner aufheulen. Sie blickte gespannt durch einen Spalt von Frau Thomaiers Wohnungstür nach draußen. Die Martinshörner kamen rasend schnell näher und schon hörte sie die Autos vor dem Haus eintreffen. In der Wohnung nebenan rührte sich nichts. Mit Schutzwesten und automatischen Waffen ausgestattete Kollegen kamen die Treppe hinauf. Sultan gab ihnen Zeichen, dass alles in Ordnung sei. Mit wild pochendem Herz positionierte sie sich mit drei von ihnen vor Rolands Wohnung. Auf ihr Zeichen stürmten sie hinein. Zimmer für Zimmer arbeiteten sie sich vor. Überall herrschte Chaos. Sultan zückte ihr Handy und rief Anita an, die schon vom Einsatzleiter des Reviers informiert worden war.
„Und?", fragte sie angespannt.
„Von Roland ist nichts zu sehen."
„Gott sei dank!"
„Von seiner Waffe und seinem Dienstausweis leider auch nicht."

Dimitri besaß eiserne Nerven. Sie waren eine notwendige Voraussetzung für seinen Job. Jetzt stieg seine Anspannung von Minute zu Minute. Die Taucher müssten schon längst zurück sein. Wo blieben sie? Ihm hatte der ganze Auftrag

von Anfang an nicht behagt. Es gab bei dieser Unternehmung für seinen Geschmack zu viele unbekannte Größen, die das Risiko unkalkulierbar machten. Gut, die Bezahlung war auch höher als sonst, aber trotzdem! In diesem Augenblick meldete sich sein Auftraggeber über Funk:
„Sind die Taucher endlich zurück?"
„Nein, Herr Stahl."
„Wo bleiben sie?"
„Keine Ahnung, aber nach zwei Stunden muss die Luft in ihren Pressluftflaschen längst aus sein."
„Steigen in der Nähe des Boots noch Luftblasen auf?"
„Augenblick."
Dimitri ging nach oben und musterte die Umgebung des Bootes gründlich, ehe er meinte:
„Keine Luftblasen zu sehen."
„Was ist Ihrer Meinung nach passiert?"
„Wahrscheinlich sind die beiden in das Wrack eingedrungen und dort nicht wieder heraus gekommen. Ihre Taucher werden bei der Bergung der Ladung auf zwei frische Leichen stoßen. Oder sie haben doch Wind von unserer Anwesenheit bekommen und sind unter Wasser davon geschwommen. Dann müssen sie nicht allzu weit entfernt an Land gegangen sein. Das halte ich jedoch für eher unwahrscheinlich."
„Sie haben doch Leute an Land positioniert. Haben die nichts bemerkt?"
„Nein, sonst hätten sie sich längst gemeldet."
„Fragen Sie zur Sicherheit nach! Wir besprechen hier so lange unser weiteres Vorgehen."
Dimitri stellte eine entsprechende Frage an alle. Reihum meldeten seine Männer, dass alles ruhig sei. Er hatte es nicht anders erwartet. Die beiden Taucher mussten ertrunken sein. Er hatte beide Richtungen die Küste entlang Wachen in zwei Kilometer Entfernung positioniert und einen dritten Mann auf einem erhöhten Punkt weiter im Landesinneren. Dieser konnte seinen Angaben zufolge seine beiden

Kollegen und den Küstenabschnitt zwischen ihnen komplett überwachen. Dimitri hatte die Männer in erster Linie positioniert, um nicht von Naturpark-Rangern oder Wanderern überrascht zu werden. Aber sie hätten auch die Taucher beim Ausstieg aus dem Wasser sehen müssen. Und die beiden konnten unmöglich mehrere Kilometer unter Wasser mit nur einer Pressluftflasche geschwommen sein. Es gab hier keine nennenswerte Strömung und die Frau war untrainiert. Sie waren ertrunken.

„Nichts von den beiden zu sehen, Herr Stahl!“, meldete Dimitri an das Basis-Schiff.

„Okay, machen Sie alles für die Versenkung des Schiffes bereit. Ein Schlauchboot kommt und liest sie auf.“

Dimitri machte Leon ein Zeichen, woraufhin dieser eine Haft-Mine unterhalb der Wasserlinie des Bootes anbrachte. Das Schiff zu versenken gehörte zu ihrem Plan. Eigentlich sollten sich in seiner Kajüte zwei Leichen befinden. Jetzt waren diese halt in einem anderen Schiff auf dem Grund des Meeres. Das lief aufs Selbe hinaus.

Ein Schlauchboot näherte sich in rasender Fahrt. Es drehte bei, Dimitri und Leon stiegen um. Der Fahrer gab Gas. Leon wartete eine Minute, ehe er per Fernbedienung die Mine zündete. Es gab einen dumpfen Knall, das Segelboot erzitterte, und begann fast augenblicklich zu sinken.

Auf dem Weg zum Basis-Schiff Sunrise Explorer kamen ihnen die Boote mit den Tauchern entgegen. Dimitri nickte den Männern zu. Es waren nicht seine Leute, aber er kannte die meisten von ihnen von früheren Aufträgen her und hatte Respekt vor ihnen. Wer außer ihnen würde es schaffen, die Ladung des Wracks zu bergen, ehe staatliche Stellen auf ihr Treiben aufmerksam wurden? Er war mit seinen Leuten für die Sicherheit der Unternehmung zuständig. Sollten Privatleute das Pech haben, sich hierher zu verirren, würden sie sich darum kümmern. Schließlich verschwanden immer wieder Schiffe auf See oder Wanderer in der Natur.

Im *Dezernat 7* herrschte helle Aufregung. Kommissar Roland Berger, einer der ihren, war verschwunden und dabei vermutlich Opfer eines Gewaltverbrechens geworden. Anita hatte sich unverzüglich in seine Wohnung begeben, um sich einen persönlichen Eindruck zu verschaffen. Die Spurensicherung der Kriminaltechnik war schon an der Arbeit. Anita grüßte die Kollegen:
„Hallo, lasst euch nicht stören, ich will mir nur selbst einen Eindruck verschaffen."
„Kein Problem, Frau Hauptkommissarin. Sie können sich sicher sein, dass wir unser Bestes geben."
„Danke! Schon was Interessantes gefunden?"
„Eine Kugel im Fuß des Schrankes da drüben. Wir sind allerdings nicht sicher, ob sie von letzter Nacht stammt."
Anita erinnerte sich an den Morgen von Rolands ersten Arbeitstag nach seiner Auszeit und meinte:
„Nein, die stammt nicht von letzter Nacht. Ich war dabei, als sich ein Schuss aus Rolands Pistole löste und dort in den Schrank eindrang."
Die Kriminaltechnikerin sah die Kommissarin nachdenklich an. Schließlich meinte sie:
„Sollen wir die Kugel ins Labor geben?"
Anita antwortete nicht sofort. Sie wusste genau, was ihr die Technikerin anbot. Die Waffe eines Kollegen war abhandenkommen, was für diesen zu massiven Problemen führen konnte, wenn beispielsweise jemand mit dieser Waffe erschossen wurde. Gab man das Projektil aus Rolands Waffe jetzt ins Labor, würde ihr individuelles Profil akribisch erfasst und zukünftig bei jeder Straftat mit abgeglichen werden.
„Wir arbeiten hier so korrekt, wie in allen anderen Fällen. Also geben Sie das Projektil bitte ins Labor. Da sie nicht von letzter Nacht stammt, können Sie sich mit der Untersuchung aber ruhig Zeit lassen."
„Okay."

Anita besah sich den Waffensafe genauer. Safe war ein hochtrabender Ausdruck. Es handelte sich eher um einen kleinen Blechschrank, der vermutlich mit einem gewöhnlichen Stemmeisen aufgebrochen worden war.
„Sagen Sie, wo ist eigentlich euer Boss?", fragte sie die Technikerin.
„Herr Campos wird gleich eintreffen!", verteidigte die junge Beamtin ihren Vorgesetzten unter leichtem Erröten.
Anita runzelte die Stirn. Sie fand es äußerst ungewöhnlich, dass Karl-Heinz Campos nicht gleich mit ausgerückt war, und fragte daher nach:
„Was hat er gerade so Wichtiges zu tun?"
„Ich weiß es nicht genau. Aber ich glaube, es hängt mit dem Mord im Eulenrain zusammen. Er musste unbedingt noch Telefonate mit Italien führen. Er wollte dann unverzüglich nachkommen."
Italien? Es gab bisher keine Spur, die nach Italien führte. Egal, jetzt galt es zunächst, sich auf Roland zu konzentrieren. Sie sah sich in seiner Wohnung um. Der Inhalt von Schränken und Schubladen war achtlos auf den Boden geworfen worden. Die Wohnung vermittelte den Eindruck, als habe jemand mit extrem wenig Zeit etwas gesucht. Aber was mochte es sein? Roland hatte ihres Wissens keine mit den Morden zusammenhängenden Unterlagen mit zu sich genommen. Wer mochte hinter ihm her gewesen sein und vor allem warum? Sie merkte, wie ihre Angst um ihren Kollegen ihr Denkvermögen zu beeinträchtigen begann. Das durfte sie nicht zulassen. Sie atmete einige Male tief durch und sah durch ein Fenster über die Dachlandschaft des Stuttgarter Ostens hinweg auf den Gaskessel und die Grabkapelle auf dem Württemberg. Hatte Roland sich auf was Krummes eingelassen, vielleicht um sich Startkapital für sein Leben in der Türkei zu verschaffen? Immerhin schien es in diesem Fall um große Summen Geld zu gehen. Aber wo hätte Roland auf etwas Entscheidendes stoßen

können? Sie waren fast immer zu zweit unterwegs und .... Moment! Es gab eine Ausnahme: den Historiker, der im Auftrag von Dieter Kofler nach Hinweisen auf das legendäre Bernsteinzimmer geforscht hatte! Wie hieß er noch mal? Genau, Herr Richter! Hatte Roland von ihm etwas bekommen und es für sich behalten?

„Anita?", zögernd trat Sultan neben sie.

„Ja."

„Was hältst du von der Wohnung?"

Anita glaubte, nicht richtig zu hören.

„Willst du sie etwa übernehmen?", fragte sie gereizt.

„Wieso übernehmen?", fragte Sultan verblüfft.

Die beiden Kriminalistinnen sahen einander an, bis Sultan begriff:

„Ach so, nein, ich meine nicht die Wohnung selbst! Ich meine, was du von der Unordnung hier hältst ... also, exakt meine ich: Hat deiner Meinung nach hier wirklich jemand nach etwas gesucht oder wollte jemand es nur so aussehen lassen, als habe er nach was gesucht?"

„Wie kommst du darauf?"

„Mich ..."

Anitas Handy klingelte und Sultan brach ab. Geduldig wartete sie, bis ihre Vorgesetzte das Telefonat beendet hatte.

„Es war Peter", informierte Anita ihre Kollegin. „Dr. Hahn hat anhand der Fotos eindeutig Herrn Hannes Stahl, den Sohn des Chefs, als den Anwalt identifiziert, der die Verhandlungen mit Herrn Kofler geführt hat."

„Was weiß man über ihn?"

„Peter hat bei den Düsseldorfer Kollegen nachgefragt. Sie meinen, dass der Junior seinem Vater etwas beweisen muss. Er gilt als noch skrupelloser, härter und krimineller, als sein Vater. Angeblich hat er eigenhändig eine junge Frau nach einer Zurückweisung zu Tode gefoltert. Das konnte man ihm natürlich nie nachweisen. Junior scheint jedenfalls bereit, sich höchstpersönlich die Finger schmutzig zu machen.

Er ist ein Adrenalin-Junkie mit einer ausgeprägten sadistischen Ader. Oder ein Söhnchen, das alles tut, um aus dem Schatten des Vaters zu treten. Aber, was wolltest du gerade über Rolands Wohnung sagen?"

„Mir fällt nur auf, dass einerseits selbst kleine Schubladen ausgeleert wurden. Das sieht so aus, als habe jemand etwas Kleines gesucht. Andererseits stehen der Ledersessel und der bauchige Übertopf samt Palme daneben unverrückt an ihren Plätzen. Auch die umfangreiche Platten- und CD-Sammlung hat niemand angerührt. Entweder war jemand furchtbar schlampig bei seiner Suche, oder er will uns hier ganz bewusst auf eine falsche Spur locken."

Anita sah sich mit neuer Aufmerksamkeit um. Sie hatte schon zahlreiche durchwühlte Wohnungen betreten, in denen alles von links nach rechts und von oben nach unten gekippt worden war. Das war hier ganz eindeutig nicht der Fall! Entweder hatte jemand vorher das Gesuchte gefunden oder ...

„Roland! Er hat das Chaos selbst gemacht und es dabei nicht übers Herz gebracht, seine heilige Plattensammlung durcheinanderzubringen und seinen geliebten Ledersessel umzustoßen. Aber warum zum Teufel hat er es getan?"

In diesem Augenblick stürmte ein aufgeregt wirkender Karl-Heinz Campos herein.

„Anita, du wirst kaum glauben, was ich soeben herausgefunden habe. Der ermordete Dieter Kofler war ein Auftragskiller im Dienste der internationalen Kunst-Raub-Mafia!"

Dimitri war zufrieden. Die Bergung verlief hervorragend. In nur zwei Tagen hatten die Taucher den Großteil der Ladung nach oben gebracht, ohne auch nur eine der alten Holzkisten zu beschädigen. An Bord wurden die Kisten in großen Tanks mit Meerwasser verstaut, um jedes Risiko einer Beschädigung ihres Inhalts mit kunsthistorisch legendärer Bedeutung auszuschalten. Dimitri hätte zumindest eine einzige Kiste geöffnet, um ganz sicher zu gehen, dass sie hier auch das Richtige bargen, aber Herr Dr. Stahl hatte dies strikt untersagt. Jeder kleinste Schaden würde den Wert ihres Schatzes um Millionen reduzieren und das ließ er nicht zu. Die Kisten würden erst, wenn sie sich in Sicherheit befänden, mit aller notwendigen Sorgfalt von Spezialisten geöffnet werden! Nun, Dimitri war das eigentlich egal. Morgen würden sie seiner Einschätzung nach die Arbeit abschließen. Der schwedische Küstenschutz oder sonstige staatliche Stellen hatten sich bisher nicht für sie interessiert. Das war gut so, denn mit der verbotenen Ladung an Bord der Sunrise Explorer war der Aufenthalt in schwedischen Hoheitsgewässern nicht ganz frei von Risiko. Allerdings war das Risiko überschaubar. Sobald auf dem Radar ein Schiff auftauchte, das Kurs auf sie nahm, würde der Helikopter aufsteigen und ihm entgegenfliegen. Sollte es sich um die Küstenwache handeln, würde der Kapitän sofort Kurs auf internationale Gewässer nehmen. Mit Worten würden sie die Schweden hinhalten, bis sie außerhalb des Hoheitsgebiets waren. Bei Bedarf würde Dimitri auch ein paar Schwerbewaffnete an Deck auftauchen lassen. Die Schweden waren vernünftige Leute und würden kein unnötiges Risiko eingehen. Schließlich, was sollte ein kleines Küstenwachschiff schon gegen sie ausrichten? So begab er sich zu Bett und schlief augenblicklich ein.

Anita war mit ihrem Kernteam unverzüglich ins Präsidium zurückgefahren und hatte Karl-Heinz Campos gebeten, sie zu begleiten.

„Jetzt berichte bitte ausführlich und in aller Ruhe, was du herausgefunden hast."

„Also, wir gehen bei dem Mord im Eulenrain davon aus, dass es sich bei dem aufgefundenen Toten um den Hausherrn Dieter Kofler handelt. Es gab und gibt keine Hin-

weise, die auf etwas anderes hindeuten. Da die Leiche weitgehend verbrannt ist und zugleich ihr Gebiss durch austretende Projektile zerstört wurde, ist eine eindeutige Identifizierung des Toten nicht so einfach. Wir stellten daher im Badezimmer des Hauses eine Zahnbürste und einen Kamm sicher, um die DNA abzugleichen. Wie ihr wisst, ist unser DNA-Labor immer gut ausgelastet. Es gab keinen Grund, den Auftrag mit hoher Priorität zu versehen und so erhielt ich erst heute Morgen das Ergebnis. Wie erwartet, stimmt die DNA überein. Wir können daher davon ausgehen, dass es sich beim Mordopfer um den Hausherrn handelt. Wie üblich wurde die DNA in die zentrale Datenbank aufgenommen und zu meiner Überraschung gab es hierbei einen Treffer. Die DNA existierte in der Datenbank bereits, wenngleich ohne Namen. Sie wird von unseren italienischen Kollegen dem Hauptverdächtigen in einem ungeklärten Mordfall zugeordnet."
„Das kann doch gar nicht sein!", entfuhr es Anita. „Nach allem, was wir bisher über Dieter Kofler ermittelt haben, kann ich ihn mir nicht als Mafia-Killer vorstellen."
„Vielleicht hat er ja eine perfekte Tarnung entwickelt?", meinte Sultan.
„Mag schon sein. Ich kann es mir trotzdem nicht vorstellen. Was hast du über die Tat in Italien herausgefunden?"
„Sergio Bocconcello, ein Industrieller, wurde vor gut zwei Jahren in seiner Turiner Villa erschossen."
„Gibt es Übereinstimmungen mit dem Mord an Dieter Kofler?"
„Ja und nein. Es wurde eine Waffe des gleichen Kalibers verwendet und es wurden ebenfalls zwei Schüsse aus nächster Nähe in seinen Schädel gefeuert. Allerdings schoss der Täter in Turin zweimal von vorne in der Schläfenregion in die Stirn und die Munition war nicht angefeilt. Außerdem wurden bei Herrn Bocconcello zusätzlich zwei Schüsse in die Brust abgefeuert. Es könnte sich um denselben Täter

handeln, der seine Methodik weiterentwickelt hat. Mittlerweile feilt er seine Munition vorher an. So richtet sie im Kopf des Opfers mit absoluter Sicherheit so viel Schaden an, dass er sich die beiden anderen Schüsse sparen kann. Außerdem werden hierdurch die Projektile derart massiv verformt, dass sie kaum noch einer Waffe zuzuordnen sind, was uns die Arbeit enorm erschwert."

„Wo wurde Koflers DNA gefunden?"

„Der Turiner Killer scheint sein Opfer beim Fernsehen überrascht zu haben. Herr Bocconcello saß, mit einem Glas Wein und einem Teller Käsehäppchen neben sich, im Sessel, als der Killer ihn hinrichtete. Die ermittelnden Beamten wunderten sich, dass von zwei unterschiedlichen Stückchen desselben Käses abgebissen worden war, und gaben eine DNA-Untersuchung in Auftrag. Die ergab, dass der Killer nach vollbrachter Tat aus dem Glas seines Opfers Wein getrunken und von dessen Käse abgebissen haben muss."

Bei den erfahrenen Kriminalisten kochten Abscheu und Zorn ob des zynischen Verhaltens des Killers auf.

„Was weiß man über die Hintergründe des Mords?"

„Zunächst war die Tat ein völliges Rätsel. Aber nach und nach konnten die Kollegen die einzelnen Puzzle-Teilchen zusammensetzen. Ungefähr einen Monat vor der Tat hatten Nachbarn die Polizei gerufen, weil bei Abwesenheit des alleinstehenden Besitzers sich mehrere Personen im Haus aufhielten. Die Polizei schlug die Einbrecher in die Flucht und fand eine auf den Kopf gestellte Villa vor. Alle sich im Gebäude befindlichen Gemälde waren aufgeschlitzt worden. Der Besitzer gab zu Protokoll, dass es sich bei den Gemälden nur um wertlose Drucke und Repliken handele. Außerdem sei ihm nichts gestohlen worden. Nach dem Mord fanden sie schnell heraus, dass Herr Bocconcello hoch verschuldet war und kurz davor stand, seinen Betrieb und seine Villa zu verlieren. Er hatte in den letzten Jahren seinen an sich gesunden Betrieb durch zu hohe Geldentnahmen ruiniert. Er lebte sehr zurückgezogen und es waren keine teuren Laster von ihm bekannt. So fragten sich die Ermittler, wofür Herr Bocconcello die geschätzt fünfzehn Millionen verschwundenen Euro gebraucht haben könnte. In einer Kammer fanden sie die zerstörten Bilder des Opfers und stellten fest, dass es sich um Kopien aller bekannten Werke des norwegischen Malers Edvard Munch handelte. Einer der Ermittler erinnerte sich, dass aus der norwegischen Nationalgalerie ein Bild des Malers gestohlen worden war. Von Bocconcellos Tochter erfuhren sie, dass Herr Bocconcello als er noch lebte mindestens einmal jährlich nach Oslo geflogen war, um in der Nationalgalerie die Bilder des von ihm so verehrten Künstlers zu betrachten. Das Untergeschoss der Villa wurde vermessen und ein geheimer Raum aufgespürt, indem die Ermittler das gestohlene Bild Der Schrei von Edvard Munch auffanden."

„Fünfzehn Millionen Euro für ein geraubtes Bild, das ich mir nur heimlich in meinem Kämmerchen anschauen kann?", entfuhr es Sultan.

„Ein echtes Schnäppchen", erwiderte Karl-Heinz. „2012 erzielte bei einer Versteigerung eine sich in Privatbesitz befindliche Version des Bildes einen Erlös von einhundertzwanzig Millionen Euro."

„Hundertzwanzig Millionen Euro? Scheiße, Mann!"

„Version?", fragte Peter neugierig. „Was heißt hier Version? Ich dachte, so ein Bild gäbe es im Original nur einmal?"

„Meistens ist es so. Von Der Schrei hat Edvard Munch insgesamt vier Bilder gemalt, in unterschiedlichen Farben. Es gibt auch noch andere ..."

„Das reicht!", mahnte Anita. „Zurück zu unserer Arbeit. Wie sollen wir die neuen Informationen einordnen?"

„Nicht nur durch die DNA gibt es Verbindungen mit dem Turiner Fall. In beiden Fällen spielen auch geraubte Kunstwerke, die zusätzlich weltberühmt und außerordentlich teuer sind, eine Rolle."

„Sicher, aber bei dem Gedanken, Herr Kofler könnte erst Killer für die internationale Kunst-Mafia gewesen sein, um dann zu merken, dass sein eigener Großvater zufällig eines der bekanntesten Kunstwerke der Welt geraubt hat, sträuben sich meine Nackenhaare."
Die Tür öffnete sich einen Spalt und alle Köpfe drehten sich in die Richtung der Störung.
„Frau Hauptkommissarin Schenk", meinte Sabine Ritter, eine einfache Kriminalmeisterin des Dezernats 7 beim Eintreten schüchtern, „Sie wollten doch umgehend über die Ergebnisse bezüglich Kommissar Berger informiert werden."
„Richtig, und?"
„Ich war am Flughafen. Er hat heute Morgen ein Ticket nach Bodrum gekauft und ist damit auch selbst geflogen. Ich habe ihn auf den Überwachungsvideos eindeutig identifiziert."
Anita war, wie die anderen aus dem Team, erleichtert. Zugleich fragte sie sich, was Rolands seltsames Verhalten und seine durchwühlte Wohnung zu bedeuten haben mochten. Dass sein Dienstausweis und, am schlimmsten von allem, seine Dienstwaffe fehlten, bereitete ihr Sorgen, besonders in Hinblick auf die Hypothese, dass Roland selbst seine Wohnung so verwüstet hatte. Wen hatte er mit seiner Pistole erschossen? Sie fragte:
„Wie wirkte er auf Sie?"
„Ganz normal."
„Normal?", fragte Sultan. „Es ist keineswegs normal, ohne Vorankündigung und nach zwanzig Jahren eines Nachts seinen Job hinzuschmeißen, in aller Frühe ein Ticket in die Türkei zu kaufen und einfach abzuhauen! Oder finden Sie das etwa normal?"
„Nein, natürlich nicht, aber er wirkt auf den Videos äußerlich sehr ruhig. Nicht so, als ob er sich bedroht oder verfolgt fühlen würde."

Anita wusste, dass hier ganz entschieden etwas nicht stimmte. Irgendwo hatte sie Meleks Telefonnummer in der Türkei notiert. Sie würde umgehend bei ihr anrufen.

Gegen vier Uhr in der Frühe wurde Dimitri durch hektisches Klopfen an seiner Tür geweckt. Er war sofort wach und riss die Tür auf:

„Boss, Sie müssen sofort auf die Brücke!“, meinte einer seiner Männer.

Dimitri fluchte, zog sich schnell was über und rannte los.

„Wir haben ein Problem!“, empfing ihn der Kapitän. Er wies auf den Radarschirm. Fächerförmig hielten drei Schiffe mit militärischer Kennung auf sie zu.

„Wie konnte das passieren?“

„Alle drei liefen Kurse parallel zur Küste. Die Transponder-Signale wiesen sie als eine schwedische Fähre und zwei zivile Frachter aus. Wir achteten daher nicht weiter auf sie. Plötzlich nahmen sie simultan Kurs auf uns und änderten ihr Signal. Ich habe Sie sofort holen lassen. Was sollen wir tun?“

„Können wir zwischen ihnen durchschlüpfen?“

„Nicht ohne in Schussweite zu kommen! Das ist noch nicht alles.“

Der Kapitän legte einen Schalter um. Über Lautsprecher ertönte abwechselnd auf Schwedisch und Englisch die Aufforderung an die Sunrise Explorer, die Maschinen zu stoppen und unter Deck zu bleiben. Beim geringsten Anzeichen von Aggression würde umgehend das Feuer eröffnet werden.

„Egal, lassen Sie sofort die Ladung über Bord werfen. Die sind noch weit weg“, meinte Dimitri.

„Da wird Herr Stahl aber wenig begeistert sein!“

„Gut, wecken wir ihn. Soll er es selbst entscheiden. Moment, was ist das?“

Dimitri wies auf den Radarschirm. Vier kleinere Punkte näherten sich in rasendem Tempo.

Eine halbe Minute später waren vier gepanzerte Militärhubschrauber rings um das Schiff in Position gegangen. Ihre Raketen und Maschinenkanonen waren auf die Sunrise Explorer gerichtet. Die Soldaten würden mittels Infrarot- und Nachtsichtgeräte jeden bemerken, der sich an Deck begab. Das bedeutete, Dimitri würde keinen seiner Männer nach oben schicken, um die Ladung über Bord zu werfen. Er war zwar für die Sicherheit des Unternehmens zuständig, aber nicht für einen Krieg engagiert. Sie hatten keinen umgebracht, zumindest nicht hier, und daher auch nichts Gravierendes zu befürchten.

Herr Stahl Junior erschien mit blassem Gesicht auf der Brücke, als sich Spezialeinheiten der schwedischen Polizei von Hubschraubern aus auf das Deck der Sunrise Explorer abseilten. Das Schiff mit der brisanten Ladung an Bord war von seiner Kanzlei gechartert, er selbst hier an Bord. Ihm fiel kein juristischer Winkelzug ein, mit dem er sich aus dieser Lage befreien konnte. Hatte er mit zu hohem Einsatz gespielt und verloren? Nein, sein Vater hatte ihm einfach keine andere Wahl gelassen! Nie hatte er wirkliche Geschäfte tätigen oder gar ein eigenes Werk in Szene setzen dürfen, sondern stets nur unwichtige Randaufgaben bekommen! Jetzt sah der Alte, was er davon hatte! Er würde auspacken und dabei nicht vergessen, die krummen Machenschaften seines Vaters mit zu erwähnen. Wilder Hass durchflutete ihn und vergiftete seine Gedanken.

Chris freute sich riesig, wieder nach Hause zu dürfen. Ihr Bedarf an Abenteuern war mehr als gedeckt. An der Grenze zur Panik hatte sie sich mit Lasse auf den Tauchgang hinab zur Trevlik Fee begeben. Kaum unter Wasser war ihr

Herz fast stehen geblieben, als vor ihr plötzlich andere Taucher erschienen waren. Voller Panik hatte sie zurück an die Oberfläche flüchten wollen, doch Lasse hatte ihre Hand ergriffen und ihr bedeutet, sich zu beruhigen. Er hatte sie hinter einen der Taucher auf dessen Unterwasserfahrzeug gesetzt und selbst auf einem anderen Platz genommen. Auf diese Weise hatten sie eine ihr endlos erscheinende Strecke unter Wasser zurückgelegt. Lasse hatte ihr später den Sinn des Ganzen erklärt: Noch in der Nacht, als er vom versunkenen Bernsteinzimmer erstmals hörte, hatte er Oles Mutter angerufen. Ihm war gleich klar gewesen, dass die Sache für zwei Amateure wie ihn und Chris viel zu groß war. Oles Mutter hatte ihn an die Reichs-Kriminalpolizei vermittelt. Die wollten seine Geschichte nicht glauben. Ohne den kompromisslosen Einsatz von Oles Mutter, einer geachteten Politikerin aus dem innenpolitischen Ausschuss des Parlaments, wäre Lasse abgewimmelt worden. So hatte ihn ein Polizist schließlich angewiesen, bei einem bestimmten Bootsverleih die Jacht Yolanda zu chartern, ihre Sachen an Bord zu bringen und anschließend im Hafenrestaurant Essen zu gehen. Lasse hatte brav die Anweisungen befolgt. Im Lokal hatte er dann einen Anruf des Polizisten erhalten, dass soeben ein Unbekannter modernste Überwachungstechnik auf der Yacht angebracht hatte. Die schwedische Polizei hatte ihm daraufhin geglaubt und ihre Falle gestellt.
Jetzt lief Chris verschüchtert neben Lasse einen Schotterweg mit Blick auf die Ostsee entlang. Morgen würde er sie zu ihrem Flug nach Stuttgart bringen.
„Was wirst du jetzt machen?“, fragte sie.
„Mein Leben ändern. Mir ist klar geworden, dass ich so nicht weitermachen will.“
Sein Leben ändern? Ob das wohl sie mit einschloss? Ihr Herz begann freudig erregt zu klopfen.
„Wie sehen deine Pläne aus?“, fragte sie zaghaft nach.

„Ich habe selbst etwas gespart und Oles Mutter will sich dafür einsetzen, dass ich eine angemessene Belohnung erhalte."
„Echt! Kriege ich dann auch eine Belohnung?"
Chris spürte, wie er sich bei ihren Worten versteifte und den Abstand zwischen ihnen vergrößerte. Warum das? Sie liebte ihn doch und hatte ihm nichts getan! Lag es an der Gier, die schon vor ihrer beider Begegnung zu sehr ihr Verhalten bestimmt hatte? Die war ihr doch selbst peinlich, zumindest jetzt, im Nachhinein! Ihr wurde bewusst, dass sie selbst kaum einen Gedanken für die ihr nahe stehenden Menschen erübrigt hatte, während er umsichtig für die Sicherheit ihrer Tochter, ihrer besten Freundin und deren Tochter gesorgt hatte. Sie errötete.
„Du musst mich für eine ziemlich egozentrische Tussi halten!", platzte es aus ihr heraus. Sie sah ihn an und fuhr fort: „Entschuldige bitte mein Verhalten in der letzten Zeit, ich war nicht so ganz bei mir." Beschämt senkte sie den Blick auf den Boden. „Die vage Möglichkeit, aus meinem beschissenen Leben doch noch aussteigen zu können, hat mir total den Kopf verdreht. Dabei ging es nicht nur um mich, das musst du mir bitte glauben! Auch Helena wollte ich ein besseres Leben bieten. Vor lauter Besessenheit habe ich dann sie und Vanessa ganz aus den Augen verloren. Das tut mir furchtbar leid. Glücklicherweise hast du mehr Verantwortungsbewusstsein und Weitsicht bewiesen, als ich. Dafür möchte ich dir von ganzem Herzen danken!"
Sie liefen eine Zeit lang schweigend nebeneinander her. Endlich meinte Lasse:
„Gut, dass du zumindest noch selbst merkst, was mit dir los ist. Ich war wirklich schockiert, dass du nicht im Geringsten an das Wohl deiner Tochter und deiner besten Freundin gedacht hast. Es hätte nicht viel gefehlt und ich hätte dich in jener Nacht einfach vor die Tür gesetzt. Aber dann fiel mir ein, wie viel Mist ich selbst schon gebaut habe. Ich wollte auf keinen Fall Vanessa und die beiden Mädchen

einfach im Stich lassen. Die hatten nichts getan und ahnten nicht einmal, in welcher Gefahr sie waren. Außerdem war Ole potenziell auch gefährdet. Und Freundschaft, besonders zu ihm und seiner Familie, ist für mich so ziemlich das Wichtigste überhaupt."

Sie liefen ein Stück schweigend weiter, ehe Chris aufrichtig meinte:

„Du bist ein toller Mann! Die Frau, die eines Tages deine Liebe gewinnen wird, kann sich sehr glücklich schätzen."

Ihr Herz klopfte erneut wild. Sie meinte ihre Worte ernst. Aber natürlich hoffte sie inständig, dass sie jene glückliche Frau sein würde. Zu ihrem Bedauern äußerte er nichts dergleichen.

Lasse war innerlich hin und her gerissen. Seine chaotische Kindheit und wilde Jugend hatten ihn nicht davon abgehalten, sich zu einem verantwortungsvollen und weitsichtigen Mann zu entwickeln. Als Tauchlehrer war keiner seiner zahllosen Schützlinge je ernsthaft zu Schaden gekommen. Nicht zuletzt deshalb wurde er von vielen Tauchschulen geschätzt und fand problemlos Arbeit. Er mochte Chris wirklich, störte sich aber daran, dass sie in dieser Hinsicht so ganz anders war. Andererseits besaß sie eine Spontanität und pralle Lebensfreude, von der er sich eine Scheibe abschneiden könnte. Ihn nervte seine eigene Ernsthaftigkeit manchmal tierisch und er empfand sich selbst als zu steif. Eine Frau wie Chris könnte sein Leben bereichern, wenn er es nur schaffen würde, nicht auf sie hinabzusehen.

„Du hast nach meinen Plänen gefragt", setzte er die Unterhaltung fort. „Ich möchte am Roten Meer eine eigene Tauchschule eröffnen, vielleicht in Eritrea, ein noch wenig erschlossenes Revier, wo es noch Platz für mehr als eine neue Schule gibt. Mein Kapital wird dafür hoffentlich ausreichen."

Eritrea? Sie war zutiefst enttäuscht und schluckte schwer. Womöglich würden sie morgen auseinandergehen und sich nie in ihrem Leben wiedersehen. Sollte sie ihm anbieten, sich mit ihrer eigenen Belohnung, so sie denn eine bekam, an seiner Tauchschule zu beteiligen? Konnte es etwas werden, wenn sie sich ihm so aufdrängte? Nein, er musste um sie werben, entschied sie.

Er ahnte ihre Gedanken und freute sich insgeheim. Es rührte ihn, wie traurig der bevorstehende Abschied sie machte. Offensichtlich lag ihr wirklich viel an ihm.

„Wie sehen deine Zukunftspläne aus?", fragte er.

„Pläne?" Sie schnaubte hörbar, starrte aufs Meer hinaus, hob den Kopf und strich sich die Haare aus dem Gesicht, ehe sie sich ihm zuwandte: „Ich habe keinen Plan. Wenn ich es überdenke, habe ich mein ganzes Leben lang kaum je einen Plan besessen. Träume schon, oh ja, natürlich. Aber Pläne, also etwas, wo man sich Gedanken über die Richtung macht und überlegt, welche einzelnen Schritte einen dorthin führen, nicht." Ihre Stimme klang zunehmend bitterer. „Vermutlich bin ich genau deswegen dort gelandet, wo ich jetzt bin."

„Wo bist du?"

„In einem beschissenen, langweiligen Leben ohne jede Perspektive auf Besserung."

Schweigend liefen die beiden eine Zeit lang nebeneinander her. Schließlich fuhr Lasse fort:

„Du hattest nie einen Plan? Ich meine, als du dein Kunststudium begonnen hast, da musst du doch einen Plan gehabt haben, was du mit dem Studium erreichen willst."

„Plan würde ich das nicht nennen, eher Träume. Ohne je wirklich darüber nachzudenken, ging ich immer davon aus, eines Tages als gefeierte Künstlerin durch die Metropolen dieser Welt zu ziehen. Damals glaubte ich, mein Leben würde eine endlose Abfolge von Partys und Begegnungen mit interessanten Menschen werden. Die attraktivsten Männer der Welt würden mich umwerben und … ach Scheiße!" Sie brach ab. Tränen traten in ihre Augen. Damit er es nicht sah, wandte sie sich schnell ab und rannte einen kleinen Pfad in Richtung Ostsee entlang. Der Pfad endete abrupt an einem Felsen, der steil ins Meer abfiel. Erst im letzten Augenblick bremste Chris und kam schwankend am Abgrund zu stehen. Tief unter ihr wogte die See. Sie spürte den Sog der Tiefe. Ein Schritt und ihre Sorgen wären endgültig vorüber. Ein verführerischer Gedanke. Nie mehr Langeweile, nie mehr enttäuschte Hoffnungen ... sie schloss die Augen und ließ sich nach vorne fallen. Kräftige Hände legten sich von hinten fest auf ihr Becken und stoppten ihre Bewegung. Sie öffnete die Augen wieder. Ein warmer Wind umschmeichelte sie und flügelgleich hob sie die Arme in die Höhe. Ihr Blick flog weit hinaus aufs Meer und einen wundervollen Augenblick lang fühlte sie sich absolut frei, hatte das erhebende Gefühl zu schweben, ehe die kräftigen Hände sie sanft zurückzogen. Lasse schloss sie fest in seine Arme und sie gab sich der Umarmung hin. Hemmungslos weinte sie los. Er streichelte sie beruhigend, bis der Strom ihrer Tränen versiegte. Ohne ein Wort ließen sie sich nieder und starrten, eng nebeneinandersitzend, auf die weite See hinaus. Sie schmiegte sich an ihn, wartete darauf, dass er sie zu streicheln und zu küssen begann oder ihr auf andere Art zeigte, dass er sie begehrte. Die Minuten strichen dahin, doch er tat nichts dergleichen. Je länger sie so saßen, desto mehr schien er zu versteinern. Was war los? Mochte er sie nicht mehr? Sie konnte es nicht glauben, hatten sie miteinander doch so leidenschaftlichen Sex gehabt! Endlich begriff sie, dass ihn seine Angst, durch sie seine Freiheit zu verlieren, lähmte. Sie küsste ihm auf den Mund. Er zögerte, mühte sich um Zurückhaltung. So langte sie mit ihrer Hand an die entscheidende Stelle, um ihn in Fahrt zu bringen. Sie gab sich alle Mühe, seine Leidenschaft auf Touren zu bringen, bis sein Feuer hell loderte. Er begann sie auszuziehen und sie half willig mit, bis sie nackt vor ihm lag und er sich rasch seiner Kleidung entledigte. Als er sich ihr wieder zuwandte, meinte sie:

„Die Pille ist auf der Yolanda zurückgeblieben. Wenn wir es jetzt machen, kann was Kleines daraus erwachsen."
Sie sah ihn an, reizte ihn nicht. Er hielt inne.
„Was soll das?", fragte er verärgert. „Wieso bringst du mich erst so in Fahrt, wenn nachher dann noch nichts geht?"
„Ob was geht, ist deine Entscheidung! Ich will nur, dass du bevor du weitermachst, weißt, dass dich die nächsten Minuten zum Papa machen können."

Anita war mehr als verärgert. Trotz ihres Amtshilfeersuchens wegen Christa Ortwein, hatte keiner der schwedischen Kollegen es für notwendig erachtet, sie zu informieren. Aus den Medien hatten sie und ihre Kollegen von der spektakulären Aktion erfahren. Das Auffinden des Bernsteinzimmers war die Sensation schlechthin. Tausende Journalisten strömten nach Schweden, um live von der für heute angekündigten Öffnung der sichergestellten Kisten zu berichten. Die Schweden hatten sich einen angemessenen Ort für das Spektakel ausgesucht: das Vasa-Museum in Stockholm. Im Fernsehen war die imposante, bei ihrer Jungfernfahrt 1628 gesunkene Galeone, aus allen Perspektiven zu sehen. Eine Schar ausgelesener Journalisten durfte Zeuge werden, wie schwedische Archäologen vor der imposanten Kulisse des Dreimasters die erste Kiste in wenigen Minuten öffnen würden, während das Gros der Berichterstatter außerhalb des Museumsgebäudes bleiben musste und somit bestenfalls aus zweiter Reihe berichten konnte. Zahllose schwedische Politiker drängten sich zwischen Kameras und Archäologen, in der Hoffnung den Eindruck zu erwecken, sie hätten zu dem spektakulären Fund beigetragen.

Dr. Ludger hatte zugestimmt, dass die *Soko Eule* sich innerhalb der Arbeitszeit das Spektakel ansehen durfte. Schließlich hing die Angelegenheit eng mit ihrem Fall zusammen, sahen sie hierin doch das Motiv zweier Morde in ihrer Stadt. Letzte Wetten wurden abgeschlossen, ob jetzt endlich eines der letzten Mysterien aus der Nazi-Zeit gelöst werden würde. Die Wettquote besagte deutlich, dass die Mehrheit der Kriminalisten daran glaubte.
Anita wusste nicht, was sie davon halten sollte. Es gab so viele Geschichten rund um das Bernsteinzimmer und es erschien ihr unwahrscheinlich, dass ausgerechnet sie sich auf seiner Spur befunden haben sollte. Nun, die Uhr zählte öffentlich herunter und in fünf Minuten würde sie es wissen. Der Nachmittag war unendlich viel spannender, als jedes Silvester. Ihr Handy läutete. Es war der Pförtner:
„Frau Hauptkommissarin Schenk, hier sind zwei Kollegen aus Günzburg, die Sie dringend sprechen wollen."
„Jetzt?"
„Ja, sie sagen, es geht um Kommissar Berger."
„Um Herrn Berger? Von welchem Dezernat sind die beiden?"
„Wie Sie selbst, von dem für Tötungsdelikte."
„Lassen Sie die beiden bitte rein. Ich komme ihnen die Treppe hinunter entgegen."
Anita stürmte davon. War Rolands Waffe in Verbindung mit einem Mord aufgetaucht? Wen mochte er erschossen haben? Nach drei viertel des Weges nach unten stieß sie auf die bayrischen Kollegen. Sie machten einander knapp bekannt. Anita registrierte, dass einer der beiden von den Tötungsdelikten und einer von der organisierten Kriminalität kam. Sie brachte die Kollegen in ihr Büro. Den lauten Schreien und dem darauf folgenden Durcheinander der Stimmen aus dem Besprechungsraum entnahm sie, dass die Schweden die blöden Kisten endlich geöffnet hatten. Aber das war ihr momentan egal, es gab jetzt Wichtigeres.

„Was führt Sie hierher?“, fragte sie.
„Wir ermitteln in einem Doppelmord auf einem Waldparkplatz nahe Günzburg“, antwortete Kommissar Leitmoser von den Tötungsdelikten.
„Doppelmord?“
„Zwei serbische Staatsangehörige wurden in ihrem Auto erschossen. Der Täter muss ein sicherer Schütze gewesen sein. Insgesamt hat er zwei Schüsse abgegeben, beides Mal hat er mit einem einzigen Kopfschuss getötet.“
Anita musste an Rolands exzessives Training im Schießstand denken. Laut sagte sie hingegen:
„Ich verstehe trotzdem noch nicht, was Sie hierher führt!“
„Nach einer ersten Auswertung der Spurenlage befanden sich beide Männer mit einer Waffe in der Hand im Auto, als auf sie geschossen wurde. Es könnte sich also durchaus um eine Notwehrsituation handeln, aus der heraus sehr gezielt auf sie geschossen wurde. Nur muss man in so einem Fall uns rufen und kann nicht einfach abhauen, bei allem Verständnis für die Belastungen in einer derartigen Situation!“
„In diesem Punkt sind mein Kollege und ich durchaus kontroverser Ansicht!“, mischte sich Kommissar Basler von der organisierten Kriminalität ein. „Es gibt, besonders für einen Polizisten, durchaus Situationen, in denen es besser ist, sich zurückzuhalten.“
Er sah Anita bedeutungsschwer an. Sie war verwirrt. Zogen die beiden gerade eine einstudierte Nummer ab?
„Was wollen Sie?“
„Ist Kommissar Roland Berger ein sicherer Schütze?“
„Hören Sie, entweder Sie sagen mir jetzt, wie Sie auf meinen Kollegen kommen, oder das Gespräch ist hiermit beendet!“
„Die verwendete Munition passt zu Ihren Polizeiwaffen.“
„Na und?“
„Außerdem haben wir den hier“, Kommissar Leitmoser zog Rolands Dienstausweis aus seiner Tasche, „in der Nähe des Tatorts gefunden.“

Anita erblasste. Sie hatte geahnt, dass es wegen Rolands Waffe und seinem Dienstausweis noch Schwierigkeiten geben würde.
„Können wir Herrn Kommissar Berger jetzt endlich befragen?", meinte ihr Kollege mit Nachdruck.
„Nein, können Sie nicht!"
„Warum nicht?"
„Er befindet sich in der Türkei."
„Seit wann?"
„Vorgestern Morgen ging sein Flieger in aller Frühe um sechs Uhr fünfzehn."
Anita entging nicht, wie beide sich einen kurzen, erleichterten Blick zuwarfen.
„Von welcher Tatzeit gehen Sie aus?", fragte sie.
„Die Gerichtsmedizin spricht von vorgestern sechs Uhr morgens, plus minus einer Stunde."
„Dann kann es Kollege Berger nicht gewesen sein. Die Überwachungskameras des Flughafens belegen, dass er seit kurz nach fünf am Flughafen war."
„Sind Sie da sicher?"
„Ganz sicher!"
„Gut! Verstehen Sie mich nicht falsch, aber es ist immer unangenehm, gegen einen Kollegen ermitteln zu müssen. Trotzdem muss ich Sie fragen, wie es kommt, dass Sie nach Bildern ihres Kollegen auf den Überwachungskameras suchen?"
Anita berichtete es kurz und Leitmoser fragte nach:
„Sie gehen also davon aus, dass in der fraglichen Nacht der Dienstausweis und die Waffe unseres Kollegen aus seiner Wohnung gestohlen wurden?"
Kommissar Leitmoser wirkte jetzt sehr erleichtert. Anita prüfte, ob sie selbst auch so empfand. Sie tat es leider nicht. Eine innere Stimme sagte ihr, dass Roland die beiden Serben erschossen hatte. Wie er dabei die Gerichtsmedizin ausgetrickst haben konnte, war ihr schleierhaft. Aber er kannte sicher alle Tricks.

„Ja, wir gehen aktuell vom Diebstahl seiner Waffe und seines Dienstausweises aus", bestätigte sie.
Sie überlegte, ob sie den bayrischen Kollegen von dem sichergestellten Projektil aus Rolands Waffe erzählen sollte. Ehe sie zu einem Entschluss kam, zog Kollege Leitmoser ein dickes, in eine durchsichtige Plastiktüte verpacktes Buch aus seiner Aktentasche hervor und legte es vor Anita auf den Schreibtisch.
„Das hier haben wir im Wagen sichergestellt. Wir …"
„Das verschwundene Logbuch der Trevlik Fee!", rief Anita überrascht aus.
„Aha, Sie können mit dem Ding etwas anfangen. Das habe ich mir irgendwie schon gedacht."
Anita erklärte ihm kurz, unter welchen Umständen das Logbuch aus Frau Ortweins Wohnung verschwunden war. Er hörte aufmerksam zu und meinte dann:
„Unsere beiden Toten scheinen ja tief in Ihren Fall verwickelt gewesen zu sein."
„Scheint so. Haben Sie ein Bild der beiden Toten?"
Er zog zwei Fotos aus der Tasche. Anita erkannte Moruvac und Pocuca sofort. Die beiden hatten Roland und sie vom Eulenrain aus verfolgt und waren von Roland in die Falle gelockt worden. Die bayrischen Kollegen sahen ihr an, dass sie die Männer kannte, fragten aber nicht nach. Stattdessen erhoben sie sich und Kommissar Leitmoser meinte:
„Gut, vielen Dank Frau Kollegin, das reicht uns. Der Pflicht ist genüge getan und ich denke, in diesem besonderen Fall ist es gut, wenn möglichst wenig in den Akten steht. Tschüss."
Ehe Anita sich wieder gefasst hatte, waren die Kollegen verschwunden. So saß sie einige Minuten da, ehe sich ihre Verwirrung und ihre Frustration in Wut auf Roland umwandelten. Zornig hob sie den Hörer ab und wählte Meleks Nummer. Sie bereute es, diesen Anruf nicht schon längst hinter sich gebracht zu haben.

„Hallo Anita!“, meldete sich Roland nach wenigen Klingeltönen. „Ich habe deinen Anruf schon erwartet.“
„So? Warum hast du dann nicht einfach bei mir angerufen?“
„Weil ... ich eine Scheißangst vor diesem Gespräch habe.“
„Angst? Angst von mir zu hören, dass die Polizei dich wegen Mordes sucht?“
„Mord? Nein Anita, davor ganz sicher nicht.“
„Nein? Wovor dann?“
Er antwortete nicht gleich. Sie hörte seinen schweren Atem aus dem Hörer. Nach einem besonders tiefen Atemzug meinte er schließlich:
„Ist das so schwer zu verstehen? Ich habe Angst vor der Endgültigkeit meines Abschieds von euch.“
„Ach, hast du dieses Mal nicht wieder nur einen verlängerten Urlaub vor?“
„Es geht jetzt nicht mehr um das, was ich vorhabe.“
„Nein? Warum nicht?“
„Weil ... weil ... weil ich mich zu lange nicht entschieden habe. Und wenn man zu lange selbst keine Entscheidung trifft, wird diese für einen getroffen.“
„Mann, du gehst mir manchmal mit deinen altklugen Sprüchen echt auf den S ...Keks! Wer zum Teufel soll für dich die Entscheidung getroffen haben?“
„Nenne es Schicksal oder meinetwegen auch Gott...“
„Gott! Bist du jetzt die Hand Gottes, die die Verbrecher richtet?“
„Ich habe niemand ...“
„Nein? Und warum war dann gerade die Günzburger Mordkommission hier, um mich nach dir zu befragen?“
„Was wollten sie wissen?“
„Warum du deinen Dienstausweis am Tatort verloren hast.“
„Hältst du mich für so blöd?“
„Nicht für blöd, aber für psychisch labil!“
„Ich habe meinen Ausweis nirgendwo verloren, sondern

ihn gemeinsam mit meiner Dienstpistole in meinem Safe eingeschlossen. Gegen sechs Uhr abends habe ich meine Wohnung verlassen und morgens habe ich dir dann vom Flughafen aus eine E-Mail geschickt."
„Roland, hör auf, die Geschichte glaubt dir kein Mensch!"
„Es ist keine Geschichte, sondern meine Wahrheit."
„Deine Wahrheit? Was soll das denn jetzt?"
„Nimm mal nur für einen Augenblick an, es gäbe nicht nur eine Wahrheit, sondern deren viele ..."
„So etwas nennt man gemeinhin Lüge!"
„Peter fand die letzte Weihnachtsfeier super, du fandest sie hingegen sterbenslangweilig. Wer von euch lügt?"
„Das ist etwas anderes!"
„So? Wenn ein Mafia-Boss um den Tod zweier seiner besten Männer trauert und gleichzeitig Millionen unbescholtener Bürger froh sind, dass es zwei gemeingefährliche und skrupellose Killer weniger gibt: Wer lügt dann?"
Sie schwieg. Es war nicht ihr Fall und so ging es sie nichts an, wer die beiden Männer auf dem Gewissen hatte.
„Eines möchte ich aber doch wissen: Wie hast du die Gerichtsmediziner ausgetrickst?"
„Gar nicht! Wie ich schon sagte, habe ich um achtzehn Uhr meine Wohnung verlassen. Dann bin ich etwas durch die Stadt gefahren, ehe ich den Rest der Nacht auf dem Bahnhofsturm verbrachte. Um halb fünf traf ich die Entscheidung, zurück zu Melek zu fliegen. Seit Tagen fahre ich meine Reisetasche im Kofferraum spazieren. Ich musste nicht zurück in meine Wohnung, sondern bin vom Bahnhof aus direkt hoch zum Flughafen gefahren", erklärte Roland.
„Das kannst du alles beweisen?"
„Ich muss es nicht beweisen. Jemand muss mir das Gegenteil beweisen, damit meine Wahrheit keine Wahrheit mehr ist, sondern zur Lüge wird."
Sie dachte nach. Wahrscheinlich würde es kaum gelingen, ihm das Gegenteil zu beweisen.

„Übrigens könntest du die Spurensicherung zum Bahnhof schicken“, fuhr er fort. „Ich habe die kleine Not-Tür oben auf der Plattform gewaltsam aufgebrochen. Ihr werdet meine Fingerabdrücke finden. Außerdem müsste ich auf den Überwachungsvideos aus der Haupthalle zu sehen sein, wie ich ungefähr um halb fünf Uhr vom Turm her eilig Richtung Nordausgang laufe. Mein Auto parkte die Nacht über in der Jägerstraße, und da ich es eilig hatte, zum Flughafen zu kommen, nahm ich den kurzen Weg durch die Halle.“
Glaubte er wirklich, damit durchzukommen? Und viel schlimmer noch, glaubte er ernsthaft, sie würde ihm dabei auch noch helfen? Da fiel ihr noch etwas ein.
„Das Projektil, du hast das Projektil vergessen!“, entfuhr es ihr.
„Welches Projektil?“
„Das sich am Morgen, an dem ich in deiner Wohnung war, aus deiner Waffe löste und im Fuß deines Schranks stecken blieb!“
Sie war gespannt auf seine Antwort. Würde er sie jetzt gleich bitten, das Projektil verschwinden zu lassen? Zu ihrer Überraschung meinte er:
„Stimmt, das hätte ich fast vergessen. Hast du der Spurensicherung gegenüber schon ausgesagt, dass es aus meiner Dienstpistole stammt? Ja, bestimmt hast du das. Prima, dann kann die Spurensicherung ja gleich beweisen, dass niemand aus meiner Waffe erschossen wurde!“
Jetzt hatte er sich verraten!
„Woher weißt du das?“
„Was?“
„Dass die beiden Männer mit einer anderen Waffe erschossen worden sind, als mit deiner Dienstwaffe? Deine Waffe ist zusammen mit deinem Dienstausweis verschwunden.“
Er brauchte eine Zeit, eine stimmige Antwort zu finden.
„Das weiß ich natürlich nicht. Mir war nur gerade entfallen, dass meine Dienstwaffe ebenfalls verschwunden ist.

Dann kann die Tat natürlich auch mit meiner Dienstwaffe ausgeübt worden sein."
Nach dem Gespräch blieb Anita lange sitzen. Ihr Instinkt sagte ihr, dass die Projektile aus Günzburg nicht mit dem aus Rolands Schrank identisch sein würden. Besaß Roland eine zweite, illegale P 2000? Das würde man zwar behaupten, aber nicht beweisen können. Mit ihrer Aussage, dass das Projektil im Schrank aus Rolands Dienstwaffe stammte, würde jede Indizienkette gegen ihn zusammenbrechen. Sie war erleichtert.
Dann stutzte sie. Hatte sie soeben wirklich innerlich die Seiten gewechselt und mit Roland mitgefiebert? Ja, das hatte sie, ganz eindeutig. Und sie fühlte sich nicht einmal schlecht deswegen. Zumindest nicht nur schlecht, sondern irgendwie auch gut. Sie seufzte. Alleine käme sie damit auf Dauer nicht zurecht. Sie musste dringend mit jemand darüber reden, um das Ganze richtig einordnen zu können. Aber mit wem? Mit ihrem Mann? Nein. Mit Sultan oder Peter? Nein, auch nicht. Auf einmal wusste sie, wer der Richtige war. Sie griff zum Hörer und tippte seine Nummer ein.
„Knauß!", meldete er sich beim dritten Klingeln.
„Ja hier Anita Schenk, hätten Sie bitte einen Augenblick Zeit für mich?"
„Wo sind Sie?"
„In meinem Büro."
„Bin schon unterwegs."
Wenig später saß er ihr gegenüber und sie berichtete ihm vom Besuch der bayrischen Kollegen. Er hörte aufmerksam zu und fragte nur selten gezielt nach. In diesem Moment begriff Anita, dass sie sich in ihm getäuscht hatte. Nein genau genommen, hatte sie ihm schlicht keine Chance gegeben. Aber jetzt kam sie nicht umhin, sich einzugestehen, dass er ein Guter war und sie gut mit ihm arbeiten könnte. Als sie geendet hatte, fragte er schlicht:
„Was kann ich jetzt für Sie tun?"

„Mir mit ihrer Erfahrung zur organisierten Kriminalität helfen. Warum wollen die bayrischen Kollegen möglichst wenig und schon gar nichts Belastendes über Roland in ihren Akten stehen haben?"
Kommissar Knauß sah sie abschätzend an, ehe er sagte: „Gehen die Bayern davon aus, dass Kollege Berger die beiden getötet hat?"
Anita hielt seinem Blick stand.
„Angenommen, er hätte es in Notwehr getan, was dann?"
„Notwehr? Pah, das kennt die andere Seite nicht! Auge um Auge und Zahn um Zahn! Das ist es, was die kennen. Wenn die erfahren, dass zwei der ihren erschossen wurden, wird sich ein Cousin, ein Schwager, ein Bruder oder sonst wer mit einem dicken Bündel Geldscheine auf den Weg nach Günzburg machen. Dort wird er sich umhören, wer von der Polizei empfänglich ist und dem wird er ein hübsches Sümmchen für den richtigen Namen und die dazugehörende Adresse zahlen. Dann lassen die sich Zeit, ihre Rache auszuführen. In der Zeit der Ungewissheit, dem ständigen Wechsel von Hoffnung und Angst würde Kollege Berger langsam zermürbt werden. Eines Tages gewinnt die Hoffnung die Oberhand, seine Aufmerksamkeit lässt nach und er kommt eines Nachts betrunken aus der Kneipe. Plötzlich tritt einer von hinten an ihn ran und ... PENG, PENG."
Er hatte die Worte laut gesprochen und mit den Händen eine Pistole simuliert, sodass Anita unwillkürlich zusammenzuckte.
„Schon ist es vorbei. Um sich unnötigen Stress zu ersparen, lassen sie nach Möglichkeit die Leiche verschwinden und einen bezahlten Agenten verbreiten, Kollege Berger habe es mit den Nerven gehabt und sei nach Asien durchgebrannt."
„Sie meinen also, auch ..."
„... wenn Kollege Berger in Notwehr gehandelt und er von der deutschen Justiz nichts zu befürchten hat, ist es am besten, wenn sein Name nie als Verdächtiger auftaucht."

„Aber ...“
In diesem Augenblick gab es vor ihrem Büro einen lauten Tumult. Ihre Tür wurde einen Spalt geöffnet, knallte wieder zu und ein heftiger Stimmwechsel erklang gedämpft durch die dicke Tür. Anita wollte soeben aufspringen, als Sultan ihren Kopf hereinsteckte.
„Anita, hier ist Frau Ortwein, die dich sprechen will.“
„Was will sie?“
„Anscheinend hat sie das Fiasko in Schweden nicht gut verdaut und ...“
„Welches Fiasko in Schweden?“
„Ach, du hast noch gar nichts mitbekommen?“ Sie trat ein und schloss die Tür hinter sich. „Die Schweden haben in Anwesenheit ihrer gesamten Polit-Prominenz vor den Kameras der Welt die erste Kiste geöffnet und was kam zum Vorschein?“
Sultan gab sich nicht die geringste Mühe, ihre Schadenfreude zu verbergen.
„Kieselsteine, nichts als einfache Kieselsteine. Dann öffneten sie noch die zweite und direkt darauf die dritte Kiste. Es half nichts, auch da waren nur Kieselsteine drin. Hinter den Kulissen starteten daraufhin heftige Aktivitäten, die aber auch zu nichts führten. Die Politiker sind schnell abgehauen und den Historikern ist nichts anderes übrig geblieben, als beschämt einzuräumen, in ihren teuren Labors einen Berg Kieselsteine gelagert zu haben.“
Sultan grinste während des Erzählens breit über ihr ganzes Gesicht.
„Und was will jetzt Frau Ortwein?“, fragte Anita.
„Das weiß ich nicht, sie will es nur dir sagen.“
„Also gut, hören wir uns an, was sie zu sagen hat. Lass sie bitte rein.“
Sultan wandte sich zur Tür und Kommissar Knauß wollte sich ebenfalls erheben, wurde von Anita jedoch zurückgehalten.

„Nein, bleiben Sie bitte! Ich denke, wir können uns in diesem Fall gut ergänzen."
Kommissar Markus Knauß nahm wieder Platz. So ganz konnte er sich ein kleines Lächeln nicht verkneifen. Chris kam hereingestürmt.
„Endlich! Es ist kaum zu glauben, wie lang die mich aufgehalten haben. Ich muss Ihnen unbedingt noch etwas Wichtiges mitteilen und ..."
„Guten Tag, Frau Ortwein!", unterbrach Anita sie bestimmt. Sie erhob sich, schüttelte ihr die Hand, stellte ihren Kollegen Knauß vor und bat Chris dann, Platz zu nehmen.
„So Frau Ortwein und jetzt bitte ruhig und der Reihe nach. Was wollen Sie mir mitteilen?"
„Er hat mich total verarscht! Er hat von vorneherein ..."
„Wer ist er?"
„Na, mein Vater natürlich! Er hat genau gewusst, dass in den Kisten kein Bernsteinzimmer ist! Um die Killer von sich abzulenken, hat er mir noch schnell das Buch gebracht. Mir hat er erzählt, falls ihm was zustieße, soll ich selbst den Schatz heben und dabei ..."
„Buch? Welches Buch?"
„Das Logbuch natürlich!"
„Er hat es Ihnen erst kurz vor seinem Tod gebracht?"
„Hören Sie mir überhaupt zu? Genau das habe ich doch soeben gesagt!"
„Warum? Ich meine, warum wollte er das Buch plötzlich Ihnen geben?"
„Er hat von irgendjemand einen Vorschuss kassiert und deswegen gab es Ärger. Er hatte Angst, die würden ihm jemand auf den Hals schicken."
„Warum sollten die ihm jemand auf den Hals schicken?"
„Ja, warum wohl? Vielleicht, weil es den Schatz gar nicht gab?"
Anita ließ sich Zeit, die Sache zu durchdenken.
„Er hätte den Gaunern doch das Logbuch, seine Fotos und

die richtigen Koordinaten geben können. Bis die gemerkt hätten, dass es dort nur Kisten voller Kieselsteine gab, hätte er bequem untertauchen können. Wenn er wirklich von vorneherein wusste, dass im Wrack nichts war, muss er doch etwas Derartiges geplant haben."

„Mir hat er erzählt, er habe einen anderen Interessenten gefunden, der mehr zu zahlen bereit wäre. Er wollte daher von seinem ersten Deal zurücktreten. Der erste Kunde war damit aber nicht einverstanden."

Wollte der Spinner von vier Verbrecherbanden einen Vorschuss kassieren und sich dann absetzen? Er musste ganz schön größenwahnsinnig gewesen sein, wenn er geglaubt hatte, damit durchzukommen. Nun, es war ja auch schief gegangen. Aber wenn das stimmte, kam D-Security als Auftraggeber für den Mord infrage. Sie waren sicherlich der erste Kunde gewesen und hatten keinem anderen das Feld überlassen wollen.

„Hat er Ihnen erzählt, wer der unzufriedene Kunde war?"

Sie schüttelte den Kopf.

„Gar nichts?", hakte Anita nach. „Hat er nicht den kleinsten Hinweis gegeben?"

„Nein."

„Wie kommen Sie eigentlich darauf, dass er schon von vorneherein über den Inhalt der Kisten Bescheid wusste?", mischte Kommissar Knauß sich ein.

„Wegen der fehlenden letzten Seite im Logbuch! Dieter behauptete, diese sicher verwahrt zu haben, um seinen Kunden nicht zu früh die Position des Wracks zu verraten. Ich habe ihm geglaubt. Als ich im Fernsehen sah, dass in den Kisten nur Kieselsteine sind, kam mir plötzlich eine andere Idee: Mein Großvater hat in seiner Neugierde auf der Ostsee eine der Kisten geöffnet. Vielleicht hat er sich dies erst nach dem Beschuss durch das englische Flugzeug getraut. Dabei hat er dann gemerkt, dass in den Kisten nichts Wertvolles war. Ich meine, warum hat Opa zeit seines Lebens nie versucht, das Bernsteinzimmer zu bergen? Ich bin mir sicher, dass auf der fehlenden Seite die Wahrheit über die Ladung stand und dass mein Vater die Seite auch aus diesem Grund entfernt hat."

„Gut, mal angenommen das stimmt. Warum sind Sie eigentlich hier?"

„Wegen der halben Million Euro! Ich konnte Sie nicht gleich danach fragen, ohne mich zu verraten und dachte, die erbe ich sowieso. Jetzt will ich wissen, ob Sie das Geld gefunden haben."

Stille kehrte ein. Chris sah Anita hoffnungsvoll an, während diese versuchte, die neue Information ins Puzzle einzufügen. Eine halbe Million, die Herr Kofler von skrupellosen Gangstern ohne die versprochene Gegenleistung kassiert hatte, ergab ein handfestes Motiv. Andererseits:

„Jemand hat auf das bloße Wort Ihres Vaters hin, das Versteck des Bernsteinzimmers zu kennen, ihm eine halbe Million bezahlt?"

„Nicht nur sein Wort! Sein jüngerer Bruder Alfred war der Kapitän der Trevlik Fee. Wohl um sich bei diesem gefährlichen letzten Auftrag für die Nazis abzusichern, hat er schon beim Auslaufen aus Malmö ins Logbuch eingetragen, von der deutschen Regierung den Auftrag erhalten zu haben, das Bernsteinzimmer aus Königsberg vor den Russen in Sicherheit zu bringen. Während der Wartezeit in Königsberg hat er mehrmals seine Ungeduld über die deutsche Regierung vermerkt und auch, dass am sechzehnten Januar in aller Frühe endlich die ersehnte Ladung geliefert worden ist. Das Auslaufen aus Königsberg, die Fahrt über die Ostsee bis zum Beschuss durch ein englisches Flugzeug trotz schwedischer Flagge, der letztendlich zum Untergang führte, ist alles dokumentiert. Außerdem hat er Unterwasserfotos gemacht. Auf denen sieht man den guten Zustand des Wracks, wie es auf dem Meeresgrund liegt."

Nun, das mochte ausreichen. In Anbetracht des möglichen

Gewinns war eine halbe Million vielleicht kein zu hoher Einsatz.
„Wir fanden so gut wie kein Geld in seinem Besitz", meinte Anita bedächtig. „Außerdem, auch wenn es noch auftauchen würde: Sie sind offiziell nicht seine Tochter und würden leer ausgehen."
„Stimmt das?"
Kommissar Knauß nickte nur.
Chris sah betroffen vor sich hin. Sie rappelte sich aber schnell wieder auf und sagte:
„Irgendetwas muss ich doch tun können, um als seine Tochter anerkannt zu werden!"
Anita kam eine atemberaubend andere Möglichkeit in den Sinn, was sich im Eulenrain zugetragen haben konnte. Sie schaltete schnell und meinte:
„Sie könnten uns eine Speichelprobe geben und wir machen daraufhin eine DNA-Analyse, um Ihre Verwandtschaft zu klären."
Erfreut stimmte Chris zu. Sie hatte es sehr eilig, in die Kriminaltechnik zu kommen. Anita ließ sie von Sultan dorthin begleiten.
Markus Knauß sah seine Kollegin skeptisch an. Es gehörte ganz sicher nicht zu den Aufgaben der Kriminalpolizei, aus Gefälligkeit Verwandtschaftsverhältnisse zu klären.
„Was versprechen Sie sich von der DNA-Analyse?", fragte er.
„Meine Hypothese lautet, dass der Tote aus dem Eulenrain nicht Dieter Kofler ist. Der lebt noch und ist mit der halben Million Euro untergetaucht."
„Das habe ich auch schon in Erwägung gezogen. Aber ..."
„Und nicht nur das!", unterbrach Anita ihn. „Er könnte auch die beiden Serben erschossen haben. Entweder, weil sie hinter ihm her waren, oder um seine Tochter und Enkelin zu schützen."
Hauptkommissar Markus Knauß schwieg. Verrannte die

Frau Kommissarin sich, getrieben vom Wunsch ihren Kollegen zu schützen, da nicht in etwas?
Anita erriet seine Gedanken und blaffte grob:
„Falls der Tote nicht Herr Kofler ist, wer ist er dann? War er ein auf Herrn Kofler angesetzter Killer, der von ihm in eine Falle gelockt und eiskalt abgeknallt wurde? Wenn der Kofler das hinbekommen hat, warum sollte er dann nicht auch noch die beiden Serben erledigt haben? Der Kofler hat sich jahrelang in der Welt herumgetrieben und war mit Drogen zugange. Im Grunde wissen wir über Herrn Koflers Vergangenheit, und was ihm zuzutrauen ist, gar nichts!"
„Da haben Sie recht! Wir müssen aber zunächst herausfinden, wer der Tote ist und ob Frau Ortwein wirklich Herrn Koflers Tochter ist. Um das zu beweisen, wird ihre DNA-Analyse leider nicht reichen, da sie ja noch nicht als Tochter anerkannt ist. Am besten ich bitte Karl-Heinz von der Kriminaltechnik zu uns, damit wir die Sache mit ihm erörtern."
Wenig später hörte Karl-Heinz Campos den Ausführungen der Kommissare aufmerksam zu.
„Sie wollen mir also unterstellen, bei der Identifikation der Leiche Fehler gemacht zu haben?", fragte er gekränkt.
„Nein, Karl-Heinz, das wollen wir nicht. Wir wollen von dir wissen, welche theoretischen Möglichkeiten es gäbe, euch auszutricksen."
Er sah Anita lange an. Endlich meinte er:
„Ich habe bei der kriminaltechnischen Untersuchung im Eulenrain persönlich die Proben aus dem Badezimmer genommen. Es gab dort nur unbenutzte Einweg-Rasierer. So nahm ich die Zahnbürste. Die erschien mir verdächtig neu, aber in Anbetracht des Zustands der Leiche als das sicherste Element. Schließlich konnte keiner der Leiche mit der Zahnbürste im Mund rumgefummelt haben, da der Mund nicht mehr vorhanden war. Außerdem …"

„Was, wenn der Mörder das Opfer gezwungen hat, die Zähne zu putzen, ehe er es tötete?"

Die beiden Männer sahen Anita schockiert an. Für die Frau Kommissarin war Herr Kofler offensichtlich von einem bedauernswerten Mordopfer zu einem eiskalten und zynischen Killer mutiert.

„Gewagt, ich weiß!", verteidigte sie sich gegen die zweifelnden Blicke der Kollegen. „Aber immerhin theoretisch möglich, oder? Karl-Heinz, du wolltest soeben doch noch mehr sagen!"

„Äh, ja. Außerdem fand ich im Kamm ein Haar, das man allerdings auch leicht dort deponiert haben könnte."

„Was schlägst du vor?"

„Wenn die DNA von Frau Ortwein nicht auf eine Verwandtschaft mit der Leiche hinweist, suche ich persönlich im Bett des Toten nach Hautschuppen und im Siphon des Waschbeckens nach Haaren. Das ist keine schöne Arbeit, aber kaum manipulierbar. Wobei ich dann immer noch deinen Vorschlag, wie die Zahnbürste manipuliert worden sein soll, für ziemlich unwahrscheinlich erachte."

Als der Leiter der Kriminaltechnik sich grummelnd verzogen hatte, meinte Markus Knauß:

„Was ich mir nicht vorstellen kann: Wie soll Herr Kofler den auf ihn angesetzten Killer ausgetrickst haben?"

„Auch wenn Hollywood uns was anderes suggeriert, gehören ins Anforderungsprofil eines Killers nur zwei Eigenschaften: brutal und skrupellos zu sein. Intelligenz gehört definitiv nicht dazu. Wer kann also schon sagen, was sich in jener Nacht im Eulenrain zugetragen haben mag?"

Anita erhielt einen Anruf von Kommissar Leitmoser.
„Wir haben ein Problem!“, eröffnete dieser das Gespräch.
„Nämlich?“
„Die DNA von Herrn Pocuca stimmt mit der bei einem Dreifachmord in Düsseldorf gefundenen Spur überein. Die Düsseldorfer Morde wurden von zwei Tätern mit einem sehr spezifischen Vorgehen begangen, denen eine ganze Mordserie zugeschrieben wird. Daher waren die Kollegen dort droben ganz aus dem Häuschen. Frau Krämer, die zuständige Staatsanwältin, hat sich auf diese Neuigkeit hin den Bericht der Kriminaltechnik noch einmal sehr genau durchgelesen. Dabei ... ich meine, nicht dass bei Ihnen ein falscher Eindruck entsteht: Keiner will bei uns was vertuschen! Auch wenn ein ... gewisser Verdacht auf einen Kollegen fällt, ermitteln wir gründlich wie immer! Aber jetzt bietet die Aufklärung einer brennend ehrgeizigen Staatsanwältin die Möglichkeit, auf sich aufmerksam zu machen.“
„Ich verstehe. Was steht den im Bericht Ihrer Kriminaltechnik?“
„Bei dem Auto, in dem die beiden Serben erschossen worden sind, war zum Zeitpunkt des Eintreffens der Polizei die Zündung an, der Tank leer und die Klimaanlage auf maximale Leistung eingestellt gewesen.“
„Und?“
„Die Leichen sind so drapiert worden, dass sie beim Blick durch die Scheibe wie zwei Schlafende wirkten. Daher wurde die Polizei erst am Nachmittag eines heißen Sommertages von Wanderern auf den Wagen aufmerksam gemacht. Unsere Gerichtsmedizin war davon ausgegangen, dass die Leichen den Sommertag in einem überhitzten Auto verbracht hatten, um den Todeszeitpunkt von sechs Uhr morgens zu errechnen. Jetzt sind diese Berechnungen natürlich hinfällig. Der Tod könnte auch um Mitternacht eingetreten sein, wenn der Verwesungsprozess bei laufendem Motor und Höchstleistung der Klimaanlage bei einer deutlich nied-

rigeren Temperatur, als der bisher angenommenen, gestartet ist. Da niemand weiß, wie viel Benzin im Tank war und wie lange die Klimaanlage dementsprechend lief, kann der Todeszeitpunkt nur noch auf einen Zeitraum zwischen circa Mitternacht und sieben Uhr morgens eingegrenzt werden."
Er brach ab. Mehr brauchte er auch nicht zu sagen. Damit war Roland wieder mit im Spiel.
„Hören Sie zu, unsere Spurensicherung hat in Kommissar Bergers Wohnung ein Projektil sichergestellt, das erst kürzlich aus seiner Dienstwaffe abgefeuert worden ist. Ich ..."
„Wieso das denn?", unterbrach Leitmoser sie.
Anita erklärte es ihm kurz und fuhr dann fort:
„Ich bitte den Leiter unserer Kriminaltechnik seinen Kollegen in Günzburg die entsprechenden Daten zukommen zu lassen, damit diese einen Abgleich der Projektile vornehmen. Wenn wir Glück haben, hat jemand einfach nur Munition desselben Kalibers wie unsere Waffen benutzt, um den Verdacht auf Kommissar Berger zu lenken."
„Das halte ich für äußerst unwahrscheinlich."
„Ich ja auch! Wahrscheinlich haben Sie bald den Beleg in der Hand, dass Ihre beiden Toten mit der Waffe von Kommissar Berger erschossen worden sind."
Sie verabschiedeten sich und Anita durchdachte die neue Situation. Hatte Roland ernsthaft erwartet, dass sein Trick mit der Klimaanlage unbemerkt bleiben würde?
Es klopfte und Sultan steckte ihren Kopf durch die Tür. Anita winkte sie herein.
„Da draußen ist ein Mann."
„Na und? Da draußen sind oft Männer", erwiderte Anita gereizt.
„Schon, aber nicht solche. Das ist ein echter Gentleman."
„Aha. Was will er?"
„Einblick in das Logbuch der Trevlik Fee nehmen. Die Schweden haben ihm wohl gesteckt, dass jenes bei uns zu finden ist."

Anita schwieg verblüfft.
„Hat es sich noch nicht herumgesprochen, dass der Schatz nicht existiert?"
„Er sucht keinen Schatz."
„Sondern?"
„Keine Ahnung, es hat irgendetwas mit seinem Vater zu tun."
„Seinem Vater?"
Sie nickte.
Anita sah ihre Mitarbeiterin lange an, ehe sie seufzend meinte:
„Dann bitte den werten Herren herein."
Eine äußerst gepflegte, stattliche Erscheinung trat ein und reichte Anita die Hand. Sie sah in die faszinierendsten blauen Augen seit Langem.
„Guten Tag, Frau Hauptkommissarin Schenk! Mein Name ist Robert Deveany. Vielen Dank, dass Sie sich einen Augenblick Zeit für mich nehmen!"
„Guten Tag, Herr Deveany. Nehmen Sie doch bitte Platz."
Er setzte sich übers Eck an ihren Besprechungstisch. Anita verspürte den Impuls, Tee und Kekse kommen zu lassen. Deren geringe Qualität und die Schäbigkeit des behördlichen Porzellans ließen sie noch zögern, als ihr Gegenüber meinte:
„Bitte machen Sie keinerlei Umstände wegen mir! Allein die Tatsache, dass Sie mir etwas von Ihrer kostbaren Zeit zur Verfügung stellen, ehrt mich zutiefst."
„Was kann ich für Sie tun?"
„Zunächst einmal: Durch die Arbeit in der Londoner City verfüge ich über ausreichende finanzielle Mittel. In diesem speziellen Fall hege ich keinerlei Ambitionen in dieser Hinsicht. Es handelt sich um eine rein familiäre Angelegenheit."
„Wie lautet diese?"
„Nun, mein Vater war ein äußerst aufrechter und ehrenwerter Mann. Mir ist in meinem ganzen Leben niemand

begegnet, der ihm in dieser Hinsicht das Wasser reichen könnte. Er ... er liebte mich und meine Schwester aufrichtig und kümmerte sich vorbildlich um seine Familie. Trotzdem ...", er räusperte sich, „habe ich stets eine eigentümliche Entfernung zu ihm gespürt. Die Ursache hierfür lag wohl darin, dass er sich nach einem Erlebnis im Krieg von der Welt der Menschen weit zurückgezogen hat. Sein Hund und die Jagd waren die einzige Welt, in der er sich richtig wohlfühlte. Er starb leider viel zu früh. Als ich seine Hinterlassenschaft durchstöberte, stieß ich auf ein Foto meines Vaters in Uniform vor einer De Havilland Mosquito, einem legendären britischen Flugzeug aus dem Zweiten Weltkrieg. Ich hatte bis dahin nur gewusst, dass er im Krieg gedient hatte und nicht hatte darüber sprechen wollen. So hatte ich stets angenommen, er habe in Schützengräben hautnah die Schrecken des Kriegs erlitten. In jenem Augenblick erfuhr ich hingegen, dass er als Flieger zur Elite der Soldaten gehört hatte. Ich bestürmte meine Mutter und sie war froh, mir die Geschichte endlich erzählen zu können. Mein Vater hatte in der 248. Squadron als Kapitän eine zur U-Boot-Jagd konstruierte De Havilland Mosquito geflogen. Die Royal Navy vor deutschen U-Booten zu schützen, war eine der anspruchsvollsten und ehrenhaftesten Aufgaben der Royal Air Force im Zweiten Weltkrieg. Ursprünglich war die 248. Squadron im Atlantik und hier besonders vor der französischen Küste im Einsatz. Nach der alliierten Invasion in der Normandie wurden die Einsätze zunehmend in die Ostsee verlegt. Am vierten Januar 1945 kam dann der Befehl, nach einem Zweimaster mit dem Namen Trevlik Fee Ausschau zu halten und diesen zu versenken. Den Fliegern wurde gesagt, auf ihm befinde sich eine größere Gruppe hochrangiger Nazis auf der Flucht über die Ostsee nach Schweden. Zwei Tage später stießen mein Vater und sein erster Offizier nahe der schwedischen Küste tatsächlich auf das gesuchte Schiff. Sie umkreisten es und sahen dabei, dass es sich um einen altersschwachen Segler unter schwedischen Hoheitszeichen handelte. Beide zweifelten, ob sie den Befehl richtig verstanden hatten, und fragten über Funk nach. Der Befehl wurde bestätigt und so griffen sie an. Da meines Vaters Zweifel nicht restlos ausgeräumt waren, setzten sie nur die leichten Maschinengewehre ein. Er hoffte, so die Nazis aufzuscheuchen, die sich unter Deck versteckt halten mussten. Sie sahen, wie das altersschwache Holz unter ihrer ersten Garbe zersplitterte. Dann umkreisten sie erneut das Schiff und mein Vater sah durch sein Fernglas zwei tote Seeleute auf Deck liegen, während vier weitere panisch das Beiboot zu Wasser ließen. Sein erster Offizier wollte die Sache zu Ende bringen, doch mein Vater befahl, den Angriff abzubrechen."

Robert Deveany unterbrach seine Erzählung mit schmerzhaftem Gesichtsausdruck. Anita wartete geduldig ab. Sie wusste, dass er die Geschichte zu Ende erzählen würde.

„Mit dem, was dann kam, hatte mein Vater nicht gerechnet und er hat es zeit seines Lebens nie überwunden. Er wurde am Tag nach seiner Rückkehr vor dem versammelten Squadron unehrenhaft aus der Armee entlassen. Bomber Harris hatte das Flächenbombardement deutscher Städte angeordnet, was einer gezielten und massenhaften Ermordung der deutschen Zivilbevölkerung gleichkam. Die Operation Gomorrha für Hamburg lag hinter der Royal Air Force und Dresden unmittelbar vor ihr. Da konnte man sich keine Piloten voller Skrupel und Moral erlauben. So wurde an meinem Vater ein Exempel statuiert, das ihm den Glauben an sein Land und darüber hinaus an die Menschheit raubte. Nach dem Krieg forschte er eigenhändig nach, was aus der Trevlik Fee geworden war. Vielleicht hätte ihm die Nachricht, vier unschuldigen Schweden das Leben gerettet zu haben, einen gewissen Trost gespendet. Doch von den Schweden erhielt er die Auskunft, dass die Trevlik Fee bereits am sechzehnten Dezember 1944 in einem

Sturm gesunken sei. Wer immer auf ihr unterwegs gewesen war, hatte also wirklich etwas zu verbergen gehabt. Nur so konnte er sich die falsche Auskunft des Kapitäns, eines gewissen Albert Koflers, gegenüber den schwedischen Behörden erklären. Hierbei erfuhr er zu allem Überfluss, dass der Kapitän ein in Schweden lebender Deutscher war, dem enge Kontakte und Geschäftsbeziehungen mit den Nazis während des Kriegs nachgesagt wurden. Mein Vater ging aufgrund dessen davon aus, unglücklicherweise tatsächlich Nazis die Flucht ermöglicht zu haben."

Erneut brach er ab. Anita ahnte jetzt, warum er hier war und so fragte sie:

„Und deshalb sind Sie jetzt hier? Sie wollen wissen, was damals auf der Trevlik Fee passierte?"

„Exakt! Als ich in den Nachrichten den Namen des Schiffes hörte, war es ein Schock für mich. Erst dadurch wurde mir richtig klar, wie sehr die Angelegenheit selbst mich belastet, seinen Jahre nach Kriegsende geborenen Sohn. Ist mein Vater ein Landesverräter? Oder ist er ein Vorbild, der sein Gewissen und seine Moral nicht dem Blut-Wahn des Krieges opferte, sondern bewundernswerte Zivilcourage zeigte? Ich muss es wissen! Und ich bitte Sie inständig, mir dabei zu helfen!"

Anita sah ihn mitfühlend an und überlegte, ob es eine Möglichkeit gab, ihm zu helfen.

„Sie können sich vorstellen, dass die für Sie interessante Frage bei unseren Ermittlungen keine Rolle spielte. Leider kann ich Ihnen daher nicht sagen, ob die Trevlik Fee von Nazis für die Flucht über die Ostsee genutzt worden ist oder nicht. Das Logbuch befindet sich auch nicht hier, sondern als Beweisstück in einem anderen Fall bei einer anderen Polizeibehörde."

„Ein anderer Fall?"

Anita nickte.

„Sie haben keinen Zugriff darauf?"

„Bedauerlicherweise nicht. Aber ich kann die Besitzerin des Logbuchs, eine Großnichte des Kapitäns, fragen, ob Sie bereit ist, mit Ihnen zu sprechen. Soweit ich weiß, hat sie das Logbuch sehr gründlich studiert.“

Anita befand sich im Flugzeug nach Bodrum. Es handelte sich um kein Privatvergnügen, sondern um eine Dienstreise. Sie selbst hatte diese vorgeschlagen. Der Innenminister persönlich hatte sich in den Fall eingeschaltet und Anita antanzen lassen. Bei der Vorladung ins Innenministerium hatte sie kurz geschluckt, sich dann aber schnell entschlossen, ihrer Linie treu zu bleiben. Der Minister hatte ihr letzten Endes persönlich zwei Nächte in einem gehobenen Hotel genehmigt und ihr viel Glück bei ihrer Mission gewünscht. Jetzt lehnte sie sich zufrieden in ihrem Businessclass-Sitz zurück. Melek und Roland empfingen sie am Flughafen. Meleks Augen drückten eine Mischung aus Angst und Sorgen aus. Roland wirkte hingegen gelöst und entspannt, wie Anita ihn noch nie zuvor gesehen hatte. Sie begrüßten sich etwas verkrampft.
„Mensch Roland, du siehst besser aus als je zuvor!“, versuchte Anita das Eis zu brechen. „Du hast wieder abgenommen, oder?“
„Ja! Ich gehe hier täglich mindestens eine Stunde Laufen und eine Stunde Schwimmen. Du kannst dir kaum vorstellen, wie gut mir das tut!“
„Doch kann ich, auch wenn mir leider gerade die Zeit dafür fehlt!“
Unter leicht bemühtem Small Talk liefen sie zum Parkplatz. Als Anita sah, auf welches Auto Roland zielstrebig zuging, blieb sie abrupt stehen und meinte überrascht:

„Das ist doch ein ...“, ihr fiel der Name des französischen Oldtimers nicht mehr ein. Erwartungsvoll sah sie Roland an, der nickte und meinte:
„Meinst du Citroën-DS?“
„Äh, ja. Wo hast du ihn her?“
„Geschenkt bekommen, um genau zu sein, habe ich ihn für zwei Pernod gekauft.“
„Willst du mich auf den Arm nehmen?“
„Nein, ich erzähle dir gleich die ganze Geschichte. Aber jetzt steige erst einmal ein.“
Sie verstauten Anitas Trolley. Natürlich setzte Roland sich ans Steuer. Melek nahm hingegen auf der Rückbank neben Anita Platz. Anita kam sich in der eleganten, schwarz lackierten Limousine mit Chauffeur und tiefen hellen Ledersitzen fast wie eine Schauspielerin aus einem alten französischen Film vor. Erinnerungen an eine Fahrt in diesem Wagen über die verschneite Alb, sie auf dem Beifahrersitz sich nach einer Berührung durch die Hand des Fahrers sehnend, überfluteten sie. Sie durfte jetzt auf keinen Fall sentimental werden. So beugte sie sich energisch nach vorne und meinte gereizt:
„Jetzt erzähl schon die Geschichte!“
„Okay. Ich arbeitete erst wenige Wochen im Hotel, als ich von der Zentrale angerufen wurde. An der Bar neben der Lobby warte ein Freund aus Stuttgart auf mich. Das hat mich total überrascht und etwas ratlos gemacht. Wer konnte das sein? Hätten sie Freundin gesagt, so hätte ich natürlich gleich an dich gedacht. Ich habe mir gewünscht, dass du dich mal sehen lässt. Aber Freund? Einen echten Freund hatte ich noch nie in meinem Leben und Peter oder meinen Trink-Kumpanen traute ich so ein unangekündigtes Erscheinen nicht zu. So ging ich ziemlich neugierig vor an die Bar und war nicht wenig erstaunt, Herrn Schweiger dort anzutreffen. Er gab an, sich noch einmal bei mir bedanken zu wollen. Durch meine Hilfe habe er seinen Frieden gefun-

den. Wir unterhielten uns ein bisschen. Bereits als ich an die Bar kam, hatte er an einem Glas Pernod genippt und wir redeten gerade lange genug, dass es ihm für ein zweites Glas langte. Mehr nicht, da wir beide keine gesprächigen Typen sind. Dann holte er ein Papier aus seiner Tasche und legte es vor sich auf den Tresen. Es handelte sich um einen Kaufvertrag für ein Auto. Der Vertrag war bereits fast vollständig ausgefüllt und unter Käufer stand mein Name. Ich war total verblüfft und fragte mich, ob er allen Ernstes glaubte, ich würde ihm einfach so seinen Oldtimer abkaufen. Er schien mich indessen gar nicht wahrzunehmen, trug unter Kaufpreis zwei Glas Pernod ein, legte Schlüssel und Fahrzeugpapiere neben den Vertrag auf den Tresen und erhob sich."
Roland brach ab. Anita wartete darauf, dass er fortfuhr, vergeblich. Ärger stieg in ihr auf. Ärger, der sich gegen Roland richtete, der aber ein klein bisschen auch von ihrem schlechten Gewissen ablenken sollte.
„Dir ist klar, dass man die Angelegenheit als Vorteilsannahme sehen kann!", schnauzte sie ihn an.
„Ach Anita, deine Welt funktioniert so wunderbar einfach!", erwiderte er äußerlich ruhig.
„Wenn man sich an einige simple Regeln hält, funktioniert die Welt eben einfach! Es ist doch wohl nicht so schwer, zum Angebot eines Herrn Schweiger nein zu sagen!"
Sie selbst hatte zu Herrn Schweigers Angeboten schließlich mehrmals Nein gesagt, auch wenn es sich um andere Angebote gehandelt hatte. Roland trat heftig in die Bremse und brachte den Wagen schlitternd auf einem Geröllstreifen neben der Straße zum Stehen. Er drehte sich um und funkelte Anita an:
„Was zum Teufel glaubst du eigentlich, dass ich getan habe? Natürlich habe ich ihm gesagt, dass sein Angebot nett ist, ich es aber unmöglich annehmen kann! Der Typ ist ein unglaublicher Dickkopf. Außerdem konnte ich ihn irgendwie verstehen. Der Wagen hier ist voller Erinnerungen an seine

große Liebe und durch die Fahrt mit Frau Tischer über die Alb auch irgendwie … beschmutzt. Um seinem neuen Leben eine Chance zu geben, musste er ihn loswerden. Nur wie? Verkaufen? Verschrotten? Einfach so? Der Schweiger hat mir klar gemacht, dass er den Wagen nicht mehr will und er ihn in jedem Fall bei mir stehen lässt. Wenn ich ihn nicht wolle, könne ich ihn verkaufen und das Geld für einen guten Zweck spenden. Er selbst brächte es nicht übers Herz und fürchte sich, eines Tages die Kiste mit hohem Tempo gegen einen Baum zu lenken. Durch meine, für einen deutschen Beamten keineswegs selbstverständliche, Hilfe bei der Überführung des Mörders, habe ich seiner Meinung nach Anspruch auf den Wagen erworben."

„Du hättest zur Abwechslung mal wie ein korrekter deutscher Beamter handeln und bei deinem Nein bleiben können!"

„Ich bin bei meinem Nein geblieben. Aber der Typ ist einfach gegangen. Gut, ich hätte den Kaufvertrag zerreißen und Schlüssel und Papiere einfach auf dem Tresen liegen lassen können."

„Warum hast du es nicht getan?"

Er zuckte müde mit den Schultern. Anita wollte ihn nicht so leicht davonkommen lassen und wartete. Endlich meinte Roland leise:

„Weil ich eben kein korrekter deutscher Beamter bin."

Endlich war es raus! Würde er jetzt auch noch beichten, die beiden Serben erschossen zu haben? Anita fröstelte. Eigentlich wollte sie ein solches Geständnis von Roland nicht hören.

„Außerdem", flüsterte Roland, „war der DS eine Botschaft für mich."

Solche Sätze wollte sie noch weniger hören. Anita war streng logisch und rational. Wenn Kollegen von Botschaften anfingen, sträubten sich ihr die Nackenhaare. Roland sah aufs blaue Mittelmeer hinaus.

„Auch wenn ich einige Zeit gebraucht habe, die Botschaft zu verstehen."
Anita stöhnte innerlich auf.
„Jetzt fange bitte nicht wieder mit Kokosnüssen und Haifischen an!"
„Wieso Kokosnüsse und Haie? Es geht eigentlich eher um den Unterschied zwischen der französischen und deutschen Automobilindustrie und somit letzten Endes um die unterschiedlichen Mentalitäten beider Völker. Hast du dir jemals überlegt, warum die Franzosen im Automobilbau nie gegen die Deutschen bestehen konnten?"
„Nein!"
„Schade, da hättest du viel über dich selbst erfahren. Nimm dieses Auto hier, den Citroën-DS. Er ist das französische Auto schlechthin. Was ist dagegen das deutsche Auto schlechthin?"
„Keine Ahnung, darüber habe ich mir nie Gedanken gemacht."
„Dann fang jetzt damit an!"
„Ein Mercedes?", warf Melek ein.
„Das ist eine Marke und kein Auto. Mit Mercedes ist es wie mit BMW: Als Marke sind sie bekannt, aber welches Auto verbindet man damit? Jeder ein anderes!"
„Also gut, dann den VW-Golf!", meinte Anita.
„Genau! Oder, vielleicht noch symbolischer, sein Vorgänger, der VW-Käfer. Der wurde zudem auch zwanzig Jahre lang parallel zum DS produziert."
„Kaum zu glauben ..."
„... aber wahr! Die Franzosen sind eben eines der wenigen Völker der Welt, die eine echte Revolution zustande brachten. Das prägt sie bis heute. Sie halten ewig am Bisherigen fest, bis der Druck im Kessel so hoch ist, dass er explodiert und etwas revolutionäres, also komplett Neues entsteht. Wenn du den DS mit den Automobilen aus den Fünfzigern vergleichst, die sich mit auskragenden Kotflügeln,

geraden Frontscheiben und wuchtigen Kühlern kaum von den ersten Automobilen aus dem neunzehnten Jahrhundert unterschieden, erkennst du, welche Revolution dieses Auto darstellte. Deshalb wird es in Frankreich auch so verehrt und geliebt. Ihr Deutsche seit hingegen von der permanenten Notwendigkeit der Anpassung und des damit einhergehenden Kompromisses geprägt. Das sieht man auch den deutschen Autos an: Permanent werden sie verbessert, optimiert, an die jeweils neuesten Anforderungen mit kleinen Schritten angepasst beziehungsweise Kompromisse geschlossen. Wenn der Druck dann doch einmal so hoch wird, dass Anpassung und Kompromisse nicht mehr ausreichen, gibt es für Deutsche keine mutige Revolution, sondern einen idealisierenden Rückgriff auf die angeblich guten alten Zeiten. Das war bei den Nazis so und ist heute mit manchen Öko-Spinnern auch so."

„Und die Botschaft des Autos an dich?"

Die Ironie war nicht zu überhören. Roland antwortete Anita zunächst mit einem spöttischen Lächeln. Sie ahnte, worauf er hinauswollte, weigerte sich aber, es ihm leicht zu machen. So meinte er schließlich:

„Dein Vorschlag an mich lautete jedenfalls, mich an die Tugenden des deutschen Beamten aus dem neunzehnten oder noch besser, des preußischen Beamten aus dem achtzehnten Jahrhundert zu halten und immer schön korrekt und tugendsam zu handeln."

„Ach, so siehst du das! Und du bist der Revolutionär, der wirklich Neues schafft, oder wie soll ich deine Ausführungen verstehen?"

Roland wandte sich wieder von ihr ab und blickte aufs blaue Mittelmeer hinaus. Anita wartete, doch er rührte sich nicht. Schließlich setzte sie gereizt nach:

„Selbstjustiz und Selbstgerechtigkeit ist keineswegs revolutionär!"

Er rührte sich nicht, saß einfach nur da. Sie hob die Hand,

wollte ihn gerade an der Schulter schütteln, als er endlich mit leiser Stimme erwiderte:

„Du meinst die beiden Toten vom Waldparkplatz?"

„Exakt die meine ich!"

„Die haben damit nichts zu tun. An einem verregneten Sonntagmittag bin ich in Arte an einer Fernsehdokumentation über Drehbuchschreiber aus Hollywood hängen geblieben. Ich weiß nicht warum. Mich interessieren weder Kino noch Fernsehen und schon gar keine Drehbuchautoren aus dem Ami-Land. Aber irgendwie war es echt interessant, was sie sagten und es berührte mich im Innersten. In den Sechzigern musste ein Held noch gut sein und eine Story ein Happy End haben. Später durfte der Held zumindest auch böse Seiten haben oder in dem Dilemma stecken, dass er sich nur zwischen zwei falschen Optionen entscheiden könnte. Heutzutage darf ein Held auch böse sein, die Leute mögen ihn trotzdem. Ja die Leute mögen es sogar, wenn er moralisch schwach ist und er ein beschissenes Leben hat. Es genügt ihnen zu sehen, dass er es trotzdem täglich schafft aufzustehen und einfach weiterzumachen. Daraus schöpfen die Zuschauer dann Mut, es ihm nachzutun. Wie du die letzten Jahre sicher mitbekommen hast, war es immer eine meiner Schwächen, ein Held sein zu wollen. Aber weißt du was? In meinem Polizistenleben hätte ich bald nicht mehr die Energie aufgebracht, Morgen für Morgen aufzustehen und weiterzumachen. Deshalb die … Flucht hierher, in die Türkei. Pure Gewohnheit und meine Loyalität dir und der Polizei gegenüber verhinderten, dass ich es im ersten Anlauf schaffte, auszusteigen. Als ich dann durch die Dunkelheit auf den Wagen mit den beiden Serben zuging, spürte ich zuerst nur die vertraute Aufregung. Mein Blut strotzte vor Adrenalin und mein Herz schlug wild. Ich freute mich schon auf den Kick, wenn die Sache erst vorbei wäre. Dann überfiel mich unerwartet die Gewissheit, dass ich stürbe, wenn ich weiterginge. Ich bin schon oft in brenzligen Situationen gewesen, hatte aber stets in der Gewissheit gehandelt, zu überleben. Erstmals war mir diese abhandengekommen. Etwas Schreckliches hatte ihren Platz eingenommen. Gelähmt hielt ich inne. In meinem Inneren überschlugen sich die Gedanken, kämpfte der Drang, wie gewohnt weiterzugehen, mit dem Impuls, die Flucht zu ergreifen. Da kam mir plötzlich dieses wundervolle Auto, das hier in der Türkei auf mich wartete in den Sinn. Nicht nur das Auto selbst, sondern was mir Herr Schweiger an der Bar über die Unterschiede in der französischen und deutschen Mentalität erzählt hatte und wofür dieses Auto seiner Ansicht nach steht. Da erst erkannte ich, dass er mir nicht einfach hatte den Wagen schenken wollen, sondern er mir damit etwas sagen wollte: Ich sollte das verhängnisvoll Gewohnte in meinem Leben stoppen und etwas revolutionär Neues machen! Er wollte mich darin bestärken, endgültig in der Türkei zu bleiben. Da wurde ich ruhig und beschloss, mich zurückzuziehen. In diesem Augenblick hörte ich von der anderen Seite des Parkplatzes das Knacken eines Zweiges, gefolgt von einem verärgerten Zischen. Instinktiv erkannte ich, dass da noch jemand auf den Wagen der Serben zuschlich, vermutlich sogar mehr als eine Person. Mein Herz schlug wie wild. Es klingt melodramatisch, aber ich wusste, das absolut Böse war auf dem Weg. Ich wandte mich ab, kämpfte gegen meine Panik an, um nicht loszurennen, sondern mich möglichst leise zurückzuziehen. Bereits an der Straße angelangt, hörte ich, wie eine Autotür aufgerissen wurde, ein schallgedämpfter Schuss fiel, beantwortet vom Bellen einer anderen Waffe und dem Finale eines weiteren gedämpften Schusses. In diesem Augenblick gewann die Panik endgültig Oberhand. Ich rannte los, stürzte ins Auto und raste in die andere Richtung davon.“

Roland brach ab und Anita fühlte sich traurig. Wie häufig sie das schon erlebt hatte. Erst leugneten Verdächtige alles, dann räumten sie ein, doch am Tatort gewesen zu sein, ehe schließlich das Geständnis folgte. Warum konnte er nicht gleich sagen, dass er die Serben erschossen hatte? Die Kugel im Armaturenbrett würde seine Aussage einer Notwehrsituation stützen und er hätte nichts weiter zu befürchten. Zumindest nicht vonseiten der Justiz.

„Ich weiß, was du jetzt denkst!", fuhr Roland fort. „Aber so war es nicht. Ich war nie auch nur in der Nähe des Wagens und es gibt keinerlei Beweise, dass ich überhaupt auf dem Waldparkplatz war. Ich …"

„Doch es gibt einen Beweis, deinen verlorenen Dienstausweis!"

„… das ist noch lange kein Beweis, höchstens ein Indiz! Ich habe meine Aussage also keineswegs unter dem Druck einer neuen Beweislage korrigiert, sondern einzig aus Freundschaft und in Vertrauen zu dir. Ich hoffe, du gehst entsprechend würdig damit um."

„Du Schwein!"

Chris stürzte sich auf ihren Vater und versuchte, ihn mit ihren Fäusten zu bearbeiten.

„Von wegen, dass du alles wieder gut machen willst! Du hast uns nur benutzt, um deinen eigenen Arsch zu retten!"

„Nein! Chris, hör mir zu!"

So gut es ging, wich er ihr aus und wehrte ihre Schläge ab.

„Hör zu!", fuhr er fort. „Ich wurde doch selbst von dem Killer überrascht! Ich hatte von Stahl & Co. bereits die halbe Million Euro kassiert, ihnen aber nur die fehlende Seite des Logbuchs mit den verschlüsselten Koordinaten überreicht. Ich misstraute ihnen und wollte die richtigen Koordinaten denen per E-Mail mitteilen, nachdem ich mich mit dir und Helena nach Asien abgesetzt hatte!"

Sie hörte ihm nicht zu. Sie wollte nichts hören, zu oft schon war sie in ihrem Leben von Männern angelogen worden. In diesem Augenblick würde sie ihn am liebsten umbringen. Er begriff, dass seine Worte nicht zu ihr durchdrangen. Entschlossen langte er zu und umarmte sie so fest, dass sie ihn nicht länger mit ihren Fäusten traktieren konnte. So rangen Vater und Tochter miteinander, bis Chris sich endlich ihre Ohnmacht eingestand und zu weinen begann. Dieter Kofler redete beruhigend auf sie ein und wartete geduldig, bis der schlimmste Sturm ihrer Gefühle abebbte. Erst dann begann er erneut:

„Ich stand bereits mit dem Auto vor deinem Haus, um dich und Helena abzuholen. Während ich im Auto nach den richtigen Worten suchte, fuhr ein Wagen vor. Er parkte ungeniert direkt vor mir im Parkverbot und ich dachte, ganz schön dreist. Nach dem Aussteigen zog der Fahrer seine Waffe und steckte sie wieder zurück. Da ahnte ich, dass die von der Polizei sind. Als ich sah, wie sie deine Klingel drückten, bekam ich Panik und haute ab. Das war dumm von mir, entschuldige bitte. Ich ging dann noch einige Male bei deiner Wohnung vorbei, traf dich aber nie an. Schließlich wagte ich es sogar, dich auf deinem Handy anzurufen, aber leider ohne Erfolg. Du warst wie vom Erdboden verschwunden."

Er hatte den richtigen Ton getroffen und so besaßen seine Worte etwas Tröstliches. Chris wollte, getrieben von ihrer tiefen Sehnsucht nach einer heilen Welt voller Geborgenheit, aber auch allzu gerne getröstet werden. So kam sie langsam zur Ruhe und lehnte sich fest an ihn, genoss seine väterliche Umarmung, die ihr mit sechsunddreißig Jahren zum ersten Mal in ihrem Leben zuteilwurde.

„Die haben dir einen Killer auf den Hals gehetzt?", fragte sie schließlich leicht schniefend.

„Ja."

„Warum?"

„Ich dachte, die brauchen Wochen, um eine Expedition auszurüsten und zu merken, dass die Koordinaten im Logbuch falsch sind. Stattdessen haben die das innerhalb von Tagen herausgefunden. Herr Stahl hat mir daraufhin wütend angerufen. Ich habe ihm erklärt, dass ich ihm die korrekten Koordinaten mitteilen wollte, sobald ich mit dem Geld in Sicherheit bin. Aber entweder konnte oder wollte er den auf mich angesetzten Killer nicht mehr stoppen."
„Und du hast ihn ... getötet?"
Er zögerte, rang mit sich, was er mit der Wahrheit zu gewinnen oder auch zu verlieren hatte, ehe er mit rauer Stimme antwortete:
„Ja."
Sie sah zu ihm auf. Abscheu und Bewunderung rangen in ihrem Inneren um die Vorherrschaft. Schließlich fragte sie neugierig:
„Wie hast du ihn in die Falle gelockt?"
„Gar nicht! Der war einfach gei … sexbesessen und strohdumm. Ich hörte in jener Nacht das Glas der Terrassentür splittern, war aber zu träge, um nachzusehen. Irgendwie ging ich davon aus, dass der Sturm die Scheibe zersplittert hatte. Der Zwischenfall hatte jedoch meine eigentliche Arbeit unterbrochen und ich fand nicht mehr in sie zurück. So klappte ich den Laptop auf und öffnete … eine ...", er schluckte, sah seine Tochter kurz unsicher an, „... Porno-Seite. Ich meine, für mich interessiert sich keine Frau mehr und …"
Er brach ab, löste die Umarmung und sah seine Tochter beschämt an. Diese hatte absolut keine Lust, dieses Thema mit ihrem Vater zu vertiefen und fragte daher nur:
„Was passierte dann?"
„Um die Lady auf dem Bildschirm besser sehen zu können, löschte ich die einzige Lichtquelle des Raums, eine kleine Schreibtischlampe. Kaum hatte ich das getan, hörte ich aus dem Esszimmer schwere Schritte. Rasch klappte ich den

Laptop wieder zu, erhob mich möglichst leise und schlich mich Richtung Flurtür. Da wurde die Klinke der Tür vom Esszimmer in mein Arbeitszimmer heruntergedrückt und ich konnte gerade noch in eine Nische zwischen Schrank und Kamin schlüpfen, ehe sie sich öffnete. Der Strahl einer Taschenlampe leuchtete herein und fuhr über die Unterlagen auf meinem Schreibtisch. Ein Mann trat ein und spuckte erst einmal dick auf mein Parkett. Dann trat er an den Schreibtisch. Ich fürchtete, der hört mein Herz klopfen, so wild wie es pochte, dreht sich jeden Augenblick um und erschießt mich. In der Hand hielt er eine riesige Pistole. Mir war klar, dass er mich sieht, sobald er sich vom Schreibtisch abwendet. Doch zum Glück klappte er den Laptop auf und sofort war wieder die Lady zu sehen. Der tumbe Trottel starrte sie gierig an und … und … fasste sich zwischen die Beine. Dann legte er die Pistole auf dem Bürocontainer neben sich ab, öffnete den Hosenladen und nahm auf meinem Stuhl Platz. Ich traute meinen Augen nicht, als der tatsächlich begann, sich einen runterzuholen. Ich wollte mich davonschleichen. Da kam mir der Gedanke, was wenn er mich hört, sich umdreht, nach seiner Pistole greift und mich erschießt? Nach langem Zögern schlich ich schließlich auf ihn zu und griff mir die Pistole. Der war so beschäftigt, dass er nichts bemerkte. Ich stand hinter ihm und zielte mit zitternden Händen auf seinen Hinterkopf, während er immer wilder an sich rumrubbelte. Ich wollte ihn auffordern, die Hände zu heben und hatte gleichzeitig Angst, dass er sich stattdessen einfach auf mich stürzen würde. So überlegte ich hin und her, als sich plötzlich der Schuss löste. Ich … ich wollte das wirklich nicht!"

Er endete und sie standen einander verlegen gegenüber. Vage kam ihr der Gedanke, dass die Kommissarin von zwei Schüssen gesprochen hatte. Aber das war jetzt egal. Sie tätschelte ihren Vater kurz am Arm und fragte:

„Und dann? Was hast du dann gemacht?"

„Ich stand endlos da und starrte die auf meinem Schreibtisch liegende Leiche an. Natürlich wollte ich die Polizei rufen. Aber würde es als Notwehr gelten, einen Unbewaffneten von hinten in den Kopf zu schießen? Außerdem ...“
Er brach ab. Chris wartete einen Augenblick und fuhr dann für ihn fort:
„... war dir klar, dass der Typ mit dem Auftrag gekommen war, dich zu beseitigen. Früher oder später würde ein Anderer kommen, um den Auftrag zu erledigen!“
Er seufzte.
„Genau, so war es. Da kam mir die Idee: Was, wenn die ihn für mich hielten? Er hatte ungefähr meine Statur, und wenn ich ihn mit Benzin übergossen anzündete, würde die Polizei vielleicht davon ausgehen, dass es sich um die verkohlte Leiche des Hausherrn handelt. So war es ja ursprünglich geplant gewesen. Stahl & Co. würden vielleicht davon ausgehen, dass ihr Killer sich mit der halben Million in bar abgesetzt hätte, statt ihnen ihr Geld zurückzubringen. So würde mir zumindest Zeit bleiben, unterzutauchen. Aus dem Fernsehen wusste ich, dass die Polizei vermutlich seine DNA mit Proben aus meinem Bad vergleichen würde. Ich packte Zahnbürste, Rasierer und so weiter ein. Aus dem Schrank nahm ich eine frische Zahnbürste und schrubbte mit ihr durch den Spucke-Fleck auf dem Parkett. Außerdem riss ich ihm Haare aus und deponierte diese in meinem Bad.“
„Wusstest du von Anfang an, dass sich das Bernsteinzimmer gar nicht im Wrack befand?“
„Natürlich nicht, sonst hätte ich mich nicht auf die Suche nach ihm gemacht!“
„Wieso hast du dich überhaupt auf die Suche begeben?“
„Die Schatzsuche hat auf der Bühne meines Hauses begonnen. Erika, die im Auftrag meiner Mutter mein Erbe verwaltet, hat mir vor drei Jahren das Geld zusammengestrichen. Aus Not heraus habe ich damals begonnen, Dinge

von meinen Eltern im Internet zu versteigern. Du glaubst gar nicht, was man da alles verkaufen kann. Natürlich habe ich mit Kunstwerken, wertvollen Möbeln und so begonnen. Als die verkauft waren, räumte ich die Bühne systematisch leer und stellte alles ins Netz. Eines Tages stieß ich auf eine riesige Kiste alter Briefe. Ich dachte, das interessiert nun wirklich niemand, habe dann aber doch nachgeschaut, ob es dafür einen Markt gibt. Es gibt einen. Eigentlich wollte ich die Briefe nur in Bündel zu je zehn Stück sortieren, um sie gut versteigern zu können."

Er verstummte und starrte vor sich hin.

„Und dann?"

Dieter Kofler atmete schwer ein und ließ den Atem vernehmbar wieder entweichen, ehe er fortfuhr:

„Dann hielt ich plötzlich einen Brief meiner Mutter an meinen Vater in der Hand. Dem Stempel auf der Briefmarke entnahm ich, dass er kurz nach ihrem Kennenlernen geschrieben worden war. Ich begann zu lesen und ... es war sehr bewegend. Worte der Liebe und Zärtlichkeit standen dort. Mir wurde schlagartig bewusst, dass sie zu jener Zeit eine ganz andere Frau gewesen war, als ich sie in Erinnerung hatte. In die Persönlichkeit jener leidenschaftlichen Briefschreiberin, deren Bild aus den schwungvoll niedergeschriebenen Zeilen entstand, verliebte ich mich sofort. Ich war total erschüttert und begann die Briefe meiner Eltern zu lesen. Dabei stieß ich auf die Korrespondenz zwischen meinem Vater und seinem nach Schweden ausgewanderten Bruder Albert. Sie schrieben ziemlich verklausuliert über ihre Geschäfte miteinander. Ich fragte mich, welche Art von Geschäften das gewesen sein mochten. Die Briefe datierten immerhin aus der Kriegszeit und Schweden war seinerzeit eines der wenigen neutralen Länder Europas. Zum ersten Mal in meinem Leben war mein Interesse für Geschichte geweckt. Ich begann nachzuforschen und mit Historikern zu kommunizieren. Mit deren Hilfe begriff ich, dass die

Brüder wahrscheinlich von den Nazis geraubte Kunstwerke über die Ostsee geschmuggelt und auf dem Schwarzmarkt verkauft hatten, um Hitler Devisen für seinen Vernichtungskrieg zu verschaffen. Mein Onkel hat den Nazis zusätzlich noch geholfen, von dem Geld in Schweden Eisenerz zu kaufen, damit Krupp daraus Kanonen gießen konnte. Es war einerseits ein Schock für mich. Irgendwie hat es mir aber auch geholfen. Mein ach so überlebensgroßer Vater hatte sich sein Vermögen also keineswegs durch harte, ehrliche Arbeit erworben, wie er stets getönt hatte. Er war nichts weiter, als ein skrupelloser Dieb und Hehler gewesen!
Dann, nach dem Krieg, hatten die beiden plötzlich brieflich über das Bernsteinzimmer diskutiert. Mein Vater wollte sein Wissen über seinen Verbleib versilbern, mein Onkel war dagegen. Ich war elektrisiert, sah unerwartet die Möglichkeit, ein für alle Mal meine finanziellen Sorgen loszuwerden. Fieberhaft suchte ich in dem Berg von Briefen nach Hinweisen, wo es versunken war und machte erneut eine völlig unerwartete Entdeckung. Meine Mutter hatte Mitte der Siebziger mit der Mutter meiner ersten Liebe, Carolin, korrespondiert."
Er sah, wie sie zusammenzuckte und sich verkrampfte, als er den Namen ihrer Mutter Carolin aussprach. Er streichelte ihr sanft über den Rücken und führte sie zum Sofa.
„Genau", fuhr er fort, „auf der Suche nach dem Bernsteinzimmer habe ich von dir erfahren. Oder, besser gesagt, begonnen zu glauben, dass es dich wirklich gibt. Meine Mutter schrieb mehrere Briefe an deine Oma mütterlicherseits, die alle ungeöffnet zurückkamen. Sie erkundigte sich nach dem Verbleib deiner Mutter, brachte ihre Sorge um Carolin zum Ausdruck und fragte schließlich ziemlich genervt und direkt, ob Carolin von mir schwanger wäre und daher versteckt gehalten würde. Mich hat das Lesen dieser Briefe zutiefst bewegt. Dann erinnerte ich mich an den Brief, den Carolin mir über dreißig Jahre zuvor ge-

schrieben hatte. Ich begab mich auf die Suche nach ihm und fand tatsächlich auch ihn. So begab ich mich auf die Suche nach dir. Dich habe ich zumindest wirklich gefunden."
Er drückte fest ihre beiden Hände, die in seinen geöffneten Pranken lagen.
„Wie hast du herausbekommen, dass sich das Bernsteinzimmer doch nicht im Wrack der Trevlik Fee befand?"
„Nachdem ich alle Briefe gelesen hatte, ohne weitere Informationen darüber zu erhalten, war ich zutiefst frustriert. Ich wollte aufgeben, bekam die Sache aber einfach nicht aus dem Kopf. Immer wieder fragte ich mich, welche Schiffe die wohl für den Schmuggel benutzt hatten und wer, außer den beiden verstorbenen Brüdern, noch etwas darüber wissen konnte. Eines Nachts fuhr ich dann aus dem Schlaf hoch. Im Traum hatte ich deutlich das goldgerahmte Bild des alten Zweimasters und das davor drapierte Logbuch vor mir gesehen. Meine gesamte Kindheit und Jugend hindurch hatten sie einen Ehrenplatz in unserem Esszimmer eingenommen. Meine Mutter hatte es nach dem Tod meines Vaters umgehend verschwinden lassen. Noch mitten in der Nacht begab ich mich hinauf auf die Bühne und suchte nach dem Vermissten. Im hintersten Winkel stieß ich auf den flachen Karton eines Tischgrills. Er war meine letzte Chance und tatsächlich, darin hatte meine Mutter die Sachen verstaut. Ich nahm das Logbuch an mich und konnte es kaum glauben, was mein Vater sich getraut hat, all die Jahre öffentlich zu präsentieren."
„Was stand darin?"
„Du meinst auf der fehlenden Seite, den Rest kennst du ja?"
Sie nickte.
„In dem Karton befand sich nicht nur die fehlende Seite, sondern auch ein Brief meines Vaters an mich."
Er zog einen Umschlag aus der Tasche und reichte ihn Chris. Diese nahm ihn entgegen und entnahm ihm mehrere eng beschriebene Blätter.

Mein Sohn,

wenn du diesen Brief findest und ihn liest, so hast du dich hoffentlich doch noch mit mir und der Geschichte deiner Familie ausgesöhnt. Solltest du den „alten Krempel“ auf unserem Dachboden hingegen einfach verbrannt haben, so wirst du diesen Teil deines Erbes nie antreten.

Ich war in deinen Augen immer ein Nazi und zu meinen Lebzeiten hast du mir dies auch nicht verziehen. Ich bin mir sicher, dass du nicht im Entferntesten ahnst, wie sehr mich deine Vorwürfe zeit meines Lebens schmerzten. Es ist richtig, ich war Mitglied der NSDAP und es stimmt ebenfalls, dass ich schwere Schuld auf mich geladen habe. Aber ich bin nicht freiwillig NSDAP-Mitglied geworden. Du kannst den Unterlagen in der Außenstelle des Bundesarchivs in Ludwigsburg entnehmen, dass ich erst unmittelbar vor Kriegsbeginn Parteimitglied geworden bin. Und ich schwöre, dass kein Mensch durch meine Hand starb. Bitte höre dir zumindest nach meinem Ableben endlich meine Geschichte an!

Wie du weißt, stammt unsere Familie ursprünglich aus Tirol. Es waren dickköpfige und freiheitsliebende Menschen, die aktiv an allen Aufständen gegen Napoleons Truppen teilnahmen. Nach Andreas Hofers Niederlage flüchtete Franz Kofler, unser direkter Vorfahre in männlicher Linie, nach Bayern, genauer gesagt nach Lohr am Main in Franken. Er arbeitete dort auf dem Schleppkahn eines Flussschiffers und heiratete schließlich dessen Tochter. So war unsere Familie fünf Generationen lang als Flussschiffer mit eigenem Kahn tätig. Es war ein mühseliges Brot. Der älteste Sohn übernahm jeweils den Kahn und die jüngeren Brüder mussten sehen, wo sie bleiben. So war es auch bei uns. Ich übernahm als junger Mann von 21 Jahren den Kahn, während mein

ein Jahr jüngerer Bruder Albert schon mit 18 Jahren von einer Fahrt nach Rotterdam nicht mit zurückkam. Er heuerte als Matrose auf einem Handelsschiff an. Mein kleiner Bruder Andreas, der als Nachzügler 15 Jahre jünger als ich war, träumte davon Ingenieur zu werden. Doch dem machten die Nazis einen Strich durch die Rechnung. Ich hatte mich nie für Politik interessiert und die Nazis waren mir eher suspekt, da ich in den Fahrten über die Grenze nach Holland merkte, dass sie mit ihrer Politik Ressentiments gegen uns Deutsche förderten. Das war nicht gut für unser Geschäft und ich äußerte mich manchmal zu Hause dementsprechend negativ über sie. Zeit meines Lebens machte ich mir deswegen Vorwürfe, meinen kleinen Bruder Andreas dadurch zu seiner Rebellion angestachelt zu haben. Aber wahrscheinlich wäre es auch ohne meine Äußerungen genauso gekommen. Im Rückblick denke ich, dass die Nazis einfach einen Vorwand gesucht haben und diesen so oder so gefunden hätten. Andreas war nach Andreas Hofer, dem Tiroler Freiheitskämpfer benannt und besaß die typische Freiheitsliebe und Dickköpfigkeit unserer Vorfahren. Früher oder später wäre er ohnehin mit den Nazis zusammengerasselt. Es gab in Lohr eine winzige jüdische Gemeinde, mit der es meiner Erinnerung nach nie Schwierigkeiten gegeben hatte. Dann kam die Reichskristallnacht und führte auch in Lohr zu Gewaltausbrüchen und Misshandlungen. Dein Onkel Andreas war einer der wenigen, der sich traute die Nazis offen zu kritisieren. Als ich am 18. November mit unserem Kahn zurück nach Lohr kam, erfuhr ich, dass er zusammengeschlagen und in die Gestapo-Zentrale nach Würzburg gebracht worden war. Trotz meiner Angst sprach ich dort vor. Sie schienen schon auf mich gewartet zu haben. Erst ließen sie mich stundenlang schmoren, dann heizten sie meine Angst um Andreas richtig ein, bis sie mich in die tiefste Verzweiflung gestürzt hatten. In diesem Augenblick zauberten sie zwei Eintrittserklärungen hervor, eine für die

NSDAP und eine für die Marineschule in Kiel. Ich hätte alles unterschrieben, um das Leben meines kleinen Bruders zu retten. Aber ich muss gestehen, dass ich von deren Wunsch, mich in der Marineschule haben zu wollen, durchaus geschmeichelt und verführt war. Sie wollten mich dort nicht als Matrose, sondern ich durfte die Offizierslaufbahn einschlagen und sah mich schon als ersten Offizier oder gar Kapitän eines stolzen Schlachtschiffes. Andreas wurde tatsächlich freigelassen und musste mit der Auflage, jede weitere politische Äußerung zu unterlassen, als Schiffsführer unseren Kahn übernehmen. Er hat übrigens schon auf seiner ersten Fahrt nach Rotterdam den Kahn im Stich gelassen und auf einem amerikanischen Frachter angeheuert. Ich habe leider nie wieder etwas von ihm gehört. Von mir beauftragte Nachforschungen blieben ergebnislos.

Ich rückte hingegen schon am 25. November 1938 in die Marineschule ein und begann meine Ausbildung zum Offizier. Dort wurde mir schnell klar, dass die Nazis sich auf einen Krieg vorbereiten und ich bekam einfach nur riesige Angst. Ich erwog ernsthaft, über die Ostsee nach Malmö zu meinem Bruder Albert zu fliehen, brachte aber den Mut hierzu nicht auf. Ach ja, Albert hatte es unserem Vorfahren Franz nachgemacht und die Tochter eines Kapitäns mit eigenem Schiff geehelicht. Nach dem Tod seines Schwiegervaters hat er dessen Handelsschoner in Malmö übernommen. Es war ein altes, kleines Schiff, mit dem er hauptsächlich schwedische Inseln und kleine Küstenorte mit Waren des täglichen Bedarfs versorgte. Frage mich nicht wie, aber die Nazis wussten darüber genau Bescheid und viel später wurde mir klar, dass dies der Grund war, warum sie mich als Offizier auf der Marineschule haben wollten. Ich wurde am 1. August, also unmittelbar vor dem Überfall Polens, nach Berlin ins Reichsmarineamt beordert. Wieder ließ man mich den ganzen Tag in den Fluren warten, um mich weich zu kochen. Abends empfing mich endlich ein politischer Stabsoffizier, der sich als Oberst Schmidt vorstellte. Er sagte mir ganz offen, das Reich werde in den nächsten Tagen Polen überfallen. Es läge in seiner Macht, mich als Landser in der ersten Reihe an diesem Angriff teilnehmen zu lassen. Ich schluckte und fragte, was er von mir wolle. Er behauptete, mich zum Kapitänleutnant ernennen zu wollen. Wenn ich dies annähme, würde ich ab sofort für eine ganz spezielle Abteilung innerhalb des Kriegsministeriums arbeiten. Je weniger ich über diese Abteilung wüsste, desto besser sei es für mich. Ich müsse absolute Verschwiegenheit über meine Arbeit wahren und würde meine Befehle ab sofort immer direkt von ihm erhalten. Auf meine Frage hin sagte er, meine Arbeit habe etwas mit dem Beladen und vielleicht auch dem Führen von Schiffen zu tun. Seine Angaben erschienen mir dubios. Aber ich traute es mir zu, war neugierig geworden und natürlich reizte es mich, Kapitänleutnant zu werden. So willigte ich ein, bekam ein Quartier in Berlin zugewiesen und die Order zu warten. Für meine Wartezeit bekam ich eine Schwedisch-Lehrerin für mich alleine und den Auftrag, die Sprache zu lernen.

Am 5. September wurde ich nach Danzig beordert. Als ich dort eintraf, wurde noch um die Westerplatte gekämpft. Der Offizier, bei dem ich mich zu melden hatte, war von der SS. Meine Schwedisch-Lehrerin begleitete mich und auch die nächsten Tage hatte ich nichts weiter zu tun, als die Sprache zu lernen. Am 14. September stand dann plötzlich mein Bruder Albert vor mir. Er war soeben mit seiner „Trevlig Fee“ in Danzig eingelaufen. Ich war über unser unerwartetes Treffen erfreut und erfuhr von ihm, dass ein Konsul der deutschen Botschaft ihn schon vor über einem Jahr kontaktiert hatte, um sein Interesse an Aufträgen des Deutschen Reichs, die eine gewisse Verschwiegenheit verlangten, zu erfragen. Da er sich nicht sicher war, ob unser Briefverkehr überwacht wurde, hatte er dies in seinen Briefen mir gegenüber mit keiner Silbe erwähnt. Jetzt zeigte er sich erfreut, dass ich auf deutscher Seite derjenige war, mit dem er viel zu tun haben würde. In einem Schuppen am Hafen stand ein Berg Kisten unterschiedlichster Größe und Gewichts bereit, die wir in der Trevlig Fee zu verstauen hatten. Obendrauf kam dann zur Tarnung eine Ladung Kohlesäcke. In erster Linie setzten die Nazis aber auf den schwedischen Namen und die weithin sichtbare schwedische Flagge des Schoners, die uns schützen sollten. So war es auch, selbst als wir später durch die Nordsee und sogar einmal an zahlreichen englischen Kriegsschiffen vorbei durch den Ärmelkanal in den Atlantik fuhren. Die Engländer hatten kein Interesse wegen eines alten Segelschiffes, das kaum kriegswichtige Güter enthalten konnte, Ärger mit dem neutralen Schweden zu riskieren. Schließlich haben die nicht einmal die schwedischen Erzfrachter versenkt, die das Reich mit kriegswichtigem Eisen versorgten.

Ja, ich habe Schuld auf mich geladen! Auch wenn ich in den fünf Jahren meiner Tätigkeit als Schmuggler in Staatsdiensten nie den Inhalt der Kisten zu Gesicht bekam, meine ich deren Inhalt zu kennen. Es handelte sich um Kunstwerke bekannter Künstler, die von den Nazis den Juden und unterworfenen Völkern geraubt worden waren, um an skrupellose Bonzen der angelsächsischen Länder verkauft, zur Finanzierung des Krieges gegen ebendiese Länder beitrugen. Ja du liest richtig. Erst nach dem Krieg habe ich erfahren, dass nur ein kleiner Teil der Werke in Schweden verblieb. Der größte Teil wurde an die Reichen Amerikas und Großbritanniens samt seiner Kolonien verkauft. Wobei die Käufer falls sie es wirklich nicht wussten, so doch sicher ahnten, woher die Werke kamen und dass sie nicht rechtmäßig in den Besitz der Verkaufs-Agenten gelangt waren. Ich gestehe, dass ich die Arbeit ohne Skrupel verrichtete.

Ich war froh, weit weg von dem blutigen Krieg im Osten zu sein. Richtig profitiert hat davon aber in erster Linie Albert. Er baute sich mit dem Geld der Nazis eine Handelsflotte auf, mit der er norwegisches und schwedisches Erz über die Ostsee ins Reich verschiffte.

Im Oktober 1944 wurden wir nach Königsberg beordert. Üblicherweise traf ich von Landseite her ein und hatte ein bis zwei Wochen Zeit zur Vorbereitung, ehe die Trevlik Fee kam, beladen wurde und umgehend wieder ablegte. Meist traf sie mittags ein und legte bei Einbruch der Dunkelheit wieder ab. Wir wollten möglichst wenig Aufmerksamkeit auf uns ziehen. Unsere Ladung löschten wir in einem verschwiegenen schwedischen Schmugglernest. Von den Nazis erhielten wir immer vier bewaffnete Begleiter mit auf den Weg. Wir Deutschen wurden dann mit einem Fischerboot nach Löschen der Ladung zurück ins Reich gebracht. Ich vermutete gleich, dass sie uns nach Königsberg beordert hatten, um das Bernsteinzimmer in Sicherheit zu bringen. In der Wochenschau hatte ich gesehen, wie 1941 das Bernsteinzimmer aus dem Schloss von St. Petersburg ins Schloss von Königsberg gebracht und dort ausgestellt worden war. So wusste ich genau, was sich in den siebenundzwanzig Kisten befand, die man mir in einem Keller des Königsberger Schlosses zeigte. Wie üblich ließ ich Arbeiter die Kisten genau vermessen und wiegen. Aus den von mir notierten Daten erstellte ich dann einen genauen Plan, welche Kiste wo auf der Trevlik Fee zu verladen war, damit diese keine Schlagseite bekam. Dies war all die Jahre meine Hauptaufgabe gewesen, da wie gesagt die eigentliche Verladung sehr schnell vor sich gehen musste. Es war kein Problem, die Kisten auf der Trevlik Fee unterzubringen. Am 26. Oktober 1944 lief sie in Königsberg ein. Ich ging gleich an Bord und begrüßte Albert und die mir vertrauten Seeleute. Statt der erwarteten Kisten traf dann die SS beim Schiff ein. Sie sag-

ten, unsere Ladung sei noch nicht frei gegeben und der Schoner würde einige Tage im Hafen bleiben müssen. Sie beschlagnahmten das Funkgerät und stellten zwei Bewaffnete als Wachen ab. Ich ging zurück in mein Quartier. Drei Tage später wurden alle Schweden verhaftet, als sie zu fliehen versuchten. Der Schoner lag ab dann bewacht, aber ohne Besatzung im Hafen. Ich sollte mich bereithalten, genannte Termine wurden aber immer wieder aufs Neue verschoben. Offensichtlich gab es auf der Führungsebene Uneinigkeit darüber, ob man das Bernsteinzimmer wirklich nach Norwegen in Sicherheit bringen sollte. Am 15. Januar ging es auf einmal ganz schnell. Es hieß, wir sollten am nächsten Tag laden und auslaufen. Tatsächlich kamen am 16. Januar morgens die Lastwagen und Soldaten halfen mit, die Kisten zu verstauen. Die schwedische Mannschaft wurde wieder gebracht. Wir fuhren nach Einbruch der Dunkelheit los, um den Russen zu entkommen. Das Glück war uns hold und bei kräftigem Ostwind erreichten wir ungestört die offene See. Hinüber nach Schweden war es nicht weit und in Küstennähe unter schwedischer Flagge würde es keiner wagen, uns anzugreifen. Kurz vor der Dämmerung, schon in Sichtweite der schwedischen Küste, tauchte plötzlich ein englisches Jagdflugzeug auf, eine De Havilland Mosquito. Sie flog zielstrebig auf die Trevlik Fee zu, überflog sie erst, umkreiste sie dann und drehte wieder ab. Wir fühlten uns sicher, waren wir doch beinahe in schwedischen Gewässern und deutlich als schwedisches Schiff beflaggt. Warum solle ein Engländer da Verdacht schöpfen? Aber er drehte erneut, kam im Tiefflug an und beschoss uns aus seiner Bordkanone. Zwei Matrosen starben durch den Beschuss und die Trevlik Fee erhielt Treffer unterhalb der Wasserlinie. Der Engländer kam erneut angeflogen. Voller Panik gab Albert den Befehl, das Beiboot zu Wasser zu lassen. Die De Havilland Mosquito schoss jedoch nicht, sondern umkreiste uns mehrfach, ehe sie abdrehte. Das ergab keinen Sinn.

Der Pilot konnte unmöglich sicher sein, uns so schwere Treffer zugefügt zu haben, dass wir sinken würden. Warum gab er auf? Hatte er keine Munition mehr? Warum hatte er uns überhaupt beschossen? Mein Bruder Albert verschwand unter Deck und kam wenig später wieder fluchend nach oben. Er berichtete mir flüsternd, dass er mehrere Kisten geöffnet habe. Wir seien von den Nazis verarscht worden. Die Kisten enthielten nichts weiter, als Kieselsteine und Holzwolle. Albert, der Kapitän des Schiffes, wies mich an, mir den beiden überlebenden Matrosen gegenüber nichts anmerken zu lassen und die geöffneten Kisten wieder zu verschließen. Er ging wohl davon aus, dass wir heil einen Hafen erreichen würden. Stattdessen sank die Trevlik Fee in der Nacht wenige Meter vor der Küste. Albert konnte das Logbuch in Sicherheit bringen und trug verschlüsselt die Position der Trevlik Fee ein.

Von den Behörden unbehelligt arbeitete und lebte ich bei Alfred. 1951 tauchten dann plötzlich zwei Herren des schwedischen Geheimdienstes auf und erklärten, ich hätte innerhalb von drei Monaten das Land zu verlassen. Sie nannten mir einen deutschen Kontaktmann in Kiel, der mir helfen würde, Fuß zu fassen. Alfred fuhr mit seinem schwedischen Pass hinüber und kam tatsächlich mit deutschen Papieren der jungen Bundesrepublik für mich zurück. Ich sollte mich an einem Ort, wo mich niemand von früher kannte, niederlassen. So landete ich in Stuttgart.

Von unserem Auftrag und dass ich die genauen Koordinaten des Untergangs der Trevlik Fee kenne, habe ich nie jemandem erzählt. Ich habe oft mit mir gerungen, ob ich mich offenbaren soll. Da ich im Auftrag der SS Verbrechen begangen habe und selbst Mitglied der NSDAP gewesen bin, schreckte ich davor zurück. Es liegt jetzt an dir zu entscheiden, was passieren soll. Du hast mich als deinen Vater oft verurteilt. Mit diesem Geständnis gebe ich dir die Möglichkeit in die Hand, mich auch öffentlich als Verbrecher verurteilen zu lassen.

Dein dich trotz deiner Vorwürfe liebender Vater

Dieter Kofler hatte angespannt seine Tochter beim Lesen des Briefes beobachtet. Chris war total erschüttert. Sie versuchte, sich das Leben ihres Großvaters vorzustellen. Wie mochte er sich gefühlt haben? Was für ein Mensch war er gewesen? Er hatte im Auftrag der Nazis Verbrechen begangen, deren Bekanntwerden ihn sozial geächtet hätte. Trotzdem hatte er das Logbuch so offen aufbewahrt, als hätte er seine Entdeckung provozieren wollen. Und am Ende des Kriegs war er von den Nazis auch noch selbst verraten worden.
„Der Flieger ...“, flüsterte sie.
„Welcher Flieger?“
„Na, der Opa beschossen und die Trevlik Fee versenkt hat!“
„Was ist mit ihm?“
„Wer hat die Engländer auf Opas Spur gebracht?“
„Das habe ich mich auch lange gefragt.“
„Und? Zu welcher Antwort bist zu gelangt?“
„Ich glaube, die Engländer haben von den Nazis einen Tipp bekommen. Sicher nicht auf das Bernsteinzimmer, eher dass sich Nazigrößen nach Schweden absetzen wollten, oder so.“
„Warum sollten sie das getan haben?“
„Weil Diebe und Räuber sich gegenseitig bestehlen, wenn es Gelegenheit dazu gibt. Wahrscheinlich gab es Anweisung von ganz Oben, das Bernsteinzimmer mit der Trevlik Fee nach Schweden zu schaffen. Irgendeiner in der Kette nach Unten hat sich für schlau gehalten und eine Möglich-

keit gesehen, den Schatz für sich selbst zu sichern und hat ihn woanders hingebracht. Um seine Vorgesetzten auf eine falsche Spur zu locken, hat er wohl gehofft, dass die Engländer die Versenkung der Trevlik Fee bekannt geben würden."

„War Opa dann nicht irgendwie auch ein Opfer der Nazis?"

„Für mich ist er nach wie vor in erster Linie Täter! Er hat doch alles getan, um der Front fernbleiben zu können und schamlos die Situation zu seiner eigenen Bereicherung genutzt!"

Chris sah ihren Vater skeptisch an. Hatte er nicht ebenfalls nur an seinen eigenen Vorteil gedacht? Konnte er sich moralisch über seinen Vater erheben? Dieter Kofler schien selbst die Widersprüchlichkeit zwischen seinen Worten und Taten zu bemerken und meinte barsch:

„Genug geredet, packt eure Sachen. Wir hauen ab."

„Abhauen?" Sie sah ihn überrascht an. „Wohin?"

„Nach Asien, Birma oder so."

„Asien? ... Nein!"

„Wie bitte?"

„Nein, ich will nicht abhauen!"

„Warum nicht?"

„Weil ich nichts angestellt habe. Warum sollte ich also abhauen?"

„Wir sind doch jetzt endlich eine Familie und ..."

„Eben, darum will ich auch nicht, dass du abhaust!"

Sie standen einander gegenüber. Dieter Kofler war vom Verhalten seiner Tochter ziemlich überrascht. Es imponierte ihm, wie sie mit in die Hüfte gerammten Fäusten vor ihm stand.

„Warum willst du nicht, dass ich abhaue?"

„Weil ich endlich einen Vater haben will, der für mich da ist! Einen Vater, der sich Zeit für mich und seine Enkelin nimmt. Und einen Vater ..."

Sie brach ab. Tränen traten in ihre Augen. Die beeindruckende Begegnung mit Herr Deveany kam ihr in den Sinn. Wie erleichtert und stolz er gewesen war, als er von ihr erfahren hatte, dass die Trevlik Fee vor ihrem Untergang keineswegs zur Flucht von Nazigrößen genutzt worden war und sein Vater richtig gehandelt hatte. Sie schluckte den Kloß in ihrem Hals hinunter und sprach den angefangenen Satz entschlossen zu Ende:
„… auf den ich stolz sein kann!“

Epilog

Anita saß um die Mittagszeit alleine bei ihrem Lieblings-Italiener in der Neckarstraße und wartete. Die Tür öffnete sich und Markus Knauß trat ein. Er blickte sich suchend um, entdeckte sie und kam lächelnd näher.
„Danke für die Einladung!"
Er nahm Platz.
„Bitte! Falls du Pizza magst und dich Schärfe nicht abschreckt, kann ich dir wärmstens die Pizza Diavolo empfehlen. Du wirst kaum irgendwo eine bessere bekommen. Aber selbstverständlich kannst du alles von der Karte wählen, was du willst."
„Ich folge deiner Essens-Empfehlung. Kommen die anderen auch zur Siegesfeier?"
„Siegesfeier?"
„Ich dachte der Anlass deiner Einladung wäre die erfolgreiche Klärung des Falls aus dem Eulenrain."
„Nein, sonst hätte ich wohl am ehesten Frau Ortwein einladen müssen. Ihr haben wir es zu verdanken, dass sich ihr Vater stellte und er ein Geständnis ablegte."
„Wie wird deiner Meinung nach das Gericht die Tat werten?"
„Ich denke, sie betrachten es als Unfall mit Todesfolge. Alles spricht dafür, dass das Opfer selbst die Waffe erst ins Haus brachte. Schließlich handelte es sich um einen Killer, der in Turin Herrn Bocconcelli erschossen hat. Mit Sicherheit brach er in das Haus im Eulenrain ein, um Herrn Kofler zu erschießen. Nur kam es dieses Mal anders. Herr Kofler konnte gar nicht geplant haben, an jenem Abend einen Mord zu begehen. Er musste in einer extremen Situation Entscheidungen treffen, die ihn überforderten. Es gibt keinen Beweis, dass er je zuvor eine Waffe in der Hand gehalten hat. Wir können ihm nicht nachweisen, dass der erste, für sich schon letale Schuss, sich nicht versehent-

lich gelöst hat. Dass er den zweiten Schuss mit zeitlicher Verzögerung abgegeben hat, um das Gebiss des Toten unkenntlich zu machen und so den Unfall zu seinem Vorteil zu nutzen, ist strafrechtlich nicht relevant."
„Was verschafft mir dann die Ehre deiner Einladung?"
„Zum einen will ich mich dadurch noch einmal für deine Gespräche über Roland bedanken. Du hast dir viel Zeit für mich genommen. Deine Worte waren weise und haben mir sehr geholfen."
„Stimmt es, dass er vorzeitig pensioniert wird?"
„Ja. Ich war im Auftrag des Innenministers deswegen extra bei Roland in der Türkei. Er hat alles Notwendige unterschrieben, der Antrag ist durch den Personalrat durch."
„Schade, er war ein guter Mann."
„Gut ja, aber nicht einfach."
„Glaubst du, die Günzburger Kollegen lassen ihn in Ruhe?"
„Was ich so höre, gibt es schlicht keine Beweise gegen ihn. Der Günzburger Polizeipräsident genehmigt daher sicher keine Dienstreise in die Türkei, um Roland ein weiteres Mal zu vernehmen."
„Hat er die beiden erschossen?"
„Ich weiß es nicht."
Eine kleine Pause entstand. Schließlich meinte Anita:
„Auf jeden Fall ist Roland … am Ende. Er ist ausgebrannt, kann keine Polizeiarbeit mehr machen."
Betretenes Schweigen trat ein. Markus Knauß ahnte plötzlich, warum seine Kollegin ihn zum Essen eingeladen hatte. Am liebsten würde er jetzt einfach aufstehen und gehen. Aber das brachte nichts. Er schluckte seine Verärgerung hinunter, nahm seinen Mut zusammen und fragte schmallippig:
„Hat Dr. Ludger mit dir über mich gesprochen?"
Anita nickte.
„Hält er mich für ausgebrannt?", fuhr Markus Knauß fort.

„Das weiß ich nicht. Mir gegenüber hat er sich nicht dementsprechend geäußert. Aber es kommt nicht gerade häufig vor, dass ein Dezernatsleiter von sich aus auf den Präsidenten zugeht und ihn darum bittet, von seinen Leitungsaufgaben entbunden zu werden. Wahrscheinlich macht er sich Sorgen um dich, ganz sicher aber Gedanken."
Ein unbehagliches Schweigen trat ein. Anita wusste, dass ihrem Kollegen dieses Gespräch mehr als unangenehm war. Trotzdem war es ihr wichtig. In seinem Kopf rasten die Gedanken und er blickte dabei in Richtung Fenster. Endlich wandte er sich ihr wieder zu und fragte:
„Was verlangt er von dir?"
„Er hat nichts von mir verlangt! Ich habe eine Nacht darüber geschlafen und dann Dr. Ludger von mir aus gesagt, dass ich dich gerne in meinem Team hätte."

Danke

Mein Dank gilt zunächst meinem Lektor Bernd Weiler. Dank seines Einsatzes wurde aus meinem Manuskript dieses Buch im Verlag Oertel & Spörer.

Weiterhin möchte ich den Buchhändlerinnen und Buchhändlern danken, die mich durch Aufnahme meiner beiden ersten Krimis in ihr Sortiment zum Weiterschreiben ermutigten.

Mein besonderer Dank gilt meiner Frau Nicole und meinem Freund Peter Wagner, deren Rückmeldungen mir halfen, das Manuskript zu verbessern.

Nicht vergessen möchte ich bei meiner Danksagung all die anderen Mitarbeiterinnen und Mitarbeiter von Oertel+Spörer, die ihren Teil zur Entstehung dieses Buches beitrugen.